# 纵横交错的世界

[英]阿莉·史密斯 著

蔡斌 译

# THERE BUT FOR THE

-

Ali Smith

THERE BUT FOR THE

Copyright © 2011, Ali Smith

All rights reserved

版权合同登记号：图字：11-2018-141 号

**图书在版编目（CIP）数据**

纵横交错的世界 / （英）阿莉 · 史密斯著；蔡斌译. —杭州：浙江文艺出版社，2020. 5

ISBN 978-7-5339-6080-3

Ⅰ. ①纵… Ⅱ. ①阿… ②蔡… Ⅲ. ①长篇小说—英国—现代 Ⅳ. ①I561. 45

中国版本图书馆 CIP 数据核字（2020）第 055581 号

## 纵横交错的世界

ZONGHENG JIAOCUO DE SHIJIE

作　　者：［英］阿莉 · 史密斯
译　　者：蔡　斌
责任编辑：诸婧琦　周　易
营销编辑：张恩惠
装帧设计：@ broussaille 私制

出版发行：浙江文艺出版社
地　　址：杭州市体育场路 347 号
网　　址：www.zjwycbs.cn
经　　销：浙江省新华书店集团有限公司
印　　刷：杭州富春印务有限公司
版　　次：2020 年 5 月第 1 版
印　　次：2020 年 5 月第 1 次印刷
开　　本：880 毫米×1230 毫米　1/32
字　　数：211 千字
印　　张：9. 75
插　　页：4
书　　号：ISBN 978-7-5339-6080-3
定　　价：56. 00 元

（如有印、装质量问题，请寄承印单位调换）

# 致谢

本书中关于歌曲的故事来源于菲利普·菲里亚和迈克尔·拉瑟著的《美国歌曲》（劳特利奇出版社，2006），特此致谢。本书首节使用的信息来源于卡罗琳·穆尔海德的《人力货运：难民之旅》（查托与温达斯出版公司，2005），特此致谢。

感谢绮丽。感谢露西。

感谢山德拉，感谢贝基。

感谢你们，莎拉和劳里。

感谢玛丽。

感谢凯西。

感谢安德鲁，感谢特蕾西，

和卫理局的所有工作人员。

感谢西蒙。

特别致谢凯特·汤姆森。

感谢杰基。

感谢莎拉。

致杰基·凯

致莎拉·皮克斯通

致莎拉·伍德

人的本质不是追求完美，而是他有时愿意为忠诚而犯错，是他不会为推行禁欲主义而拒绝与异性友好交往，是他随时做好最终被生活打败甚至摧毁的准备，这是一个人坚持对他人之爱而必须付出的代价。

——乔治·奥威尔

因为他一生都是一个谜，他才真正地活着。

——斯蒂芬·茨威格

我讨厌神秘。

——凯瑟琳·曼斯菲尔德

关于经度，除了用它标注黑暗侵蚀的时间和地点，我们还能如何盘算？

——约翰·邓恩

每眨一下眼睛都可能发现新的恩典。

——威廉·莎士比亚

# 1

事实是，想象一个男人坐在客房里的健身脚踏车上。他的外表和其他人别无二致，只不过眼和嘴像是被信箱盖封住了。近看才发现，封在他眼睛和嘴上的是小小的灰色矩形条，像是旧时代的期刊在使用数字技术模糊图像或打马赛克之前，为防止暴露当事人的身份而使用的遮住其眼睛的封条。

有时，这些条条杠杠也被用来遮挡不应该被看到的身体部位，作为对观众采取的保护措施。大多数情况下，这是为了保护当事人的身份不被泄露。而如此却似乎为那些不能言明的事件提供了佐证，给公众留下的印象只会是这些当事人的确暗中做了些卑鄙的事。

当这个坐在脚踏车上的男人移动他的头时，那些条条杠杠也会跟着动，正如被蒙住双眼的马儿在摇头时，它的眼罩也随之摆动一样。

他身旁站着个小男孩，此时两人看上去一般高。小男孩正用餐刀帮坐着的男人除掉那些灰条。

“啊哟!”男人叫道。

“我小心着呢。”小男孩说。

## 2

男孩十岁左右。头发长，刘海也不短。他上身穿一件蓝红搭配的T恤，衣前印有一只史努比，下身穿一条喇叭牛仔裤，腰上绣着黄紫色刺绣。他正在对付的那个东西跳动着离开男人的眼睛，几乎有些滑稽地跃入空中，撞到地面时还发出了清脆的响声。

男孩的T恤是男人第一眼看到的东西。

衣服上，用后腿站立着的史努比的胸前有个玫瑰花饰，花饰拼出“英雄”二字。史努比的上方，用黄色的史努比风格的字样印着更多字：“英雄登场”。

当男孩把男人嘴上的东西也撬开时，男人说的第一句话是：“我几乎不记得这件T恤了。”

“哈，这件不错吧。那你还记得那件写着‘拥抱猎兔犬’的橘黄色T恤吗？”男孩问。

男人点点头。

男孩说：“我穿着那件时总觉得怪怪的，但女孩子们却对我格外友好。”

男人笑着表示赞同。他低头看看自己的脚，两条灰色的矩形条分别落在了他两只脚上。他捡起其中一个，用手掂了掂它的重量，又摸了一下自己柔软的眼眶和唇边，然后把那东西重又扔到了地上，抬起手活动了一下手指。他看了看男孩的双手。

“我都忘了我的手以前是什么样的了，”他说，“看起来和你现在的手很像。”

“好，既然搞定了，现在我能演示给你看了吗？”男孩问，“你现在想看吗？”

男人点头。

“行，”男孩说，“那好。”

男孩从地板上捡起两张白纸，递给那男人一张，然后拿着另外一张坐到了床上。

男孩说：“好，这样做。你手里是张平整的 A4 纸，将它对折。不对，那样折，纵向折。确保两端对齐，这样两半就刚好重合。”

“好了。”男人说。

“然后展开，它看上去就像本书。”男孩说。

“好了。”男人说。

“接着叠起一个角，”男孩说，“上面的那个角，再叠另一个。像这样，就像一本书，只是这本书的上半部是三角形的。然后将折起的角面向着你往下折，压出折痕，像一个信封那般。然后在上面再折起一个角，这样外面就凸出一小部分。另一边同样。这样，你得到的就是一个钝角而不是锐角，这个钝角越大越好。”

“等等，等等，”男人说，“慢着点儿。”

“对，纸下方突出一个小三角形，”男孩说，“将这个三角形折回到纸的顶端，然后沿中线向外折，不是向里，这样三角形就在外面了。保持各角对齐，然后按住顶端，将它向下折出第一个翼，翻过来折另外一个翼。一定要对齐，否则折出来的飞机会失控。”

男人看着自己手中的飞机。他把它压平，之后再打开。从上方看，它的确像一个纸折的飞机。从下方朝里看，看起来就像是日本的折纸艺术，整张纸很整齐地向内压缩，犹如一台机器。

男孩拿起他的飞机，瞄准房间最远的那个角落扔了出去。

“这才是最终完成的样子。”男孩说。

飞机平稳而笔直地从男孩的手中向墙角飞去，画出优美的线。

男人心想，这相当符合空气动力学，况且这只是一张纸。它好像比折叠之前要重些。但其实没有，是吗？怎么可能呢？

然后他将他的飞机对准门旁边相反的角落。飞机的飞行路线准确无误，不差毫厘。

男人大笑。男孩点了点头，耸了耸肩。

“看吧，一点儿不难。”男孩说。

# 曾经有

# THERE

# 7

一个男人参加了一场晚宴。主餐完毕，甜点未上桌之际，他上楼将自己反锁在主人家的房间内。

曾经有一个女人，她在三十年前的一个夏天遇见了这个男人，他们相处了约两周时间，其间那个女人对这个男人了解甚微。那年，他们都十七岁。那之后的一些年间，他们偶尔也有互寄圣诞贺卡之类的来往，但却未再见面。

现在，那个叫安娜的女人正站在锁着的房门外，理论上来说，门的另一边就是这个叫麦尔斯的男人。她抬起手臂，手正准备——准备干什么？叩门？轻声敲门？任何一点儿嘈杂之声都会惹恼这座完美却又了无生趣的房子，哪怕开门的吱嘎声也是一种冒犯。而且已经有所不满的女主人就站在她身后两英尺处。但是，正如二十世纪八十年代革命者的老套手势一般，安娜举起了拳头，她已准备好制造些动静。猛捶。连敲。重击。雨点爆裂①般地击打。

雨点爆裂？真是奇怪的表述。爆裂的雨点之上。他给安

① 谐音修辞，将著名歌曲《彩虹之上》（*Over the Rainbow*）中的“彩虹”（rainbow）改成了“雨点爆裂”（rainblow）。

娜留下的印象不深，但倘若他不是那种喜欢蹩脚双关语的人，他们一开始也就不会成为朋友。如果换作是他站在锁着的门外，他是不是会与安娜不同，知道怎样让里面的人把门打开？他是不是会转身去逗那伸直腰板俯身躺在楼梯上看热闹的小孩——她的光脚丫踩着底楼大厅的木地板，手托着下巴，下巴已经伸到了第五级台阶；他是不是会立刻找到合适的玩笑话，问那小女孩："你们都管放假的两只小蘑菇叫什么呀，有趣的家伙[①]？"是不是会马上滔滔不绝地谈起"雨点爆裂"出自何处之类的事情呢？

安娜身后的女主人叹了口气，不知怎的，她的叹气声听起来很深沉。紧接着是更深的寂静。安娜清了清嗓子。

"麦尔斯，"她对着门问道，"你在里面吗？"

但她声音颤抖，显得很不自然。"啊，现在，看我的。"——孩子好心地说，殊不知这好心其实不合时宜。这个很孩子气的女孩用手肘撑着楼梯站起来，跑上楼来正要捶门。

"砰砰砰。"

安娜觉得孩子每一记捶门都像是捶在自己胸口上。

"出来，从里面出来！"孩子叫道。

没有动静。

"芝麻开门！"孩子叫道。

敲门时她躲在安娜的胳膊下。此刻，她抬起头看着

---

① 谐音。蘑菇是真菌（fungus），该词与"有趣的家伙"（fun guys）音近。

安娜。

“这句咒语能打开山边的石门，”孩子说，“故事里是这样讲的，一念咒语，石头门就会开的。”

小女孩把嘴凑到门前，又开腔了，但这次没有用力喊。

“咚咚咚，”她说，“谁呀？”

谁呀？

在人生的这个特定时刻，安娜·哈迪有足够的理由思考，“存在”对她来说到底意味着什么。

其一是她刚刚辞掉的工作。她与同事戏称，自己的职位是高级联络官，并半开玩笑地将他们的公司称作临时工永久中心（或者，也可以叫永久性临时工中心）。

其二是几周前的某个晚上，四十多岁的她夜半惊梦，在梦中，她亲眼看到了自己胸腔内的心脏。她的心脏因为被胎膜包裹而运作困难。那胎膜像是由我们晨起时从眼角处清除的垢物所组成的。惊醒后，她坐起来，用手按了按胸口，然后起身，走到盥洗室的镜前照了照。她还存在着。

这个说法让她想起在《晚报》工作的丹尼曾经告诉过她的事情。他们曾一起合作撰写了居住区居民活动的文章，而他们之间也有一段短暂的私情。他是在他们第二次，也是最后一次共进午餐时跟她提起的那件事。丹尼是个体贴的男人。他们的第一次是在她的厨房里。他站在她身前，非常温柔地将他的阳具展露出来，羞赧，却又充满期待，对自己的勃起略感羞愧，同时又有些自豪。她对此很满意。她那时很喜欢他。但他们都清楚，吃过两顿饭后就不会再有下一次了。丹尼已婚，妻子叫希拉，他们的两个女儿和一个儿子都在克莱蒙中学上学。安娜煮了壶咖啡，因为不知道他喜欢加什么，她就把糖和奶都放在了托盘上。她将咖啡端到楼上，又重回到床上。到了一点一刻，他们还有不到半小时的相处时间。丹尼问他能否吸烟。安娜说："既然不会有下一次，有何不可？"他笑了笑。然后他在床上翻了个身，点燃了香烟，开始聊别的。他说他能用两句话总结过去六十年的新闻业，问她是否相信。

"你说来听听。"她说。

"我发生过。我存在过。"他说。

"这不是什么稀奇事，"他说，"二十世纪中期以前，每个重要报道都会如是说：我发生过。而现在会用：我存在过。"

"不久就有了第三句话，"安娜说，"新世纪的人们已经新添了一句：我存在过，伙计们。"他们大笑，然后喝完咖啡，穿上衣服，回到自己的工作岗位。他们最后一次交流是在几个月前，讨论了如何报道当地孩子将尿接在汽水瓶中给救济院的孩子喝的新闻。

几个月以后的那个午夜，她毫无感觉地按着自己的心脏，看着镜中的自己。她还存在着。存在的——镜中的她——是她的躯体。

两天前的夜里，这种感觉再次出现。当时正值夏天，她坐在笔记本电脑前，家家户户都开着窗，窗外不时传来邻居电视中在温布尔登进行的网球比赛的声音。她家的电视机也在播放同样的频道，但她把音量调得很低。那时的伦敦晴空万里，邻近的温布尔登绿草如茵，只是无法掩盖磨损的痕迹。越过电脑，能看到电视屏幕中的场景正不断切换着。不时传来的无法辨认声音源头的球的击地声、人们的惊呼声和失落声与她轻敲键盘的声音相伴，好像电视声带记录着的是整个外部世界。也许会出现一种叫作“网球选手精神病”的新疾病。患者认为自己始终被关注着，自己的每一个网球动作都能影响观众并引发观众与之互动。患者还相信自己的每个令人难以忘怀的瞬间都能引起他人愉悦、惊喜、失落或幸灾乐祸的情绪。兴许每一位职业网球运动员都有这种症状，那些仍然相信上帝的人或多或少也一样。这是不是意味着，从某种程度上讲，世界上没有这种症状的人的存在感就少了，或者至少存在的方式不一样，因为他们觉得自己没那么受关注？安娜想，我不妨向网球选手的神祈祷。就像对待其他神一样，我们不妨请这个神赐予我们世界和平，保佑我们人身安全，保佑那些死去被埋于地下、羽毛化作尘土、骨头碎为沙砾的鸟儿重生，并让它们栖于窗台。让这些鸟儿按个头大小排着，小个的在前面，合唱一曲鼓舞人心的《再见，黑鸟》①。当她还是小女孩时，她父亲经常用口哨吹这首歌的旋律，如今她已经好些年没有听过这首歌了。

> 这里没有人爱我，没有人懂我。
> 哦，那都是些多么不幸的往事啊！

是这样吗？不管怎么说，反正是有关不幸的往事。正当

---

① 1926年的美国歌曲。

她准备在网上搜索歌词时，电脑上响起新电子邮件的提示音。

这封邮件很长，安娜差点把它误当作那种写着“病入膏肓，急需汇款”之类文字的信件。她正要点击“删除”时，注意力却被邮件的抬头吸引了。“收件人”一栏的名字是正确的，但姓氏的首字母缩写是错误的。“亲爱的安娜·K”。名字所指似她非她。再有就是，这封信让她觉得十分傻气，犹如“夏天”一词曾经给她的感觉。总之这封信让她想起一本卡夫卡的书，对，弗兰兹·卡夫卡，一本陈旧的企鹅经典平装本小说。她曾经在她十六七岁的一个夏天读过那本书脊已经弯曲了的平装本。

亲爱的安娜·K：

之所以写信给您，是因为我和我的丈夫遇到了一件非常棘手的事。我们真心希望您给予我们帮助。

我们想您一定认识麦尔斯·加斯。十天前我们邀请了他来家中做客。他是我们一位朋友的朋友，我们对他不了解，所以现在不知道该如何是好。我们此刻非常无助。长话短说吧，加斯先生把他自己反锁在我家一间客房里了，好在房间是个套间，有独立卫生间。他不肯离开房间。他不单单是拒绝出来，回他自己的家，当然，我们都不知道他家住何方；他还拒绝与任何人进行交谈。这整整十天里，这位不速之客只从门下的缝隙中递出来过一张纸。于是我们只能把火鸡和火腿切得跟纸片一样薄，然后从门缝推进去，但是门和地板之间的空间有限，我们很难把他可能会需要的东西都递进去。(我那客房的门——事实上我家所有房间的门都源自十八世纪，虽然这房子建于十九世纪二十年代。所以您一定能理解我的担心，因为门的合页都在里侧。并且我有足够的理由相信，他用我们的一张椅子抵住了源自十八世纪的房门的把手。)

我（以及我的丈夫）非常纳闷加斯先生为什么选择把自己反锁在我家，事实上我和我丈夫以及我女儿都与此事无关。总而言之，您可以想象，这十天是多么漫长。即使他的工作伙伴过来也徒劳无功。为了不把事情弄僵，在警方的建议下，我们采取的措施相当温和。

我们一直在联系加斯先生曾经的伴侣，最后就找到了您。加斯先生把他放着手机和车钥匙的上衣落在了休息室，我们在手机中找到了您的邮箱地址。

我们已暂时将他的车停到了一位朋友家的车道上，但我们不能一直将它停放在那里（它原本停放在非停车区，那是违法的)。如果您能帮帮我们夫妇，我们将不胜感激。邮件下方是我们的电话号码。希望您能尽快联系我们，即使您当下不能提供任何帮助，若我们得知您已收到邮件，我们也会万分感动。

期待您的回信，万分感谢！

真诚的

吉纳·李

（吉纳维芙·李，艾瑞克·李）

麦尔斯·加斯？到底是谁？

麦尔斯。

啊！

我们一起去过欧洲。

安娜又读了一遍邮件。

他还拒绝与任何人进行交谈。

那天夜里晚些时候，安娜发现她不再想着她辞掉的工作，不再想着一张张她放弃过的人的面孔（只要夜幕降临，或晨光升起，她就会开始想着那些事）。现在她满心惦记着的是那封邮件和邮件中提到的受伤的灵魂，她仿佛能闻到灵魂散发出的烤焦了的羊毛的味道。

她回复了一封邮件后才去睡觉。

亲爱的李太太：

感谢您能给我发邮件。您遭遇的困境实在让人难以置信。因为我和麦尔斯·加斯是在二十世纪八十年代认识的，那已是很久以前的事了，而且我对他了解甚少，恐怕您向我求助只是徒劳。我不敢保证一定能帮上忙，但若您坚持，我愿意一试。望您能告诉我需要我做些什么。

祝好！

安娜·哈迪

然后就是两天以后的事了。

“麦尔斯，”安娜对着门后的人说，“你在里面吗？”那天早上，安娜乘坐一辆拥挤的火车前往目的地。她旁边穿着防护面料夹克的男人正盯着手机屏幕看色情电影。她也不知道自己身处何处。她穿过商业中心，走过张贴在地铁站墙上的海报，海报上宣传着《本赛季的赎罪》。广告下边画了一个垃圾桶，从它的嘴里伸出一个“我有权品尝易拉罐”的对话框，下面还有一行字——“不要让你的垃圾桶享有权利”。她会在站点之间走上一段，欣赏圣保罗教堂如何像一块老化的软骨组织[①]一样伫立于河岸边。她会乘火车经过和小时候幻想中的未来很像的地方。正值闷热的夏天，她沿着马路往前走，马路旁尽是漂亮的高楼大厦和造型新奇时尚的房屋。她努力翻阅自己记忆中充满历史感的格林尼治[②]。当她按照地址找到那栋房子时，她看到门前坐着个小女孩。小女孩上身套了件明黄色的裙子，下身穿着牛仔裤，正从门两边的小圆石中挑选小石子。她反复用同一旋律吹着口哨，那调子很像《绿野仙踪》中朱迪·加兰唱的歌。[③] 小女孩把拣出来的小石子往路上的排水沟里扔，想要让它们从水沟上的铁格子中掉下去。排水沟和四周的路面上布满了小小的白色

---

① 软骨组织，胚胎性骨骼，在胎儿和年幼期分布较广，后渐被骨组织替代。

② 格林尼治，位于英国大伦敦东南的格林尼治区。以海事历史、皇家天文台、本初子午线标准点及格林尼治时间闻名于世。

③《绿野仙踪》，1939年美国歌舞片，讲述了朱迪·加兰饰演的桃乐丝寻找回家之路的故事。此处指该电影主题曲《彩虹之上》（*Over the Rainbow*）。

石头。

“你好呀。”安娜说。

“我身无分文。”小女孩说。

“我也是。”安娜说。

“真的？”小女孩问。

“嗯，”安娜回答，“几乎是。多巧呀！你穿这么多不热吗？”

“不热，”孩子一边说着，一边去按门铃，“如果我不这样穿，我就觉得不自在。”

而开门的白种女人穿着夏天常见的米白色衣服。她把孩子推到一边，握了握安娜的手。

“我是吉纳维芙·李，”她说，“您可以叫我吉纳。谢谢您能来。”

她拉着安娜的手把她带到休息室。安娜抽回手，把上衣叠好放在了沙发扶手上。吉纳维芙·李很不自然地盯着安娜的上衣看了许久。

“很抱歉。它让我觉得不安。”吉纳维芙·李说。

“我的上衣吗？”安娜问。

“我有个非常可怕的预感，凡是把上衣放在我家的人都不会离开这里了。”吉纳维芙·李说。

安娜立刻把她的衣服拿起来。

“非常抱歉。”安娜说。

“不，没关系，先别管您的衣服了，”吉纳维芙·李说，“您知道，对于您的朋友麦尔斯，我们真的已经无能为力了。”

“嗯，我已了解。但我之前说过，他的确不是我的朋友。”安娜说。

“说真的，我们实在无法继续忍受这个‘速客’① 了。”吉纳维芙·李说。

“您说什么？”安娜问。

“就是不速之客。”她说。

“哦，我明白了。”安娜说。

“不，‘速客’。”吉纳维芙·李说。

“不，我是说我明——”安娜说。

“啊，解释‘速客’的意义，”吉纳维芙·李说，“我丈夫艾瑞克和我把这件事当作一项锻炼正向思维的练习。”

吉纳维芙·李现在是一位从事自由职业的员工福利协调员，她专门为在加那利码头工作的员工服务。当员工们遇到工资待遇、情感困惑或一些实际问题时，公司就会联系吉纳维芙。她会告知他们在公共领域和私人领域分别能采取哪些措施。

“您一定不难想象，最近工作不好找。”她说，“您现在从事什么工作？”

“我目前待业。”安娜说。

“工作方面我也许能提供些帮助。”吉纳维芙·李说，“重点是要谈论一下这个问题。这是我的名片。您以前做哪方面的工作？”

---

① 速客（oh you tea），意译，不速之客的“简称”。相比客套说法“请喝茶”（Have a cup of tea，please），“哦，你的茶”（oh you tea）显得客人不受欢迎。

“高级联络员，”安娜说，“但我已经辞职了。”

“呀，辞了，”吉纳维芙·李说，“您也许能在这个领域找到更好的工作机会。”

“最好是，”安娜说，“不然我就没法活了。”

吉纳维芙·李表示理解地笑笑。

她告诉安娜，在测量和控制研究所工作的艾瑞克会在三点回家。

小女孩跟着她们进了屋，坐在窗户旁的复古现代风格的扶手椅上，用她裸露的脚后跟拍打椅子的前腿。

“别再踢那椅子了，布鲁克！”吉纳维芙·李说，“它是罗宾·戴①设计的。”

“知更鸟②节？”孩子问，“是今天吗？”

“布鲁克，我们在忙。”吉纳维芙·李说。

“您不觉得知更鸟节更靠近圣诞节才显得更合理吗？”孩子问，“对于节日和庆祝来说，这都是一个不错的主意。但现在是夏天不是冬天，所以知更鸟节还没有流行呢。人们都过情人节、父亲节、母亲节和圣诞节，却没人知道知更鸟节。”

安娜再次注意到，这个孩子说话出奇地懂礼貌，还有些古雅。

---

① Robin Day，英国家具设计师。直译为知更鸟节。

② 知更鸟（robin），英国非官方国鸟。个小，好战，胸前有红色羽毛。知更鸟与圣诞节关系密切，常出现在圣诞贺卡上。传说，知更鸟的羽毛本是咖啡色，当耶稣被钉十字架时，它飞往耶稣耳边唱歌安慰，于是耶稣的血染到它身上，它自此有了鲜红的羽毛。

“我听到你妈妈叫你了。”吉纳维芙·李说。

“我怎么没有听到呀，李太太？”孩子说。

“那我换个说法吧，布鲁克。我想别处可能更好玩。”吉纳维芙·李说。

“您的意思应该是您不欢迎我。都是些空话，空话，空话。”孩子说。

她从沙发上跳下来，然后在安娜身旁双手着地倒立。

“这句话出自《哈姆雷特》，”她头朝下，隔着裙子说，“《哈姆雷特》是威廉·莎士比亚的一个剧本，您可能已经知道了。都是些空话，空话，空话。都是些空话，空话，空话。都是些空话，空话，空话。”

她在空中踢了踢腿。吉纳维芙·李站起来，径直走向门口。小女孩于是放下双腿站了起来，整了整衣服。

“也许您待会儿会愿意去隧道那儿散散步，是吗？”孩子对安娜说，“它建于1902年，从河底下穿过，您去过没？”

她又说，如果安娜早三年来这儿的话，她就能亲眼看看“卡蒂萨克”① 了。

“我说的不是那个车站，”她说，“但您可能已经明白了。事实上‘卡蒂萨克’原是一艘帆船，要不是那场大火，它一定还在。那样的话，从那个叫作‘卡蒂萨克’的车站出来，只要方向不错，也就是向左转，就能看到‘卡蒂萨克’号帆船了。关键是，事实上，我是去年才来这里住下

---

① 卡蒂萨克号（Cutty Sark，又名短衬衫号），现存最古老的帆船。位于英国泰晤士河格林尼治港口，用作博物馆。用作该名源自苏格兰的一首诗，Cutty Sark意指漂亮女巫的白色短衬衣。后文会有提及。

的。所以除非重建，否则我是不能亲眼见到‘卡蒂萨克’号的了。可也许您在我这个年纪或再大点儿的时候曾经见过真正的‘卡蒂萨克’号，那时船还没有被烧毁。”

“我没见过，”安娜说，“我没有亲眼见过。我曾在照片上见过。电视上也播放过与它相关的节目。”

“那是不一样的，”孩子说，“但它也行得通，它也行得通，它必须得行得通。”

她在门框处放肆而又欢快地转了几圈。

“布鲁克，”吉纳维芙·李说，“出去！马上！别再糟蹋我那些石子了！”“它们都是买来的！那些是苏格兰河卵石。”她对安娜说。

“很贵的。”安娜说。

她对冲出去的小女孩眨了眨眼。

“再见。”她说。

布鲁克看起来有九岁，她住在附近的学生公寓。她的父母是大学研究员，也可能是研究生。

“显然，她不是我们的孩子，”吉纳维芙·李说，“不过她确实挺可爱，很早熟。”

吉纳维芙·李倒了杯咖啡，向安娜讲了他们每年都要举办的非主流晚宴。每年初夏，她和她丈夫在朋友们出门度假之前都会办一次这样的派对。除了雨果、卡罗琳、理查德和汉娜这些常客，他们每年也会邀请一些平常不太接触的人参加。这样扩大交际圈是一件很有趣的事情。去年他们邀请了一对穆斯林夫妇；前年他们邀请了一位巴勒斯坦人和他的妻子，以及一位犹太医生和他的配偶，这使得那晚的派对非常有趣。今年，雨果和卡罗琳的一位熟人，马克·帕默先生，邀请了麦尔斯·加斯。

“马克是同性恋，”吉纳维芙·李解释道，“他熟识雨果和卡罗琳。我们以为麦尔斯是马克的伴侣，但事实好像并非如此。这样反而更好些，否则他们会是很惹人非议的一对，因为他们年龄相差二十岁，甚至不止。他们显然经常结伴去看音乐剧。马克·帕默喜欢音乐剧。他们应该有恋爱的趋势，是不是？但马克六十多了，他是雨果和卡罗琳的朋友。”

吉纳维芙·李又告诉安娜，他们也邀请了布鲁克的父母巴尤德夫妇，虽然刚刚搬来的他们之前住在北部的哈罗盖特，而不是非洲。

“不管怎样，晚餐很愉快，”吉纳维芙·李说，“一开始一切照常，直到正餐结束，加斯先生突然站起身，上了楼。当然，我们以为他只是去洗手间。所以我就给大家上甜品，这有些麻烦，因为我还得烤布丁。吃完甜品，他还是没有下来，大概至少有十五分钟了，说不定更久，因为我们喝得很开心，时间过得有些快。对了，还有一件事，如果参加宴会或举办宴会时，别人都喝酒，就你一个人不喝，会显得不自然，但是他没有喝酒。总之后来，我把咖啡壶端上来，烧好咖啡，给在场的每个人都倒上，然后把壶放着，让需要的人自己续。我上楼敲洗手间的门，并询问一切是否正常。他没有回答。他当时根本不在洗手间。他已经把自己反锁在我家的客房里了。”

“那他一定是非常不喜欢您准备的开胃菜和主餐。”安娜说。

吉纳维芙·李显得有些激动。

“是吗？他不喜欢？”她说，“看到别人吃扇贝和西班牙腊香肠会让他如此坐立不安？”

“啊，我也不知道。不，您知道，我刚才只是开个玩笑。”安娜说。

“这可不是闹着玩的。”吉纳维芙·李说。

“嗯，”安娜说，“当然不是闹着玩的。”

“您肯定无法想象这件事对我们的影响有多大，”吉纳维芙·李说，“客房里家具精致，布置得体。每个住过的人都是这么说的。但过去的十三天就像地狱。”

“人间地狱，嗯，我能想象。”安娜说。

她盯着木地板。

“然后艾瑞克上去了，”吉纳维芙·李说，“他敲了敲洗手间的门，和刚才一样，没有回应。等咖啡喝完，我们剩下的九个人开始有些担心了，起先把他带来的马克上楼去了。然后他下楼告诉我们，他试了试打开洗手间的门，门没有锁，可里面一个人也没有。于是艾瑞克上去看个究竟，我也上去了。的确没人。于是我们以为他已经不告而别了。您知道，就是不打招呼自己悄悄离开，但他不应该如此不懂礼貌。当我们互相道晚安时，我们发现他的外套还在，就放在沙发上呢。”

吉纳维芙·李朝着沙发打了个手势。安娜看了眼沙发。吉纳维芙·李也看了一下。

她们都看了看沙发。

吉纳维芙·李继续讲。

“马克，那个同性恋，”她说，“他年龄较大，最易担心。他们都有些歇斯底里，这一点好坏参半。总之，喝完咖啡和一瓶橙花麝香葡萄酒[①]（他们都不相信这是艾瑞克在阿斯达超市发现的）后，他们都高高兴兴地回家了。除了马克，他显然有些不安。然后艾瑞克和我就上床休息了。第二天早上，我们看到加斯先生的车还停在非停车区，而且已被贴了罚单，当然，我不会为他交罚款。然后，我们的女儿乔茜下楼问我们为什么客房的门是锁的，还问她在门下发现的那张便条是什么意思。”

“便条上写了什么？”安娜问。

“有水就行，但很快会需要食物。我吃素，你们知道。感谢你们的耐心。”

这是小女孩的声音，它从扶手椅背后传来。她没有走。她偷偷回来了，而她俩都没有注意到。

“我记得您在邮件中说，您给他送的是火腿？”安娜说。

“乞丐可没什么选择的权利。”吉纳维芙·李说。

“他们不想让他在房间里待得太舒服。”那个罗宾·戴设计的椅子背后又发出声音。

吉纳维芙·李不予理会。

“很明显，他的脑子不在里面。”她说。

“他的脑子就在里面，”椅子背后的孩子说，“不然他的脑子还能在哪？”[②]

---

① 橙花麝香葡萄酒，酒精度低，有花香。

② 双关语，意译。Not all there，脑子不正常。字面意思为“不是一直在那里”。

吉纳维芙·李还是不予理会，就好像这孩子根本不存在一样。她亲密地向前倾了倾身子。

“我们很高兴最后总算能联系到人，”她说，“马克对他了解不多，显然还没有到可以说服他从房间里出来的程度。您的那位麦尔斯应该是个孤僻之人。”

安娜再次告诉她，自己和麦尔斯真的不算熟识，她之所以认识他纯属偶然。差不多三十年前，在一家银行赞助的面向全国青少年举行的中学生竞赛中，他们俩都赢得了去欧洲旅行的机会。那是 1980 年的 7 月，旅行长达两个星期，她和麦尔斯只是乘坐了同一辆旅行汽车，同行的还有另外 48 位十七八岁的学生。

“而且，那之后你们还保持了好几年的联系。”吉纳维芙·李说。

“不，”安娜说，“几乎算不上。我和那次旅行中的好几个人都保持了一两年的联系，然后，就像您知道的其他这种相识一样，联系就中断了。”

“但这一定是一段很美好的回忆，一段他这么多年来唯一值得珍藏的回忆。”吉纳维芙·李说。

“不是。”安娜说。

“一次痛苦的分手，他第一次觉得心碎，至今难忘。”吉纳维芙·李说。

“不，”安娜说，“真的不是。我觉得不是这样的。我的意思是，我们的交情很浅，仅此而已。您知道，我们并非感情至深。”

“那么，既然没有什么特别的意义，这么多年，他为什么还保留着您的联系方式呢?”吉纳维芙·李说。

吉纳维芙·李激动得脸色发红。

“如果有什么原因，我本人并不知道,”安娜说,“我是说，我都不知道他怎么有我的邮箱地址的。我们已经，天哪，我们已经二十多年没有联系过了，那时还没有兴起用电子邮件呢。”

“一定是你们旅行的时候发生了什么特别的事情。”

吉纳维芙·李完全是大喊大叫着说出这句话的。但安娜之前的工作经验让她知道别人生气的时候应该如何应付。

“您坐下来吧,”她说,“您坐下来，我就告诉您我能想起来的一切。”

果然有用。吉纳维芙·李坐了下来。安娜把手臂分开，镇静地说起来。

“我记得,”她说,“那次为期两个星期的旅行才刚刚开始，在伦敦的一个中世纪盛宴上，我就食物中毒了。印象中，那时我还去了巴黎，第一次看到埃菲尔铁塔和圣心大教堂。我记得布鲁塞尔没什么特别的，只是在那里发现了一个已经关掉的老游乐场，我们就在那周围走了走。我讨厌海德堡酒店的食物。卢塞恩市有一座木桥。关于威尼斯，我只记得我们住的那家酒店很大，里面光线很昏暗。我们在威尼斯时，意大利北部某个地方的地铁站因为有炸弹爆炸，死了很多人。那之后，酒店员工因为要求我们这个旅行队伍中一些男生安分点儿而和他们产生了矛盾，那些男生开始不服从管理。我记得，因为一个啤酒瓶，还是啤酒易拉罐被扔到了窗外，就引起了很严重的争吵。我不确定这事是不是发生在意大利了。"

安娜讲到法国和德国的事情时，吉纳维芙·李正在玩弄一支铅笔。那支铅笔是她从旁边的一张小桌子上拿的，正被她从一只手转到另一只手。安娜讲到意大利时，吉纳维芙·李已经开始用那铅笔敲桌子了。

"其实，"安娜说，"收到您的邮件之后，我看了看那时的照片，但数量不多，只有十二张。很显然，我只拍了一卷。只有一张照片上有麦尔斯·加斯。我是说，他在照片上，我能看着照片指出哪个是他，但看不到他的脸。照片上他正低着头，我只能看到他的头顶。离开前，他们让我们所有人在一个银行门口拍过一张合照。因为站得太远，不能看清楚人，但照片上他站在后面。他长得很高。"

"他长得高，这我已经知道了，"吉纳维芙·李说，"我已经知道他的长相了。"

"我记得他曾经从牛仔裤磨破的两个裤脚上拉了些线头下来，在上面绑上些很小块的法国面包，"安娜说，"我们用这些碎面包在凡尔赛的一个湖里面钓金鱼。照片里，他就是因为这个才低着头。他在给绑着面包的线打结。然后，我就记得这么多。"

"就这些？"吉纳维芙·李说。

安娜耸耸肩表示肯定。

吉纳维芙·李把她手里的铅笔折断了。然后她吃惊地低下头，看了看她左手和右手分别握着的一截折断的铅笔。她把它们整齐地放到桌上。

然后她们去了楼上。

就是那时，安娜站在那儿，举着拳头，准备——到底是准备做什么？

“麦尔斯，你在里面吗？”

一阵寂静。

接着——砰砰砰——那个小女孩捶门了。

“天哪，快告诉他你是谁。”吉纳维芙·李在安娜耳边轻声说。

“麦尔斯，我是安娜·哈迪。”安娜说。

（毫无动静。）

“我们一起参加过1980年巴克莱银行赞助的欧洲环游旅行。”安娜说。

（一片沉寂。）

“跟他说说你们用面包钓金鱼的事情。”孩子提醒道。

“麦尔斯，我想如果你打开门离开这里，李氏夫妇会非常感激的。”安娜说。

（没有声响。）

“我想李氏夫妇希望您能把他们的房子还给他们。”她说。

（毫无反应。）

“告诉他是你，告诉他你就是安娜·K。”吉纳维芙·李轻声说。

安娜注意到，她仍然笨拙地举着拳头。她把拳头靠在木门上，然后放下。她转向吉纳维芙·李。

“抱歉。”她说。

她耸了耸肩。

吉纳维芙·李点点头。她用手做了个小小的手势，告诉安娜她可以回到楼下了。

两个女人走到楼梯尽头停了下来，什么都没有说。穿过门，安娜看了看休息室。它看起来就像是剧院演出时使用的具有别致当代风格的休息室。她看了看壁炉旁呈几何状分布的原木。她看了看天花板，注意到她头顶上从休息室后面伸出的一根一直延伸到大厅的巨大木梁。

“好大一根，呃——木头。”安娜说。

吉纳维芙·李解释说，据称，这根木头来自一艘曾在特拉法加①参加过战役的战船，正是因为它，休息室至今都没有翻新扩建。说这些时，她看上去已经镇定下来了。她打开前门，让它开着。屋外的热气涌进这座冰冷古老的大厅。

“不过，”她说，“一旦市场形势有所好转，我们就会搬到档次高点儿的布莱克西斯②。艾瑞克三点回来，我知道他会很想跟您谈谈。”

“您是说，您希望我三点的时候再回来这里？”安娜站在门阶上问。

“如果热心的您愿意再来的话，”吉纳维芙·李说，“三点以后请再来。就三点十分吧。”

“问题是，”安娜说，“如果我现在走的话，我能赶上比较便宜的那班回家的火车。但如果我留下来，到时候的火车票票价会翻倍呢。”

---

① 特拉法加海战：1805 年英法海军决战，英国大胜。

② 布莱克西斯，伦敦的一个郊区，有极大的公共用地。

“已经相当感激了，”吉纳维芙·李说，“谢谢您这么热心。真心地感激。”

她上前去关门。

“还有一件事。”安娜说。

吉纳维芙·李门关到一半停了下来。

“是关于安娜·K的。”安娜说。

“对不起，您说什么？”吉纳维芙·李问。

“邮件里面，您称呼‘亲爱的安娜·K’，刚才在楼上也是，”安娜说，“您叫我安娜·K。那不是我。我叫安娜·H.哈迪。”

吉纳维芙·李抬起手。她走回大厅。再回来的时候，她拿着一件黑色上衣。她从上衣的口袋里拿出一部手机举了起来。

“手机里存的就是这个。”她说。

然后她把手机塞回上衣口袋，又把上衣直接扔向安娜。上衣穿过门飞过来，安娜没有接住。她开始对安娜花言巧语。

“现在它是你的了，”她说，“我现在声明，当这件事结束之后，如果说有谁使用了刚好落在我家的某件上衣中的任何银行卡或者信用卡，一概和我无关。”

然后她咔嗒一声关上门。安娜站在门阶上。

艾瑞克和吉纳。吉纳和艾瑞克。天哪。她邀请他们参加她每年举办一次的特别晚宴，各种各样的人都有可能参加。天知道吉纳维芙·李和麦尔斯·加斯之间，或者艾瑞克·李和麦尔斯·加斯之间，或者他们的女儿，或随便哪个人和麦尔斯·加斯之间发生了什么？谁在乎呢？谁会在意麦尔斯·加斯是不是为了可以享受一下不交房租又能有人按时提供食物的待遇呢，哪怕只是暂时的？谁会去想他为什么偏偏要选择把自己关在这么一座令人讨厌的房子中的那个令人讨厌的房间呢？她要回家了。嗯，不管发生过什么，她现在要回家。

她在人行道上踮了下脚后跟，转向了去车站的方向。

那个孩子就在她旁边跳着。

“您是去隧道吗？”她问。

“你不是应该还在上学吗？”安娜说。

“不用，”孩子说，“放学很早。因为猪流感。您的口音很有趣。”

“谢谢。”安娜说。

“我很喜欢您的口音，”孩子说，“我没有觉得不喜欢。”

“我是苏格兰人，我在那里长大。”安娜说。

“我去过，”孩子说，“我也当过苏格兰人。我是说，我喜欢那里，老兄。我没有觉得不喜欢过。因此，我还会再去的。那里有很多树。”

她递了什么东西给安娜。是一截铅笔，就是刚才吉纳维芙·李在休息室弄断的那截。那孩子拿着另外那截。

“谢谢你，”安娜说，“但是你拿的是削尖的那头，这不公平。”

“是呀。但您是大人，您能花钱买个卷笔刀，文具店或者超市都有卖的。”孩子说着，往前继续跳，说话的声音踩着她跳跃的节奏，“拿这个，卷笔刀，放进去，口袋里；若你想，不给钱，也可以，您知道。铅笔都要卷笔刀，没有卷笔刀，铅笔只能发牢骚。我们全，都应该，免费拿，卷笔刀，不要钱。”

“那就会一片混乱了。”安娜说。

她突然想起了什么。

（欧洲。国际铁路的大陆。地点为国外。时间为二十年前，恰好是二十世纪八十年代初。克里夫·理查德[①]和一群男女学生乘坐双层巴士到访。此刻，克里夫·理查德正在唱歌，歌中唱的是一位失踪的女孩，也有可能是被谋杀了，她以前的房间是在二楼，没有其他具体的联系地址，除了在一个公用电话墙上留下过一个名字以外再无其他。

欧洲。情景是来自英国各地一共五十位青少年参加的巡游。一家英国银行组织了一项宣传活动，要求每个人写一篇“关于2000年，也就是二十年以后的英国的小故事或小短文，不超过两千字”，这群青少年都是活动的优胜者。安娜是来自最北方的学生之一，她是唯一的苏格兰人。

1980年。那年安娜·哈迪写的关于二十年后的生活的作文获奖了。就在法国的凡尔赛，她打开了回形针，用它穿过她的一只耳朵，结果因为被感染而发了烧，于是不得不打抗生素。三天以后，他们经过一些其他国家，来到了瑞士的布伦嫩，那里山水相连，水中的群山倒影美不胜收。

首先：路线的起点是伦敦，到巴黎，到凡尔赛。那是五十个未来世界主题征文的获奖作者巡游的第四天。到第二天

① 克里夫·理查德爵士，英国演员、歌手、商人。

时，他们都已各自归类，要么属于一个疯狂的小团体，要么是刻苦学习的怪人，或是完全的局外人。

早些时候安娜被“戳刺”了，这是她第一次遇上这种事，对方是一个十七岁的学习怪人（二十年后，这个人成了国际著名的理论物理学教授）。事情发生的时候，她并不明白是怎么一回事，她只感到臀部和大腿之间突然莫名疼痛，而她身后那个长着严重湿疹、脸色发白的红头发男孩——或者男人——好像与此全无关系。而那两周行程中后来的某天晚上，当安娜看到那个男生站在另外那些女孩中一个的身后，然后那个女孩突然发疯一样地跑开时，她就明白当时发生的事情了。之前在巴黎酒店时，那群疯学生中比较龌龊的几个把另外一个学习怪人灌醉，他就这么醉醺醺地被拖进宿舍，然后他们把他模仿英国皇家空军战斗英雄留下的胡子剃掉了一半。现在，他正在夏日的雾霾中，迷迷糊糊地游荡于凡尔赛宫附近，那模样就像个单翼的记录天使。为什么他不干脆把另外一半胡子也剃掉呢？安娜疑惑地想。是不是这样，那些剃掉他一半胡子的人每每看到他时，就会对自己曾经的恶毒行为心怀歉疚呢？或者正因为他舍不得剃掉另外那一半，被剃掉的那一半才能重新长回来？安娜想不明白。她没有和他交流过（她几乎没有怎么和那队伍里的任何一个人说过话）。她知道他叫彼得，他在第一天的伦敦中世纪餐厅宴会上告诉过大家他如何期待凡尔赛之行，他很想看看历史上著名的镜子大厅，一战结束时的和平条约就是在那里签署的。具有讽刺意味的是，每一面明亮的镜子中映射出的都是他自己历经的战斗的伤痕。

安娜是局外人之一。

这是因为她是唯一的苏格兰人，其他四十九个人都是典型的英格兰人——自信得可怕，异常聒噪。(也可能是因为那天中世纪宴会上她食物中毒，呕吐不止，于是那天晚上大家到贝斯沃特的一家酒店后，她一个人在房间中待了很久，错过了参与拉帮结派的时机。)

现在她正坐在那儿，把盒装午餐中的法式面包撕成小块塞进嘴里。她坐在一个大水池旁，湖中间的喷泉[①]精致优雅。是不是因为担心会沉入深不见底的湖里，或者因为刚刚从深水中回到湖面而惊魂未定，所以湖中的金色骏马才会显出挣扎的样子？它们的马蹄、马嘴还有鬃毛才会都渗透出恐惧？

包括今天，还剩十一天。

今天才过去了一小部分。

准确地说，今天才过去了三分之一。

万一这辆载着五十位未来作家游览欧洲的巴士在旅途中发生了意外，大家都死了，她再也回不了家怎么办？

如果她有护照，她就可以回家了。她可以直接回到巴黎的那家酒店收拾收拾行李，然后离开。她可以在接待处留张便条说家中有人生病，或者说她梦到家中出现变故，而她的梦境如此真实，以至于直接影响她的直觉，所以她最好立刻回家，虽然没有接到任何来电或通知。不行。那太可悲了，撇开悲怆的梦境不谈，所有的护照都由芭芭拉保管着。芭芭

① 指法国巴黎凡尔赛宫花园的海神喷泉。

拉是银行会计，是五个随行的银行职员之一（基本上，每位职员负责照看十位未来作家）。安娜想象着她的护照和其他四十九本护照正被橡皮带捆在一起，也许是按首字母顺序排放的。它们正被放在一个安全的地方，也许是被放在一个保险箱里，酒店的保险箱。或者芭芭拉会不会把它们放在自己的公文包中随身带着呢？安娜护照上的照片是六月初她在家乡邮局内的自动照相棚内拍的。只要是在那个叫作家的地方，一个自动照相棚也会让人觉得似乎光芒万丈，好运连连，就连照相棚的帘幕都令人艳羡。照片上，安娜穿的是一件苏克西女妖① T 恤。她有一双黑眼睛，看起来严厉、不满而痛苦，但看到她的人不会有胆量问她怎么了。这时的她希望独隐于世，直到她长大了很多，到了二十七岁，她这个性格才有所改变。当她完全变成另外一个人的时候，周围的事情看起来也都不一样了，生活变得简单，更容易理解了，很多事情都显得一目了然。

她今天穿着照片上的那件 T 恤。在那清澈的法国湖水中，她能看到自己的脸和衣服上苏克西面具般的脸倒映在水中，随着水面的波动上下起伏着。

她以前不知道自己原来如此腼腆。

她未曾想过，自己会是这么不合群的一个人。

被分配到和她住一起的舍友黛恩是疯人小团体的一员，她对安娜相当和善，但两个人没有共同语言。

---

① 苏克西女妖，女歌手，“苏克西与女妖”（Siouxsie and the Banshees）乐队的灵魂人物，被誉为“哥特女王”。

她每天和别人说的话仅限十五个字，而且几乎都不能成句。

（晚安。

早安。

嘿。

我能用这个吗？

嗯。

谢谢。

拜。）

她抬头看看天，天空是蓝色的；低头看看湖面，天倒映在湖中的颜色是深色的；再看看那些金色的被拴住的似要脱缰而去的马。这里就是天堂，见证了她的成功。报纸上提到她时，会特别说明她是这次旅游资格获得者中来自最北部地区的一位。所以她会没事的。她要给父母寄张明信片，让他们自豪，她打算在明信片上这样写：

这里太美了！我真幸运！我们每天都在酒店吃住。我看到了埃菲尔铁塔，还去了一座很漂亮的教堂。今天我们是在凡尔赛。这里就像天堂一样，你可以租一艘小船在湖面划船，吼吼，先就这样。爱你们的安娜。抱抱亲亲。

在给校中好友道格拉斯的明信片上，她会想说什么就写什么，而且她每去一个地方都会给他寄一张明信片。不，她要写得更风趣些，她要把想表达的内容都用歌词写出来。如果她专心致志的话，她会写出这样的歌词，翻译过来就是：

我他妈的是这儿唯一的苏格兰人[1]，他妈的唯一的从北方来的人，参加这次巡游的其他人都是英格兰人，而他们就是什么都不懂。

亲爱的道格拉斯。现在的我会不会就处于塑胶年代[2]？只要买些我迷人的倒影[3]。崩溃即将来临[4]。安娜。抱抱亲亲。此外，人们不需要你的名字，人们要的只是你的号码。

不，还是不够风趣，她要特别模仿欧洲电视网。

每个小时叮一个咚，摘花时也要唱叮咚。[5]

她会在印有大教堂钟楼的明信片上这样写，然后寄出去。道格拉斯会觉得那很有趣。

叮咚叮，听一听。也许是个老顽丁[6]。
即使爱人离去了，依然唱着咚当叮！

---

① 英国由四个部分联合而成：英格兰、苏格兰、北爱尔兰和威尔士。

② 改自英国新浪潮乐队“巴格斯”的歌曲《塑胶年代》（*Living in a Plastic Age*）。

③ 改自英国乐队“动感节拍”的歌曲《洗手间的镜子》（*Mirror in the Bathroom*）。

④ 改自英国乐队“冲击合唱团”的歌曲《伦敦的呼唤》（*London Calling*）。

⑤ 来自荷兰歌曲《叮咚》（*Ding-a-dong*）。

⑥ 来自《叮咚》。原歌词 big hit（非常成功）被换成 bigot（顽固者）。

湖边除了她还有一个身材瘦长的男孩。他也是巡游队伍中的一员。是的，他一定是队伍里的；他旁边的草地上也有个蓝色的文件夹。她见过他，她想起来了；现在他是最受欢迎的学生之一。他是属于比较下流的那一派呢，还是不太下流的那一派呢？她刚才有没有用欧洲电视网的调子高声哼唱呢？她一定有，因为那个男孩开始用那调子吹口哨了，因为他不可能刚好在她想到那首古老的歌的时候也想到了同样的歌。关于那首歌，她和道格拉斯好几年以前开过它的玩笑，除了他们没有别人知道。

他开始吹其他的曲子了，是瑞典组合阿巴乐队的歌《我有一个梦想》。他看起来不像是会喜欢阿巴乐队的人。

他唱的那几句讲的是，如果相信童话国度有奇迹，那么即使失败也能手握未来。他嗓音很好。他唱得很响，响到她足够能听清楚他在唱什么。事实上，他看起来就像是在为她唱。

然后，等一下，他是这样唱的吗？

我相信恩格斯①。

如果他真是这样唱的，那真是够风趣的了，她确信自己没有听错。只有真正了解她的朋友才知道，这样的双关语可以引起她的注意。

然后那男孩说话了，的确是对她说的。

“快呀。”他说。

他好像在鼓励她唱歌。

---

① 恩格斯（Engels），原词为天使（angels）。

她看他的眼神像是很害怕的样子。

“你在开玩笑吧。”她说。

“只有很严肃的事情我才开玩笑，”他说，“快呀。把你觉得美好的东西唱出来。”

“不知道有什么美好的东西。”她说。

“你一定知道。”他说。

“我真的不知道。”她说。

“真的，你一定知道，”他说，“因为大家都知道，阿巴的歌技术上都是采取的和声，所以总能像具有腐蚀性的酸那般渗入人们的大脑，这样我们才会永远永远永远记住它们。即使在二十年以后，人们还是会唱他们的歌，甚至可能比现在还要流行呢。”

“那么，你在关于2000年的英国的文章里写的就是这个吗？”她问，“《被阿巴乐队摧残大脑的一代》？”

“也许吧。”他说。

“不可能。”她说。

“那你写的是什么？”他问。

“是我先问你的。”她说。

“我的开头是这样的，”他说，“以前有一个女孩，身穿过时的朋克T恤——”

“它才不过时呢！”安娜说。

“——坐在法国一座很有历史的宫殿的水池旁——”

“很有趣。”安娜说。

“她很有趣，”他说，“她真的有趣吗？没人知道。因为她决心把自己封闭在自己的小世界里，所以没有人能知道。

要是那天她能和麦尔斯一起唱他在凡尔赛宫唱的那首阿巴乐队的歌，那么，一切都会奇迹般地，变得完美。可惜，她很固执，她打小就顽固——”

“我才不固执呢。”她说。

“可惜，她很高傲，她打小就——”

“我也不高傲，”她说，“不管怎样，反正我就是不想让人看见我唱阿巴的歌。”

“我没有唱阿巴的歌，”他说，“我唱的不是阿巴的歌，我唱的是革命。可惜，她很保守，她打小就被保守的观念和政党所影响——”

“我也一点儿都不保守，”她说，“你的故事很差劲。我之所以不愿意唱是因为我其实不知道歌词。”

“那些词其实都是我自己编的，”他说，“再说，其实是你先开始哼欧洲电视网的流行音乐的，其实不是我。曾经有一个女孩，二十年后的她除了转眼睛和说‘其实’这个词之外，就不知道怎么与人交流。好了。现在，告诉我你的故事是如何开始的。”

“你先告诉我你写的东西的真正内容。”她说。

他动了一下，坐到离她近点儿的地方。

“你叫什么？”他问。

“安娜（Anna）。”她说。

“你的名字和阿巴（Abba）很接近呀。”他说。

这话让她差点笑出声。

“曾有一次，只有那么一次，”他说，“一次就是全部。”

“你的文章这样开头的？”她问，“是吗？”

他看了看别处。

“写得很好。”她说。

“谢谢。”他说。

“只是，你说‘有一次’，和‘只有那么一次’，然后下一句你又说了，所以你一共说了三次‘一次’，这样就不是一次了。”她说。

“曾有一次出现了那么一个很爱咬文嚼字的女孩，”他说，“或者只是对文字很讲究。那么你的文章怎么开头的，批评家？”

“未来是个异国他乡。人们想的做的和现在完全不同。”她说。

“嗯，我知道，但你的文章是怎么开头的呢？”他说。

然后，不知是不是有东西进了眼睛，他朝她眨了眨眼。

“很像 L. P. 哈特利①的风格，”她说，“但是，你知道，是改编后的版本。过去就是个异国他乡。《送信人》里这样写的。”

“呃，呃，”他说，“我印象中 L. P. 哈特利的原句的押韵肯定比你这句好。”

“你可以去押自己的韵。”她说。

“嗯，是的，我会的，”他说，“但是我写的肯定没有林

---

① L. P. 哈特利，英国小说家。所著《送信人》名句：人们行事不同以往，过去就像异国他乡。（The past is a foreign country：they do things differently there.）

肯总统和肯尼迪总统的押韵效果好。①”

这一次她大声笑了出来。

“不管怎样，”他说，“说真的，你的故事到底写的是什么？告诉我实话。”

“我写的是一个沉睡了二十年的女孩在 2000 年突然醒来的故事，”安娜说，“关键是，2000 年的很多事物都和现在的完全一样，只有一个例外。当女孩打算读写什么的时候，她发现文字好像都是颠倒过来印的。她起来走到厨房，拿出一盒麦片，那个包装就和现在的脆玉米片包装一样，除了包装上的字是倒过来印的。她还是能读那些字，但就是感觉怪怪的。她把盒子头朝下，但发现并没用，因为她发现那些字母的排列顺序和正过来印的顺序是一样的。然后她打算看看报纸，结果还是那样——报纸上的字也是倒着印的。于是她陷入了恐慌，以为自己疯了。她从书架上拿下她最喜爱的一本书，那是老版的，她一直保存着。她二十年前读过这本书，是 L. P. 哈特利的《送信人》。她翻开书，整本书里面的字母方向都是向上的，她大大地舒了一口气。然后她出去，走到市区。公共汽车前面的字是倒着的，所有商店名也都是倒着的。而其他人竟然没有觉得异常。于是她开始感到

① 一指林肯与肯尼迪首尾相接，二指两人的诸多巧合，主要有：两位美国总统都是遇刺身亡；进入国会和当选总统的时间都相隔一百年；都在星期五被暗杀，都是头部中弹；凶手出生日期相隔一百年，都是南方人，都在审判前遭枪杀；两人的总统继承人都是南方人，都叫约翰逊；林肯的秘书叫肯尼迪，肯尼迪的秘书叫林肯，而且秘书都曾劝总统不要去被暗杀的地点。

疑惑。她走进自己二十年前——也就是 1980 年——很喜欢的一家书店，从书架上拿下来同一部小说——《送信人》的新版。很显然，封面上的标题都是倒过来的，封底对小说的简要概括也是倒着印的。她打开时，里面的每一页都是颠倒的。半天过去了，到吃午饭时，她已经习惯了看那些颠倒着的文字了。她的大脑就这样自然而然地接受了这些颠倒的文字信息。到了故事的结尾，她已经不再觉得那些字母是倒着的了。”

她停了下来。一口气大声说了这么多，她有些不好意思，也有些筋疲力尽。这比她离开家以后说的所有话加起来还要多。

“喔，写得不错，”男孩说，“很有颠覆性。颠覆性的睡美人故事。我想知道你是怎么唤醒她的呢？应该不是吻了一下吧？”

他说这话没有试探的意味，并不是在挑逗。事实上他看起来很专注。

他很风趣，而且非常机智。他应该是这群学生中最出类拔萃者之一，如果他们中有人能考上牛津或别的什么学校，他一定是其中之一。但听他的口气，他家不像是很有钱，或者他就读于贵族学校。当然，他已经实实在在地惹她发笑了。她想问他认不认识把那男生的胡子剃掉一半的那些人。他看起来不像是会干那种事的人。

他黑头发，大鼻子。如果不是因为鼻子的话，他看起来会很帅。他是那种看上去很安静的人。也许他实际上并没有他的外表这么安静。近看时，他显得有些累。他的头发有些长，但长得不过分。他套了一件蓝色的套头背心，胸膛很宽。露在背心外的手臂和肩膀瘦长而苍白，显得与他的身体极不相称。但他从牛仔裤腿上掸走小小的蚜虫或其他什么东西的动作却又如此轻柔而精准。

他开始盯着她看，所以她不再注视着他。

“你在做什么？”然后他问。

她耸了耸肩，看了下旅行文件夹中最上面的那张时间表，然后点点头。

“我在等着下一个行程。”她说。

“不，我是说，你在用那个做什么？”他说。

他正指着她一侧的耳朵。他们说话的时候，她取下文件夹中标注“重要信息”的那张单子上的回形针，捏住打开的回形针的一端从耳朵穿过去。

“哦，”她说，“我在做耳环。”

“用回形针做？”他说。

“我身上只带着一个耳环。我是说我只从家里带了一个过来，”她说，“我不希望耳洞堵起来。”

“电视剧中人们解开发夹或回形针都是为了开锁之类的，”他说，“但你却把它刺入耳垂。这种做法可是过时了。”

“我这样做，很符合二十世纪的时尚。”她说。

“这种做法可能在现在的法国还算新潮，”他说，“不，应该是还算 nouvelle vague[①]。嘿，听着。如果你的姓是纪

---

① 法语“新潮”。

（key）——”

她斜眼看着他。

“你就是英国的关键人物（key）安娜了。”他说。

现在他正在笑她。

然后她也笑了，在笑自己。

“要是我现在在英国就好了。”她说。

“你的耳环真的有这么重要吗？”他问，“哇哦！不，我喜欢这里。我喜欢有历史的地方，那些混乱的历史总能产生一些很值得一看的东西。我很享受这次旅程。而你，你情愿回去也不愿意待在这里。”

安娜点点头。

“你玩得不开心。”他说。

安娜把目光从他身上移开，看着水面。

“那，”他说，“你可以走啊。直接回家去。”

“是的，你说的对，”安娜说，“要是有护照，我当然会回去。至少我可以选择。”

“我们找找看。”他说。

“找什么？”她问。

“你的护照啊。”他说。

“在他们那儿呢，”安娜说，“他们把我的收上去了。他们收了你的吗？”

“快，”他说，“我能帮你。把你的护照给我，我能帮你通过边境。”

他换上了一副严肃的面孔，指了指她的午餐盒中伸出来的法国面包，然后摊开手。

“你要这个?”她问。

“把你的护照[1]给我,”他说,“我自己的那个已经吃掉了。”

“你真是滑头。”她说。

但她把面包递了过去。

“是的,”他说,“跟我来。”

他站起来。

“去哪?”她问。

“去钓鱼。”他说。

他们一下午都在把面包屑往水里扔。鱼儿的小嘴露出水面,张开,合上,好像和鱼身脱离了一样。回巴黎的路上,大家都在汽车上相互拥挤着抢座位。当她经过他那张桌子时,他拉了拉她的上衣角,往里移到了旁边的空座上,她就坐下了。

“这是安娜·纪,”他告诉同一张桌子上另外两个人,“英国的关键人物安娜,当然不在英国的时候也是关键人物。”

这一次坐上这辆汽车,她同样从包里拿出她的书,但并不是因为心情不好。周围的人一路上说说笑笑,就好像她是这个集体的一员,好像她一直就是其中一员一样。她甚至还几次主动加入了交谈。

晚餐前回到酒店的房间,她坐到床上,拿出信息文件夹里那份获奖者名单。名单上只有一个叫麦尔斯的人。麦尔

---

① 原文为“passaporte”,似一种面包。

斯·加斯。他的名字旁边写的是雷丁。他应该就是从这个地方来的。

曾有一次，只有那么一次，一次就是全部。

她突然怀疑这是不是真的是他的文章开头。她真应该问问他的文章后面写的是什么。她暗下决心，下次再聊天的时候一定要记得问。

那天晚上，当她下来吃晚饭时，汽车上和她坐在一起的那些人中，有人还为她在旁边留了个座位。她和一个女生交了朋友，那个女生看上去很外向，但实际上很内敛。那个女孩来自纽卡斯尔。她们随便交流了几句，然后互相点头示意，表示达成共识，剩下的十天里她们可以相互结伴。这时，那个叫麦尔斯的男孩正从另外一边穿过酒店的餐厅，站到员工坐的那桌旁和他们聊着什么。尽管隔得很远，她还是看到他身上似乎散发着一种亲和的气息。她看到他和那桌人因为谁说了什么而哈哈大笑。她敢打赌，说俏皮话逗大家发笑的绝对是他。

餐后，她排队等着乘坐酒店那部可怕的吱嘎作响的旧电梯，电梯的金属门看上去有些危险。他不知从哪里走到她的身边，轻轻靠着她的肩膀。

“我送过信了。”他在她耳边说。

“啊？”她说。

“为了让体制为我所用，我刺探到了体制的心脏。”他说。

“啊？”她还是一样的反应。

“啊代表阿巴（Abba），”他说，“B代表女妖（Banshees），C代表秘密的犯罪活动（covert criminal activity）。”

他举起了一个东西，是护照。它的照片页打开着。那是她的照片。

“我刺探到森林里最危险的地带，”他说，“牺牲了自己，然后带回了——你。”

他把护照递给她。他笑了笑，点了一下头。

“你（的护照）就在这儿。”他说。）

现在，三十年后，安娜正沿着伦敦格林尼治的一条街走着，她前边是个一蹦一跳的小女孩。安娜一下子想起了过去的事情：

屋子里和旧时的校友道格拉斯身上相似的木材抛光剂的特殊味道；

那次欧洲巡游在巴黎待过的一个酒店的电梯门，其实它并不是一扇真的门，只是一个金色的六角手风琴一样的铁闸，当你乘着电梯往上时，你能透过电梯门缝看到楼层之间的混凝土；

某种混杂着希望和不满的情绪；

一种真实得犹如她能品尝到的味道的感觉，一种存在于时间之中赋予她的感觉；

她也回忆起了很清晰的声音，还有那句话：

你就在这儿。

她走在一条她不认识的大街上，手里拿着两件上衣。一件是她的。另外一件款式时尚，价格昂贵，令人羡慕，皮质鲜亮，口袋很大。她把手伸进上衣口袋，摸到了麦尔斯·加斯的手机和钱包。

辞职后不久的一个夜半，她坐在电视机前，里面刚好在播马克斯兄弟拍的电影。哈珀[①]在里面显得出人意料的老。几个凶猛的匪徒在寻找一条藏在金枪鱼罐头里的钻石项链，他们把哈珀摁在墙上搜身。他们把他的旧上衣口袋一一掏空，把掏出来的东西扔到了他们身后的房间里。电影中哈珀的口袋都出奇地深，那群匪徒掏出来的东西足有满满一堆，里面有一个咖啡壶、一个牛奶罐、一个糖罐、一个汽车轮胎、一个手摇风琴音乐盒、一个大锤、一对假肢，还有一只小狗。那只小狗摇摇头以拾回自己的尊严，然后轻快地穿过房间。其中的一个匪徒狠狠地抽了哈珀一个耳光。哈珀是个天才。他放声大笑，回敬了那匪徒一巴掌。真正好笑的是那群歹徒想要让这个世上唯一的哈珀·马克斯开口。他们希望通过折磨他令他就范。然而每一次严刑拷打都只是让他笑得更响。

“怎么了，怎么了，怎么了？”孩子说，“您在沉思。您在沉思什么？”

她们走过了一道低得可以坐上去的墙。安娜把两件上衣

---

① 哈珀·马克斯（Harpo Marx，1888—1964），美国喜剧演员、电影明星马克斯兄弟中的弟弟。

放在两个路牌之间的墙上。东南十区。库鲁姆斯山大街。东南十区。伯尼街。她头顶上有一个牌子写着“圣母海星教堂”，还画了一个指路的箭头。旧时的拼法①用印刷体写在现代的路牌上，看上去就像是错别字。

她坐到外套旁，看了看手表。

“我考虑的是，”她说，“除非有人同意，否则你不能跟我继续走下去了。你的父母在附近吗？或者你有没有手机什么的可以联系他们一下？”

“我们住在那儿。”孩子说。

她指着马路对面的一座教堂。

“住在教堂里？”安娜说。

孩子笑了笑。

“在教堂后面，”她说，“就在那个方向，但在教堂后面。”

“近吗？”安娜说。

“我家有个移动电话，但不怎么用，”孩子说，“我妈妈说在火车上时对着电话喊‘我在火车上呢’说不通。因为那弄得你好像不是真的在火车上。她认为你说在火车上就应该是真的在火车上（on a train），而不是同时还电话在线（on a phone）。”

“我想见见你妈妈，”安娜说，“她听上去很有意思。”

“她可有意思了，”孩子点头说，“小学六年级的时候，她做过一个关于手机的历史课题。她研究的第一个手机型号

---

①“圣母海星教堂”的“圣母”，旧为 Our Ladye，现为 Our Lady。

是摩托罗拉 1990。这发生在我出生前十年。”

“嗯哼。你父母是在家还是在上班？”安娜说。

“他们在大学里上班，”孩子说，“就在那儿。”

“好，那你能不能跑过去告诉妈妈或者爸爸你和谁在一起、会去哪，”安娜说，“然后让你爸爸或妈妈陪你过来一下，或者让他们写个字条告诉我他们放心让你和我在一起？”

孩子把手掌放在矮墙上面，娴熟地倒立在空中，然后又熟练地翻身下来。

“当然可以，”孩子说，“虽然他们很信任我，但我可不傻。你的名字可是和我的一样。所以要是我去说的话，就得说我要和布鲁克去看隧道，然后去天文台看牧羊人电磁时钟。”

“也许，但是，听着，我不叫布鲁克，布鲁克是你。”安娜说，“我叫安娜，告诉他们，我是——那个把自己锁在李太太家的男人的——朋友。”

“嗯，但你刚来的时候，”孩子说，“我们在李太太家的前门见面时，你说我们的名字一样。”

“不，我没说过。”安娜说。

“我当时说‘我叫布鲁克’，”孩子说，“然后你说‘真巧啊，我也叫布鲁克’。”

“不，”安娜说，“事实是，我们在台阶上见面时，我不知道你说的是‘Brooke’，我以为你说的是‘broke’。我的确身无分文。所以我说，‘我也是’。那是个双关语。”

“和 broken 差不多，伤心的意思？”孩子问。

“不，那句话的意思是我没有钱。”安娜说。

“所以，双关语到底是什么呢？[①]”孩子问。

“所以，‘到底’的双关语是什么呢？[②]”安娜说。

孩子觉得这样很有意思。

“不是的，”她笑完了说，“我想知道，双关是怎么形成的？”

“形成？”安娜说，“啊呀！形成。呃，双关。就是说，一个词的意思和你想要表达的意思有出入。比如说，当你说‘Brooke’时，我以为你说的是‘broke’。这种双关是无意的。”

“无意的。”孩子说。

“也就是说，在我们没有主动选择的时候，双关的含义出现了。”安娜说。

“我知道是那个意思，”孩子说，“我只是把那个词念了一遍，好自己感受一下。”

她在安娜旁边的墙上坐下，学着安娜的样子把腿蜷着，又模仿安娜往前方看。

“好，”安娜说，“就这样吧。”

“那双关有什么用呢？”孩子问。

“呃。”安娜说。

“比如说，如果在学校有人对你说，你听着，你就是历

---

① 意译。原句：What exactly is a pun therefore。

② 意译。原句：What exactly is a pun therefor。

史人物。[1] 这是双关吗？”孩子说。

“说不准。”安娜说，“那话是谁对你说的？你们的老师？负责你们的课程或者什么的？”

“不，我不是那个意思，”孩子说，“因为，很显然，我还没有出名，我才九岁，要到明年四月才十岁，所以到现在为止还没有什么时间去做让自己名垂千古的事情。所以现在的我绝对不可能是历史人物。我知道那话的意思不是说我像奥巴马总统一样著名。我想那话绝对不是什么好意思。但是，如果我知道它的含义就好了。下次他再对我说同样的话的时候，我就能告诉他，别再对我说这个双关语了。”

安娜点点头。

“我知道了，”孩子说，“那不是双关。双关应该是——比如说，你在剧院看音乐剧，这场音乐剧不怎么样，你觉得有点儿无聊。你可以不说没啥行业像演艺业这样无聊，而是说没啥行业像慢行业这样无聊。[2]”

孩子的脸上充满笑意。

“我又要去看音乐剧了，可能很快，”孩子说，“演出，缓慢。布鲁克，身无分文。我敢打赌，你之所以没钱是因为你被解雇了，因为现在经济衰退，或者因为你还是个学生，硕士生？”

---

① 你就是历史人物（you're history），鉴于西方人早熟，此处应指“你已成为过去”。出自英国同名歌曲：《你已成为过去，对我没有意义》（*You're history, no good for me*）。

② 原文当中“演艺业”（show business）与“慢行业”（slow business）为一语双关，意在取笑音乐剧情节发展缓慢。

“不，我有工作的，但我辞掉了，”安娜说，“因为那项工作简直就是垃圾。”

“就像社区服务时在荒地上捡垃圾的活？”孩子问。

“不，”安娜说，“我的工作是让人们变得不再那么重要。我真正的工作内容就是这样，虽然表面上看我是在使人们变得重要。”

“表面上看。”孩了说。

“你知道它的意思吧？”安娜说。

“我知道，但我不明白此时此刻它的含义是什么。”孩子说。

“它的意思是，呃，我不知道该怎么解释它在这句话中的含义，”安娜说，“它的意思是从外表上看，也就是说，从外表上看，我的工作是做这个的，但实际上做的是别的。”

“好像和撒谎的意思很像，”孩子说，“和双关的意思也差不多？”

“这随你怎么认为吧，”安娜说，“我的工作是这样的：首先，我要让别人告诉我他们的遭遇，通常都是些很糟糕的经历。因为如果我要帮他们解决问题，他们要先告诉我他们遭遇了什么。然后，因为工作要求，我要把这些遭遇自我加工压缩。我要把这些真实经历，有时甚至是一个人的全部人生经历，记录到 A4 上，但不能超过单面的三分之二。你知道 A4 是什么吗？”

“A4，是纸吗？”孩子说，“还是比高速公路稍微小点儿的马路?①”

“是纸,”安娜说,“所以,因为我不喜欢这个工作,所以我告诉老板我想辞职。但他们告诉我,我的工作做得很好,他们还给我升职,也就是说我能拿到更多工资。但是我的新职务会使其他人被辞掉,他们做着我的老工作,但不能有效地将人们的人生故事尽量简短地记录下来。所以,最后,我辞职了。”

“你的工作是不朽的(immortal)。”孩子说。

“我猜你说的是不道德的(immoral),”安娜说,“但你也可能是在说不朽的。”

“这是个双关!”孩子说。

“我们的这个双关真不错。”安娜说。

孩子尖叫着大笑。

“我说出双关语了!我说出双关语了!”孩子说,“再过不久,我们就能走上隧道一样深邃的双关大道啦。”

“哈哈。但是你要先去找你的家长来,或者带张表示允许的字条来,”安娜说,“快去,我在这儿等着。”

“你会等我?”孩子说。

“是的。”安娜说。

“所以你会一直在这里等着,直到我回来?”孩子说。

“所以,是的,”安娜说,“过马路的时候小心点儿。”

“好的,待会儿见。”孩子说。

那个被称作历史人物的孩子,她一蹦一跳地穿过马路,

---

① 英国有西大道(A4 road)和 M4 高速公路(M4 motorway),前者小。

跑到对面的街上然后转弯。安娜看着她从视线中消失。然后她感到迷惑。那孩子是不是跳着过马路的？还是那只是我的幻觉？我刚才是不是想象出了一个田园诗般的童年好让自己好受些？因为想象中田园里的小孩都是一蹦一跳的，而不是连奔带跑。

她想象着世界上正有成千上万和那孩子年龄相仿的小孩自己过着马路。

她自言自语道："别管她了。"

她说服自己，她已经没有责任了。

她仰坐在阳光下，又抬头看了看天。夏日的天空很蓝，满天的飞鸟。鸟儿们是幸运的，它们是天生的环球旅行家，大脑中存储着旅行路径，那些它们从未见过的地势一直都在它们的神经系统中。远处的树在上升，树叶晃动着，不时改变光线的强弱。如今的夏日总有种焦躁不安的气息，让人失去动力，冗长难耐。因为全球变暖的缘故，近几年的夏天总是那么灰暗无趣，热得让人觉得黏糊糊的，还总有肮脏的苍蝇飞来飞去。这样的夏天和她记忆中儿时的夏天完全不一样。儿时的夏天甜美、完整，与世隔绝，每个夏天都像是一个熟悉的故事，就好像一套母子盒，从最里面的盒子开始，每个盒子都装着它之前的故事。那第一个盒子装的就是记忆中的第一个完美夏日。

叮咚叮，听一听。也许是个老顽丁。

难以想象这么多年了，她还能记得这句话。她应该和道格拉斯取得联系，今年给他寄张圣诞贺卡，问问他是不是也还记得。道格拉斯这些年都去了哪儿？她想知道他的父母是不是还住在原来的地方。然后她又想他的父母亲是不是还健在。

每个小时叮一个咚，摘花时也要唱叮咚。

那是出现临时疏散措施和重要知识转移之前的年代。那时还没有人打着追求和平的幌子贩卖军火。都是些空话，空话，空话。自由。身份。安全。民主。人权。不要让你的垃圾桶享有权利。

她甩甩头，因为头开始疼了。“解雇”这个词从那个异常明事理的孩子口中说出，刺激了她的脑神经。这让她想起了一块桌布，和一个餐具垫。那是一张棉桌布，有些地方因为食物洒在上面洗不掉而留下了永久的污渍。她刀叉之间的餐垫有棕色的边，餐垫上的图案是一只越过篱笆的马，马背上坐着一位猎人。现在是正餐时间，她坐在餐桌旁。她还是一个孩子，那天她妈妈从电话局下班回来告诉他们，她要被格蕾丝“解雇”了。

这个格蕾丝是谁呢，竟然能颠覆晚餐，让她妈妈的眼泪在眼眶中打转，让她爸爸的表情黯淡？安娜那时想知道。但格蕾丝并不是一个人。格蕾丝（Grace）① 是一个系统，全

① Grace，（人名）格蕾丝；（上帝的）恩宠，恩典。

称是群路由和更改设备①，这个系统让人们能直接拨打国外的电话，系统会自动连接。它的存在意味着对电话接线员的需求没那么大了，而她妈妈就是一位接线员。

在将近四十年以后的 2009 年的夏天，安娜坐在格林尼治的一堵墙上，低头看着自己的鞋。她的这双运动鞋已经磨破了。当她穿着这双鞋踏上吉纳维芙·李家干净的台阶时，李夫人用很恐惧的表情盯着它们。试想一下，如果有人打算把出生后穿的每一双鞋都保留下来，并特别准备一个柜橱保留这些曾带他到各地的鞋子，当你打开橱门时，这鞋子博物馆里面会是什么样子呢？可能这些鞋子被从下往上摞成一排一排，保存完好，记录了我们在人生某个特定时刻的生存状态？或者它们被一排一排地摞在搁架上，除了布满灰尘的皮革和皮革那陈旧的气味以外尽是虚无？

安娜脑海中闪现过一个又一个人，他们的身影出现在安娜面前。他们来自世界各地，有的人坐飞机，有的人乘船，有的人搭乘卡车，有的人躲在汽车的行李箱里，还有人步行过来。如果有人打算悄悄入境，政府机构已经研发出能够测出他们的心跳的新装置。这种特殊的新探测器能探测出不应该有生命特征的范围内是否有心跳存在（它曾查出一辆运送电灯泡的卡车中藏了十三个阿富汗人和两个伊朗人），因此政府机关对这个装置很是满意。

安娜见过的很多人在交流上都存在问题，要么是因为翻译问题，要么是一系列的打击让他们不再信任语言。有时两

① Group Routing and Changing Equipment.

个原因都有。有时翻译本身就是一种意外伤害。他们在一个语言环境中的遭遇怎么可能被完完全全地用另外一种语言复述出来呢？

在任何一种语言文化中，人们都在探寻着家在何方。

曾经有个男人讲述他记得边境守卫伤害他的妈妈的经历，安娜用尽量精简的语言把它记录了下来。（她最终觉得这个人的话并不可信。）还有一个女人曾经在长达七个月的时间里每天都要被带到一个房间受虐待。每每来回经过走廊上的其他房间时，她都能听到房间内其他人受虐的声音。她被要求坐在一张椅子上，从椅子后面的墙那边伸出来两根电线。每天都会有人拿着这两根电线电击她身上的不同部位。房内传出的其他人被虐待的尖叫声听起来总没有自己被虐待时发出的那么强烈。被电击时的痛苦也让人完全忽略这样的事实：他们还在自己家时，电线曾经是为他们提供用电的工具，而在这里，同样的线给他们带来的却是难以言尽的痛苦（安娜升职的时候，对这个女人诚信度的审判尚悬而未决）。安娜记录的另外一个案子很简单，案件涉及的女人是一个大学教授，她说，就好像是我的心脏会停止跳动，但这些话不会，它们就是不会……她最后没有把那句话说完整，没有说明白这些话不会怎样。安娜的记录上总结说那个女人很聪明，而安娜的上司认定她很明显是个不善言辞的人（这个女人最后被判为不可信）。

“你真的很适合干这份工作，”安娜的地区负责人这样对她说，“你的确能做到置身事外。你是干得最好的。你的报告长度适中，合格率达到百分之九十五。”

爆裂的雨点之上。

安娜·哈迪不再需要写能够影响事情真相、当事人诚信度或决定裁员与否的规定长度的报告了。

她和那份工作已经完全没关系了。

蜷缩着躲在一个装满电灯泡的漆黑卡车中，跟着它跋涉上千英里到底是什么感觉？堆在你周围、旁边甚至是身上的那些东西，纸板和玻璃都轻而易碎。而且，你知道，卡车里成千上万个灯泡都有确定的目的地，它们现在被垫起来存放在一层又一层的纸盒中，然后会被随便插到一个灯座上，这样它们的位置就更牢固。而你的前途却一片迷茫，也丝毫受不到保护。

你就会觉得自己连一个电灯泡都不如。

她学着网球运动员将毛巾蒙在头上的样子，将麦尔斯·加斯的上衣蒙到了头上。虽然蒙着衣服有些热，但能让她瞬间觉得舒坦。

然后，她突然觉得自己很傻。她好奇地想，路人会不会觉得她正披着一种特殊材料的深色长面纱，或觉得她是一个披错头饰的守旧修女，或认为她是个疯子？只有和朋友在一起时，才能把衣服披在头上，因为大家都知道那只不过是在开玩笑。

她用外套的丝绸衬里将脸上的汗擦掉，振作了起来。格林尼治大街上人很多，但没有人在看她，甚至都没有人注意到她刚才把衣服披在头上。但说不定哪个闭路电视[①]拍到了刚才的那一幕。

关注即爱。这话是谁说的？应该是上世纪的一位小说家。安娜从她坐的地方一下就看到了三个闭路电视摄像机。她冲着三个中最近的那个挥挥手，它被安在马路对面一栋看上去已被废弃的办公大楼的墙上。嘿。这多像是一种崭新的、神经兮兮的自恋症结啊！这使得人们无时无刻不在疯狂地拍摄自己的行为，二三十年前有没有人曾想到过这种情况？多么偏执成狂、嫉妒成性的爱情故事，这个故事发生在2009年英国的任何一条街道上。

那件上衣里面闻起来不错。

还没有看到孩子的身影。

她看了一眼自己的手机。现在是两点五十分。她把手机放在手上，掂了掂，感受了下它有多轻盈。想象一下。这是手机。它存在于历史之中。

她从麦尔斯的上衣口袋里把他的手机拿出来。手机打不开。一定是没电了。她又把手伸进去摸出了他的钱包。钱包上印着“真皮，意大利制造”的字样。她打开钱包，看看里面有什么：三张信用卡和两张借记卡都是皇家银行的；一张印有他名字的机管局卡，名字旁写着“路边”[②]；六张一流邮票；一张泰特艺术中心的会员卡；三张面额二十英镑的

---

① 闭路电视，CCTV（closed-circuit television），一种图像通信系统，能在特定的区域进行视频传输。

② 路边（Roadside），指紧急道路救援服务（Emergency Roadside Assistance）。

钞票。

她认不出驾驶执照上面的那个男人是谁。照片上的人秃头，即使照片洗得很不清楚，仍然能看见他头顶的皱纹。

但当她看到他在驾照上的签名，注意到麦尔斯（Miles）中的“l”上面的小圈，加斯（Garth）中“G”和“r”的倾斜程度，还有“t”和“h”写在一起的方式，她立刻就确定是他。当她看到他的笔迹，她脑海中清晰地显现出写着她故乡地址的相同字迹。现在那里的人对她来说是完全陌生的，而故乡也像她已逝的父母那样，在她的记忆中是那么久远，却又时时存在。

当时她十八岁，已上大学，正在家中享受假期，就收到了他的来信。信中说他组建了一个乐队，乐队名叫莎士比亚罗们①，他弹唱都有份。他还在信封背面画了一幅卡通图案，图上有一只正在弹电吉他的粉红色豹子。

啊——天啊！——他，麦尔斯·加斯，曾经去过她家一次。就在第二年，1981年，她是不是又见过他一次？他长途跋涉到北方，是要去阿勒普野营，当他经过她家所在的城市时顺便去她家拜访了她。她家里人正在吃肉馅，而他不吃肉食，所以她妈妈用夏天刚刚上市的新鲜土豆为他做了沙拉。曾有那么一会儿，她从屋里出去了。当她回来时——她很清楚地记得这件事，就好像那是一个她听过很多次的故事——她看到他很有英国绅士风度地坐在露台中的沙发上。她

① 莎士比亚罗们（Shakespearos），自造词。似莎士比亚（Shakespeare）的复数形式。此名意为“好斗者，好表现者”，即“挥舞长矛”（shake spear）。

透过厨房隔板看了他一会儿。他并不知道她在。他们已经给他上了一杯茶，他用手碰了一下杯底，发觉杯底是湿的，他洒了些茶在脚边的瓷砖上。当时她妈妈正在和他说话，要么就是他爸爸在说些关于种植西红柿的事情。他拉开了短靴的拉链。他做这件事时很注意礼貌，并没有低头往下看，也没有不再聆听，所以她的父母都没有注意到他的动作。然后他把自己的脚缓缓转着往上提，稍微一抖，就把靴脱掉了。他把穿着短袜的脚放到茶洒在地上的位置，感觉了一下，没有放错地方，他用袜底将茶抹掉了，然后，随即用脚趾摸索着碰到了靴子口，把脚伸进靴子里，做这些的时候他还是没有低头看。这整个过程中，他没有把视线从说话人的身上移开过。

现在，身在未来心系过去的她把那本驾驶执照翻过来。有效期至 2032 年 3 月 17 日。她再次翻到了那张黑白照片。当这个额头长着皱纹的陌生人和她一同在异国他乡时，他曾不厌其烦地帮助过她。他重塑了她。他在汽车上起身并为她腾出一个座位。在她家时，他对她的父母很是恭敬。

三十年后，那些最终剩下的记忆透着一股像是刚从地下挖出来的土豆一般的清新气息。

她用麦尔斯的上衣袖子擦了一下眼睛，才意识到自己哭了。她已经很久没有哭过了。意识到这一点，反倒使她内心深处的某些地方的裂缝悄然打开，蒙在外面的硬壳也随之一一脱落。

砰砰砰。

“听啊！感受一下！”

那是她自己的声音。

她一定是登记使用了心跳探测器。

“拍下来吧，你们这些摄像机。看看你们在这里把我拍下来是不是就能搞清楚到底发生了什么事情。继续呀，证明我曾存在过。让我们看看，我存在过又意味着什么。”

安娜站起来。她朝着其中一个闭路电视摄像机，在空中比画了一下她的拳头。

但她随即感到一个人站在那里这样做有些傻。她假装是在伸展手臂。她又伸了伸另外一条手臂。啊！好了！现在感觉好多了！

她又坐到了墙上。

想想，就这么走进一间客房的门——这个房间本来和你一点儿关系也没有——然后关上门，就这样，将让人感到有多舒心。

应该有一扇窗的，是吧？

房间里面有没有书呢？

你每天都会做些什么呢？

如果你就这样关上一扇门，然后再也不说话，会怎么样呢？一小时又一小时过去了，一句话也不说。你会自言自语吗？语言是不是就不再有用了？是不是就不会说话了呢？或者语言的含义变得更丰富，它们会不会开始包含各种引申意义，就像四处绽放的烟花那样向各个方向四散出去？它们会不会像无人照看的植物那样疯狂繁衍？会不会每一个进入你脑袋里面的、已经悄悄埋下种子的，或者早已开始冬眠的单词都开始过度生长？

你自身的安静会不会让周围的事物都变得更嘈杂？

那些你已经忘记的事情会不会从你的记忆深处涌现出来，其场景犹如滚石引起的雪崩？

他是不是想感受一下不存在于世间是什么感觉？他是不是自己锁上了门，这样他就能亲身体验一下当囚徒的滋味？这是不是那种中产阶级玩的意淫游戏？虽然我们都深信自己可以像小鸟一样自由地飞进随便哪个大型购物中心或机场大厅里，或者栖息在哪栋房子楼上房间内的符合复古潮流的木地板上，但还是要假装大家都是囚徒？

他会不会像小蜜蜂或者修道士一样，是为了别人好才把自己锁在那个小牢房里的呢？

或者，比如说，他是不是一个烟瘾很重的人，他这么做只是为了戒烟？

然后她大声笑笑。不管他是谁，这个麦尔斯·加斯再次唤醒了安娜。

好啊好啊好啊好啊！

孩子回来了。她身上鲜明的黄色和蓝色撞击着。她跑得气喘吁吁的，而安娜还坐在墙上。

“咚咚咚。”孩子说。

“请进。”安娜说。

“哈哈！”

孩子站在人行道上，开心地笑弯了腰。

“快呀，快呀，我们去隧道！”她说，“我妈妈同意我们去了！”

“证据呢？”安娜说。

“在我的脑子里。”孩子说。

“在这个道德尽失的年代，你必须提供一些实质的证据才行。”安娜说。

“但，我的确被允许和你一起去隧道玩，这是事实，”孩子说，“我妈妈说这是事实。她现在就在家。她在写一篇有关自然如何证明上帝已死①的论文。”

“关于什么？”安娜问。

“你没听出来吗？那是双关！那是双关！”孩子说，“她让我把这个说给你听的。你听懂了吗？她说这是很好的一个例子，我是说关于双关的例子。”

“我们还是不能一起去隧道。”安娜说。

然后她问孩子那个男人反锁自己的房间有没有窗户，她想去看看。

“那不只是个普通的隧道，那是著名的格林尼治河底隧道②。”孩子说。

她跟着安娜走回街上，走进新月形楼群的街道，一路上从所有房子前走过。转到那排房子后面的巷口处，她们往下走了几个台阶。那排房子后面的围墙里的小花园很整洁，花园旁有一个停车场和一块草丛。

她指了指那些房子。

“那栋。”孩子说。

一楼的窗户中有一个关着，而且它上面不伦不类地斜挂

---

① 此处“自然”（nature）与“人的天性”双关。

② 格林尼治河底隧道，建于1902年，以便工人过泰晤士河上班。全长370米，15米深。玻璃构成，配白色瓷砖。

着百叶窗。

那排房子后面还站着其他人。一个光头的男人在清洗摩托车。一个身穿开衩西装裙的女人正拿着黑莓手机拍照。一个十五岁左右的少女坐在一堆厚木板条的顶端，那些放在墙边的木板条看起来很像市场摊位的棚架。少女正用 iPod① 听音乐，她一边用手卷着一根烟，一边不时抬眼看看那个正在擦车的男人。还有一对看着像是日本人的男女，都二十岁左右，他们穿着时尚，坐在一个帐篷外的折叠椅上。他们对小女孩打招呼，孩子礼貌地作了回应。那个男孩和一位头发蓬乱的老人坐在一起，而那女孩正在玩弄一个和她的巴掌差不多大的相机。

日本女孩告诉安娜："无论怎么在网上找，都找不到一位智者。"

"听上去就像是你在福饼中找到了传递好运的字条。"安娜点点头表示谢意。也许那女孩指的是那位头发蓬乱的老人？但他看上去不怎么睿智。他很像个乞丐。那个日本男孩刚用一个干净得发亮的普利茅斯壶煮了水，现在他正分一些开水给那老人。

"他们把他们的伞给我了，"那个老人对安娜说，"有时会下雨。我可以留着它们，它们是可伸缩的。"

他把双手伸进口袋，各拿出一把便携式雨伞。

"让雨下起来吧。"他说。

那孩子认识坐在木板上的那个少女。她拉着安娜的手要

① iPod，美国苹果公司推出的便捷式数字多媒体播放器。

去那个少女身边。少女拿下了一只听筒。

“啊，我知道，”她说，“你就是安娜·K。大家都在等着你呢。因为你早上没能把那个男人请出来，她正郁闷着呢。”

然后她把听筒塞回耳朵。

安娜做手势表示希望她把听筒拿下来。那少女眨了下眼睛。然后她照做了。

“谢谢，”安娜说，“你能不能帮我一个忙，告诉你父亲我很抱歉没帮上忙，还有我祝他们一切都好。”

“你是要给他们传口信？”少女问。

“你想怎么传达我刚才的话都可以。”安娜说。

女孩把听筒塞回耳朵，拿出手机开始发短信。

那孩子跳上跳下。她拉着安娜的手，就像被绑了皮带的小狗一样拽安娜。

“是哪个窗户？”安娜又问了一遍那孩子。然后她走过正在房子后面摄像的日本女孩。她走到离那房子不能再近的地方，面前就是后院篱笆。她斜靠在篱笆上，头穿过一行行铁丝网中间一个头大小的缺口。她小心地把手也伸进去。

她手握成杯子形状放在嘴旁边，然后夹在铁丝网之间喊了起来。

“麦尔斯。是我。我在这儿呢。”

曾有一次，只有那么一次。一次就是全部。这是在未来的2000年，这个先进的种族身穿银色的宇航服（和六十年代“阿波罗”号上宇航员的经典穿着很像），他们开的汽车前头尖尖的，和二十年前一个叫作《明天的世界》的电视节目中的汽车长得一模一样。然而即便如此，即便是现在，此时此刻在未来，每个人眼中流露出的迷茫的怀旧神情依然挥之不去。

“真讨厌。”男孩想。

这个男孩是现代性的典范。他脚穿昂贵的鞋子，鞋跟处伸出一对火箭喷气螺旋桨，所以他能飞着去唱片店。如果是二十年前，他得走着去那里。他把他的特殊注射包排列着放在冷藏箱中，这些注射包能用来治疗癌症、心脏疾病、流感和常见的感冒，还有其他很多会影响人体健康的疾病。他还有额外的四肢，只要想要，现在每个人都可以有。（他选择让他的新肢从额前长出来。这样当他蜷在被窝里看书时，无须伸出手就可以翻页，他的手就可以安心地放在被窝里保暖。他是个很爱干净的男孩，尽管不是一个圣人。而现在，很显然，每天晚上二十五毫克的“少年安抚剂”就能满足他一切青春期的性欲和冲动。这在任何一家好一点儿的药房都能买到。它是由一家吸尘器公司制造的。自动清洁地板技术诞生以后，这是该公司在制造业方面实现的大转变。)

总而言之，他拥有所有最新的现代设备。

他看着他的母亲。和他父亲结婚以来他们就一直在一起。但是他能看到她眼里只有一个叫艾伯特的十八岁卷发男孩。很显然，这不是他父亲的名字。她十六岁那年的夏天曾去马恩岛度假两周。这个男孩每天吹着口哨从她小屋的窗下经过，为的是让她知道他在那儿等她。

他看着他的父亲。映入他父亲眼帘的是一个又黑又深的平静水池的双重影像。这个池子在一条离他父亲长大的地方不远的河里。时间倒回到河流被破坏以前，双眼倒映出的池子中都有一条银色的鱼，鱼和他父亲的手臂长度相当。当时他父亲十二岁，他每天晚上都坐在那等着捉那条鱼。天哪，现在是在未来，他父亲仍然坐在那条早就不存在的河的一侧的长草地上。

他又看了几个他不怎么认识的人的眼睛。他看着隔壁的邻居。二十世纪七十年代她还是个年轻女人，当时她被自行车撞碎了腿骨。虽然她现在有了一条非常完美的全新的腿，她眼睛里却只有那个闪耀的午后的画面，当时她正在她姐姐的婚礼上跳舞，她原来天生的双腿跳动得如此飞快轻盈，好像长了翅膀一般。

他看了看住在另外一边的邻居的眼睛。这个男人的眼睛非常吓人，因为他的眼睛里面只有纳粹党用的十字图形。这种图形在男人眼睛的深处，是男孩决定永远都不再多看一眼的地方。

他看不到他祖母的眼睛，因为她已经去世了。在过去，如果你去那些去世的人家里，亲属会递给你一本相册。但在1990年后，一种嵌入式计算系统开始投入使用，它让人们可以直接翻看已故者的电子相册。只是当他祖母下葬时却没有人将必要的资料输入该系统。

到目前为止，与逝者进行交流尚是不可为之事。但如果有人解决了这个难题，男孩心想，那又有什么意义呢？不管你问他们什么，那些死去的人都只会说："啊！曾经！"

男孩认识的一个女孩已经去世了。他们在青年学院念同一个年级。他们同用一张项目表，他的研究课题是"绝种的哺乳动物"（老虎和水獭），而她的是"英国的老梧桐树"（一种树木的曾用名）。去年的某一天晚上，她照常去睡觉，但第二天就谁都叫不醒她了。

她的死完全是个谜。

这个世界上能称之为谜的事件已经越来越少了。

那时候大多数男孩都想看一看那个叫詹妮弗的女孩眼里到底有什么。除了她，他对其他女孩想的事情丝毫不感兴趣，他肯定是疯了。很显然，即使现在他能做到，去看已死的她的眼睛也没有意义。那双眼睛里面只有"啊！曾经！"之类的回忆。

但她死之前曾经和他一样年轻，还未遭受过生活的戏弄。

今天，男孩带着他年迈乖戾的祖父去福利滑翔区域散心，他祖父很少出门。他们去了山边的公共发射台。退休老人福利领空的开放时间是从早上十点到正午十二点，因为这段时间飞行航道不算拥挤。在这个区域的飞行一向是顺风，而福利滑翔区建造得有如梦幻一般。男孩坐在前座，他祖父坐在后座。男孩盯着外面的蓝天和其他退休老人开的飞机产生的气流，它们都飞行在世纪之交的天际。

“爷爷，”孩子向前看着远处的天空，说，“您年长而睿智，而我正好非常需要向一位比我年长且比我聪明的人倾诉。但我不敢看您的眼睛，因为我害怕会看到与别人眼中一样的令人悲伤的过去。”

然后他听到坐在后座的祖父笑了起来。他笑得如此激烈，以至于他们乘坐的小飞机开始左右摇晃起来。

男孩的话并没有引祖父发笑，因为他根本听不到男孩在讲什么；风太大，男孩的说话声被风声掩盖掉了（不管怎么说，这位老人最终没有成为聆听者）。

“孩子，他们忘记把我的‘老年安抚剂’给我了！”他叫道，“我从来没有拿到过我的‘老年安抚剂’。他们忘记给我了！我现在感觉非常好！我好几年没有这种感觉了！看！”

他祖父坐在座舱里向下指着自己的大腿。他满脸喜悦地看看他的孙子。

“天哪！我真希望你祖母现在还活着。孩子，要是她现在在我身边就好了！我会让她坐在我的膝盖上，然后为她唱老情歌！”

他们的飞机着陆以后，祖父神采奕奕地跳了一支早前的电影明星弗雷德·阿斯泰尔[1]跳过的舞。他用力地在跑道上一群欢呼着的退休老人面前，将手杖从一只手扔到另一只手，有时还扔到空中。然后男孩准备把他祖父送到老年学校门前并签字。当他们快到目的地时，他祖父又变得乖戾起来，并开始浑身发抖。

“千万不要走话，”他祖父说，“一旦让他们知道了，他们会对我使用双倍剂量的药。”

“走话”是旧时表示泄露隐私或背叛的说法。

“爷爷，他们可能已经知道了，”男孩说，“就算监视器上没有显示，他们的神经水平仪也能追踪到您。”

但如果他们知道他们没这方面的证据，男孩什么都没有说。当老人看到男孩没有要泄密的迹象，并且知道自己将不受训诫和注射地穿过大门时，他用眼神对男孩表示感谢。

男孩看到了老人的眼睛，立刻看到了让人震惊的东西。他当时没有意识到这一点，但在他的余生中，他都会不断地来回搜寻着它——河流被彻底毁掉之前的尚未被污染的水源。

这个故事是真的，在不久前的未来，它曾实实在在地发生过一次。

---

① 弗雷德·阿斯泰尔（Fred Astaire，1899—1987），美国著名电影演员、舞蹈家、舞台剧演员、歌手。

**但是**

**BUT**

一个将自己反锁在房间里的人，会不会要求时间继续或停止？

马克的母亲费伊已经去世四十七年了，她最后一个吸引注意力的方法就是说话押韵。

马克步行穿过公园。他差点忘记了这里的景色多么宜人。

他可能是在检验自己是否被惦念？

抑或这种颠倒错乱意味着他从未来过人世间？

这话说得很有趣，因为她平常说的话都会比今天早上的这句要无理、残忍得多。而且，她通常是不会用问句的。问句都需要回答，不是吗？发出问句意味着对回复的期待——除非是反问句。是的，她经常使用反问句（“反问句就是不需要回答或者答案已经暗含其中的问句”——《英语语言要领》。在圣费斯学校，高年级男生总喜欢用这本书打低年级男生的屁股，于是一提到语法，他们普遍都会联想起曾经的疼痛)。马克走了很长时间，他从一片树木密集的区域绕过去，到了天文台，他本以为这条路没那么陡峭。事实并非如此，这一段路相当陡。曾经，一位皇家天文学家协会或是王室天文学家协会中的专家在附近的一块地方挖了一口很深的井，马克就坐在那块地方对面的长椅上调整呼吸。井旁的指示牌上提示道，那位天文学家曾坐在处于地表之下的井里用望远镜观察天空，确切地说应该是坐在那个小山丘里，它外表看起来很像个小山丘。这口井挖得还真是深。

然后马克沿着主屋走了一圈，在照相机暗箱中站了一两分钟。而现在，他正站在有声望远镜旁边，斜倚在栏杆上，俯瞰他刚刚穿过的公园。用他母亲的口气讲应该是这样的：

穿过哦我能想到很多更糟糕的事情
相比于犹如点水蜻蜓穿梭人前

他看了看下面斜坡上的树，这些树在崎岖的坡上倒也显得整齐。林中的小道交错相连，讲究得像是被故意设计出来的，却又如此随意。那些白色的行道树，还有公园脚下大型的白色古老建筑物，看起来也都很讲究。再往后看是几栋城市中新建的商务大厦，它们比肩立于河对岸，整个图景好像重叠的海市蜃楼。这是格林尼治。从上次过来到现在已经很长时间了。他应该多来几次的。他喜欢这个地方。

你这般热爱此地乃意料之中
很多年老女王亦感受相同

接着，好像是为了故意激怒她，他努力回想起了真正的年老女王，即历史上确有其人的“圣洁女王”①。首先映入脑海的是她年轻时发生的事情，这是他在什么地方读到过的呢？他想不起来了，但不管那作者是谁，他曾经用令人难以忘怀的话描述过伊丽莎白一世：

我非常厌恶地再次将你提醒
作家不都他妈总是男人

几百年前，她在她最喜欢的宫殿的大堂中跳舞。就是在这里，格林尼治，年轻美丽的她因病略显苍白消瘦，事实上那是在她生了一场大病以后，这场病曾一度要夺去她的生命。康复后，她尽情享受几个月以来第一次精神焕发的状态。外出打猎归来，她开心无比，脸色红润，想要举办舞会。于是她召集朝臣和乐师，自己盛装打扮。书中作者把她比喻成一朵艳丽的郁金香，每一个俯首和转身都很优雅。而她的大臣塞西尔因为有重要消息要传达，便从围着她跳舞的一排排人中间挤过去。他告诉英国女王，她的亲戚，也就是苏格兰女王，生了一个儿子。“圣洁女王”吃惊得面色发白，而后脸色潮红。她不再跳舞，而只是呆呆地站着，然后，一向自恃专横、以冷静著称的她转身逃离大厅。所有女

① “圣洁女王”即伊丽莎白一世，曾任英格兰和爱尔兰女王。她终身未嫁，因此被称为“圣洁女王”。

侍臣都惊慌而疑惑地匆匆跟着她，舞裙因为她们的跑动而沙沙作响。当她们来到她的房间时，众人看到她瘫坐在椅子上呜咽。“苏格兰女王生下了一个俊俏的儿子，而我却膝下无子。”

因为生育为女子天职
天知道还有什么其他价值

不过，费伊，这个故事的关键在于：第二天她恢复常态，沉着而镇定地与朝臣们会面，与往常一样处理女王应该承担的政治事务。虽然她内心深深恐惧过，也狠狠地嫉妒过，这位年老的女王还是坚强地活下来了。历经历史浮沉，她最终凭借自己纯粹的人格力量活了下来。

讲完了。

她被激怒了。

是真的。

一片沉寂。

马克听到了鸟鸣声。听了几秒钟以后，他注意到他所在的南北子午线方向的队伍后面有人在小声咕哝，他甚至能听清他们都说了些什么。突然，她在他的右耳边咆哮起来，他差点失去平衡，就像是被洞中吹来的一股强风撞击了一般。

小杂种你且等着
历史把我做成死粪堆
它正等在角落里

“闭嘴，你这个阴魂，别咬着我的屁股不放。”他大叫道。

离他不远处站着一对夫妇，他们带着个年幼的孩子。当马克向他们走来时，他们亲切地对他笑笑，然后把孩子抱起来，转身离开。沿着栏杆走远了一些以后，他们又把孩子放了下来。

他还在等，看她对于他的“咬着我的屁股”一说有没有什么评价。

没有。

什么也没有。

好吧，他想。

和平常一样，他的心情属于乐观中略带失望一类。我和我的影子。他用手指戳进耳朵掏了掏，试图把刚才那股风一样的力量消除掉。真令人沮丧。乔纳森已经去世五年多了，五年来，他从来没有对马克说过话。一直陪在他身边的是费伊。这些天她就像是个流浪汉，身上穿着的是经历半百场战役的破烂衣服，说话声大得好像她很久以前就是个聋子一样。

这听起来很奇怪，她都是怎么和你“说话”的呢？当他买了新手机，他会很兴奋地给大卫发短信，这阵忙乱让人觉得二人似乎经常联系。大卫是他弟弟，聪明得令人嫉妒。每当他才刚刚记住哪个是空格键时，大卫就已经能发来一条长长的完整的信息了。“就算她真的会对我说话，我也不会理她。相信我，如果不去理会，生活会更简单些。你肯定是疯了，马克！那年我七岁，你十二岁，有天早上你因为选了脆玉米片当早餐而向吐司道歉，当时我就怀疑你是不是疯了！”大卫从来不会这么不沉着，以至于会正确地使用分号或者破折号这样的标点。马克想大卫了。他们现在联系不多，因为大卫的妻子不喜欢马克。因为在她和大卫离婚之后复婚之前的一段时间里，马克一直是支持她的，他曾经多次在她喝醉酒打电话时对她表示同情，其间他甚至还建议她搬到他家的客房。所以当她和大卫复合以后，她觉得认识马克简直就是个耻辱。

抛开那些时间、回忆、家庭、历史和失去的东西不谈，现在是十月的一个上午，地点是格林尼治的一个公园。天色看起来可能要下雨，但天气暖和，大概有十九或二十摄氏度，对这个季节来说，这个温度有点儿太高了，不过紧接着到了冬天，气温将骤降。人们的适应能力多强啊，竟然没有注意到在不同的状态之间变换可以如此自如。今天还是夏天的温度，明天起床的时候气温就像年末时一样寒冷；前一刻你才三十岁，不一会儿就变成六十岁。一眨眼又到了下一年，这些都发生得太快。一想到季节和年代更替得如此快速而流畅，却也令人震惊！

看在上帝的分上
继续你陈腐的思考
历史要上演多少
这种周而复始的布道

你听上去像位老牧师名利皆讨

他努力回想早在春天看过的秋冬版的《野生动物》中的美好画面，这样就能阻止她的存在。他曾经就封面提过意见，但他仅仅是一名渺小的图片研究员，没有人愿意采纳他的意见（编辑们在那期杂志上又一次用企鹅图片作为封面）。在他提供的图片上，冬日里一只小巧的金色鸟儿在意大利的某片田地里啼叫。那是一个特写镜头，地上霜冻银白一片，鸟儿身披金光闪闪的夏日色彩，它的身子是如此轻盈，在凋谢的花茎上站住了脚。照片上最特别之处在于，你能轻易地看出那只鸟儿是在歌唱。你甚至能听到它的啼鸣声。空气冷若冰霜，所以鸟儿的歌声好像也瞬间被冻住，悬在空中，就好像一串即将消失的烟圈就这样被相机捕捉到了一样。

冬天。很多事物在这个季节变得显而易见。

虽然今天天气温和，但他清楚冬天即将来临，事实上，冬天是无法想象的。

若二十四岁的我能预见
你长大会如此令人讨厌
呃——黑诊所要如何押韵

暂且不说冬天，秋天本身也是无法想象的。虽然十月初应该是秋天，虽然树叶已经慢慢泛黄并且落在了小道上。

哎哎哎哎哎哎哎哎哎哎
唉唉唉唉唉唉唉唉唉唉（呵欠声）

但如果气温和五月一样高，你能说这是秋天吗？谁能在将近六十岁的时候仍然觉得自己是三十岁呢？是的，他觉得自己顶多三十岁，好像三十岁的自己被困在一匹老马的身躯里，即便不是老马，也是一副行动渐渐迟缓、大脑转速变慢、皮肤薄如纸片、视力急剧下降的身躯。

你这个任性的混蛋快滚开
至少你知道视力下降从何来
看我只在这待了三分钟
但它远比一整年要长
就像史提夫·汪达那首
讨厌的《电话诉衷肠》

细读起来，这话说得不是很好。这让她感到不安。然而有趣的是，她开始喜欢上五音步抑扬格了。她，费伊，是个很有文化的女人。她已在他耳朵里安了家，正往里面倾倒美味的毒药，时间比她活着的时候还要久。

“真讽刺，”马克说，“其实很悲哀。”

远处栏杆旁的那对夫妻相互交换了忧虑的眼神，然后又往更远处走了点儿。如果你要自言自语，或者和你死去的亲朋对话，都不应该大声讲出来。这样做不太得体。马克转向那个野草茂盛的斜坡。几千年来，很多男孩曾经把女孩们拉上这个斜坡，然后不顾形象地脱掉衣服一阵厮混，不时弄出些尖叫声，然后又以最快的速度把她们拉下陡坡。几千年来，很多人聚集在坡顶或者坡下，只为见证这一盛况的发生。

“这个世界，”马克低声说，“疯了。抱歉。你也许比较喜欢听到我这样说。那首《下雪吧！下雪吧！下雪吧！》的歌其实是写在最热的八月。但我没办法把这件事说完整，因为我不记得是谁写的这首歌了。还有另外一件事，讲的是杰罗姆·科恩①如何写出《我已向每颗小星星倾诉》。”

（很显然，马克很清楚。他清楚地知道她已经死了，装着她骨灰的盒子已经埋在地下，她的盒子下面的两个盒子里分别装着她父母的骨灰。她所葬的墓地在格尔德斯格林，墓地很漂亮，但她死后，他再也没去过。）

“当时杰罗姆·科恩还在床上，”马克小声讲着，“那天一大早他就醒了，他的妻子伊娃也是。他们躺在床上沐浴晨光，听到窗外的小鸟不停地用同一个旋律歌唱。这旋律很优美，科恩和妻子都这么认为，于是科恩说等起床后他要用这旋律作曲。他也就跟着哼起来，试图记住这个旋律，后来就又睡着了。醒来以后，他吃过早饭，坐到钢琴前，他完全不记得那旋律了。”

（马克知道这押韵的首次出现可能是因为，今年夏天时他曾经读过她以前给他的那几本旧书。也许是因为他反复听

---

① 杰罗姆·科恩（Jerome kern，1885—1945），美国音乐剧历史上最伟大的作曲家之一，被誉为“现代美国音乐剧之父”。

过在网上买的艾拉·费兹杰拉[1]翻唱的格什温兄弟的选集。费伊原来就有他们的原版密纹唱片。马克现在还能记得它们有多耀眼，他仿佛还能看见它们的纸质唱片套，他甚至还记得拿进来时用来装它们的大正方形硬纸板箱的触感和气味。）

“然后，”看着眼前新旧伦敦交错的美景，马克轻声说，“第二天早上科恩很早就起床了。天色未亮，他手拿笔和纸坐在窗旁，期待那只鸟儿能再回来。他一直等啊等。天亮了，他知道如果有机会，那只鸟儿一定还会再来的。然后，当然，他听到了鸟叫声，那只鸟儿回来了。他写下了鸟叫声。当鸟儿停止歌唱飞走以后，科恩来到楼下。他把在其中沉睡的家人的卧室到琴房之间的每一扇门都关上，然后开始粗略地弹奏。于是《我已向每颗小星星倾诉》的主旋律就在那个时候的那间琴房里出现了。”

（将近三十岁时，一个春天的早上，睡在位于肯辛顿的地下室公寓折叠床上的马克被什么声音吵醒了。

虽然她去世时，他还不到十三岁，但他立刻就知道那是她的声音。虽然她说的话很难懂，就好像是写得很烂的剧本，又好像她是来自上流社会，却在装伦敦腔，又或者她是在演一个二十世纪五十年代劳工阶级家庭写实戏剧中某个陈腐且暴躁的年轻人，他敢肯定是她。“嘿，老兄，快起来，不起来也没关系，我知道你是个怪胎，对不起，我讲了粗话，但就算是一个认为世界亏欠个容身之所的超级懒汉也必

---

① 艾拉·费兹杰拉（Ella Fitzgerald，1917—1996），美国歌手，被公认为二十世纪最重要的爵士乐歌手之一。

须要费尽心力交房租，看看我的手指，干活干得都能看到骨头了，你能听到我说话吗？”

我听到你说话了！

他欣喜若狂地睁开眼睛。

没有人。

房间里面除了他自己以外，没有其他人。）

“那是一只科德角麻雀，一种北美歌雀。它的歌声不仅激发科恩创作了一首歌，另外还有一个音乐剧，剧中有几个人被一只鸟儿的歌声激发创作灵感，并写了一首歌。《空中的音乐》就是他和奥斯卡·汉默斯坦①合作创作的音乐剧。他们自此一直生活幸福，直到去世。当奄奄一息的杰罗姆·科恩躺在医院里时，奥斯卡·汉默斯坦来到他的床边。当时科恩正在昏迷中。大家都知道他就要死了，汉默斯坦凑到他徘徊在死亡边缘的好友科恩耳边唱《我已向每颗小星星倾诉》，因为汉默斯坦知道，在科恩自己创作的歌曲中，他最喜欢的就是这首。

“就这样。喔，不，等一下。关于北美歌雀，还有一个有趣的事情。它吃得饱饱的不需要为食物担心时产下的后代，没有在饥饿时产下的后代唱的歌多。说到这些会唱歌的鸟儿，我要告诉你的另外一件事是，我记得很多专家认为，这些鸟儿睡着时会像清醒时一样唱歌。就好像它们在沉睡中也醒着，又或者它们醒着时也睡着。

① 奥斯卡·汉默斯坦（Oscar Hammerstein Ⅱ，1895—1960），美国著名音乐人、歌词作家、音乐剧制片人、导演，曾两次获得奥斯卡最佳原创歌曲奖。代表作品包括《音乐之声》《国王与我》等。

好了。就这些。

故事到此结束。

马克对自己点点头。然后他对那对夫妇还有他们的孩子点点头，表示他不是疯子而是认真的，也说明他并无恶意。他没有试图等他们给出回应。他用手推了一下，离开栏杆，走向天文台大楼。游客们排着不整齐的队伍，学校里的孩子们站在院子中等待轮到自己横跨子午线。这些人一个个漫无目的，让不是和他们一伙的人拿着相机或手机给自己拍照。人们如今关心的也就是如此而已。

“我站在时间上了！”一个女孩子用脚尖触到了子午线，说，“真棒啊！”

“我站在时间之外！”她的朋友跳着离开了子午线。

有个身穿T恤和羊毛外套的年轻男人在说话，从他的话里可以猜到他是个老师：最后一次警告，我要没收这些炸薯片。

“您把她的炸薯片收走，会自己吃掉吗？先生，您知道我的意思吗？”一个女孩说。

“不，梅拉尼，炸薯片是将化学制品喷在土豆片上，然后把它们放在大桶的油里面煎炸制成的，而我比较喜欢健康饮食。”男人说。

“它们就是健康的食品，”那个把手放在炸薯片包装袋中的女孩说，“包装上说它热量低、原料纯天然，先生，是不是！”

站在那儿的拿着炸薯片包装袋的三个女孩都突然笑起

来。“包装上说，是不是!”她们说，“包装上说，是不是!”[①]

“因为我们周二不是讨论过嘛，”老师说，“这些都是随意写的。说到经度、纬度和固定点，在海上航行时可根据它们确定自己的位置，因为海上没有地标。有谁能告诉我为什么要把位置固定在此吗？朱辛塔，把手机放下来。放下，不放下就没收。你说呢？谢谢合作。有人能告诉我为什么那时候专家们会选择格林尼治吗？里安农。你说为什么是格林尼治呢？”

“他们必须找个固定点，这样就可以使用其他重要的推算方法对时间、海上运行进行推算，因为他们需要比那个叫作航位推测法更好的计算方法，这样他们才能知道在什么位置抛下系着原木的绳索，好让航行中的船最终能靠岸，因为，呃，雅茅斯比格林尼治快十分钟；伦敦是中午的时候，您刚乘火车去的地方则还是十一点半。”一个女孩说。

“谢谢你，里安农，”老师说，“你解释得很好。除了一点，那个方法叫作推测航位。”

“呀。”里安农叫出声来，站在她身后的女孩从后面戳了她的后脑勺，说了声“航位”。“老师，”那群捣蛋的女学生中的一个说，“当里安农步行进商店时，整个世界都颤抖了。”

“而格林尼治，”老师说，“就是专家们集体决定确立的

---

① 此处原文为“In it innit!”，“in it”意为“包装上”，“innit”意为“是不是”，二者发音相同。

固定点，因为他们已经在此完成了重要的工作。现在，这条子午线纵贯南北。如果你站在子午线一侧，那你就在西半球。那么如果你站在另一侧，那是哪个方向呢？马修，如果你再说这种种族歧视的话，后果将会很严重。我没有吓唬你。我会把你逐出队伍，马修。现在快道歉。不是对我，是对比詹。你原谅他了吗，比詹？好。我们讲到哪？一边是西，另一边是哪？谁来回答？”

孩子们站在那儿，觉得无聊，他们一个个弯腰驼背，把自己的汗衫系在腰部，有的在打呵欠，有的扭来扭去，他们头顶上是天文台的圆屋顶：当老师让他们注意看时，他们都抬起了头。“原先的圆屋顶，”老师告诉他们，“是纸板做的。”男生们开始互相嘀咕着这些圆屋顶看起来像是大大小小的乳房。老师警告了他们，但也只是敷衍了事；他也觉得那些圆屋顶看起来很好玩。两个女学生发出愤怒的声音。她们指着一张公告，公告上说报时球今天无法正常运作，故深表歉意。其中一位女学生还叫出了声。“老师，您的报时球到底什么时候会落下？”

“零度，”老师说着，“谁能给我解释一下零度？”

“我想您并不是真的想知道关于度数的事，老师——”一个男学生说。

“嗯？尼克——”老师说。

“那老师，您是想知道什么？”那个男生说。

马克不禁笑起来。那群女学生听到他笑就盯着他看，然后她们也私下坏坏地笑起来，但她们嘲笑的是马克。

“我跟不上，听不明白你的意思，尼克。”老师说。

“如果您一直跟着尼克的话，老师，我们就会向当局举报您。”另外一个男生说。他站在学生的边缘，老师离他很远，所以没有听到他说什么。

他的朋友们窃笑起来。

然后，当老师继续讲什么是世界日并解释一天、一小时、半小时、一分钟在时钟上占多少刻度时，还是刚才那个男学生，他明确地向马克瞄了一眼。马克注意到男孩的眼神，并没有把视线转移开。男孩尖刻且傲慢地对周围人说话。

“看那边的那个老头，你们看他，他喜欢我。”

他周围的同学们再一次窃笑。

但就在大家的笑声结束以后，那男学生还在盯着马克看。这眼神既是对马克的拒绝，也是对他的邀请，两种意味达到了完美的平衡。这男孩很老练。他看起来足有十三岁。他表现得如此成熟，这与他的真实年龄相差甚远。马克忍住了想要大笑的冲动。他向男孩眨了眨眼睛，确定男孩没有觉得他有冒犯之意以后，又冲男孩摇摇头。然后男孩把头低下，看向别处，马克也是，他绕过那群学生离开，下坡走回到大门，向坡下公园的方向走去。

下坡的时候，马克觉得膝盖疼，感觉比上坡时要艰难些。他离开的时候，那个老师正在说“格林尼治”。格林尼治，又是格林尼治。

那时的格林尼治：马克才十三岁，手里的45RPM[①] 黑胶

① 表示唱片播放时转速为每分钟45转。

唱片的标签上用白色字体写着：

伦敦美洲唱片

1963

《然后他吻了我》

（斯贝克特，格林尼治，巴里）

水晶组合①

现在的格林尼治：他坐在一家咖啡店里，一份星期天发行的周末报纸上的一个词吸引了他的注意：《观察家报》还是《卫报》？哪个都没关系。然后他仔细看了看旁边的照片，认出照片上的女人就是他在那次宴会上认识的那个人。

这是一篇《现实生活》专栏文章，人们通过该栏目讲述真实的经历；通常都是《海豚救了我的孩子》《有一天我醒来突然忘记了自己是谁》《柜台开给我的一剂感冒药毁了我的生活》或者《我被自己的兄弟抢劫了》之类的故事。等到他听不到周围有服务生时，马克偷偷将那一页撕下来，折起来放进他的口袋，口袋里还有那个叫麦尔斯的小伙子写给他的便条。那天洗澡的时候，他决定到第二天，也就是星期四，就去把那张撕下来的报纸塞到如今待在格林尼治某个房间里的麦尔斯的门缝下，如果当时还没有其他人把那个专栏给他看过的话。而且，当天他还可以再在格林尼治待会

① 此为美国二十世纪六十年代女声合唱团“水晶组合”（The Crystals）1963年发行的单曲唱片，曲名为《然后他吻了我》，曲作者为斯贝克特，格林尼治，巴里。

儿，说不定还能再去那户人家看看，然后去那个公园走走。

但当他早上走到李家门前敲门时，没有人开门。好吧，即使麦尔斯在里面，他也应该不会给任何人开门的吧？

现在那篇专栏文章就塞在他衣服的内口袋里，叠得好好的，还有麦尔斯的便条，当然，他认为那张便条就是麦尔斯写的，虽然没有署名，但不可能是其他人写的。那天周日宴会结束后，他拿钱包出来买火车票时在口袋里发现了那张便条，一大张纸折叠了两次。他不认识纸上的字迹。字写得很漂亮，微微向前倾斜，一行一行整齐得真像一首诗，虽然这并不是一首诗。字迹很清晰，只有一个词很难辨认。

他在斜坡上停下来。人们从他身边经过，其中有几个说法语的人。马克把两张叠好的纸都拿出来。

在“现实生活”几个字下面是这些内容：《一个不请自来的陌生人住在我家客房里》，李太太的侧面照，照片上她站在门旁，很无助地低头看着门把手。图下的说明文字这样写道：吉纳维芙·李讲述与一个不请自来的陌生人日夜同住的悲惨经历。

我一直很喜欢住在我家的房子里，它坐落于格林尼治，历史悠久，造型精美。基本上自从我丈夫、我和我们年轻的女儿第一天搬进来开始，我就知道应该将它打造成一个社交场所。可以毫不夸张地说，我们在朋友中很受欢迎，因为我们为人慷慨。直到今年六月，我们一直在款待客人，和他们度过很多美妙的夜晚，并在餐后开心地将他们送回家，每次宴会我都竭尽全力烹制各种美食。

然而，我们完全没有想到这次的宴会竟然会如此戏剧性地收场，完全有别于以往。在那个六月的特殊的晚上，我准备了一份菜单，头道菜是烤扇贝配香肠，主菜为羊羔肉炖菜，甜点为奶酪烤布蕾以及我自制的辣椒香草冰激凌。一位客人带了自己的朋友，他看上去极其亲切，也很正常，没有引起我们一丝一毫的怀疑，我们也没有料到将会发生什么。他并不缺钱，也不像遭了劫难，而且事实上他还是一位素食主义者，显然让人吃惊，当然我们觉得这无关紧要。

宴会到了一半，这位男士——我们称呼他为“米罗”[①] ——离开了饭厅然后上楼。当时我们仍然在楼下继续开心地吃喝，而他已经把自己锁进我家的一个房间里了。第二天醒来后，我们发现他已住下，一直住到现在。这个陌生人未经我们许可住在了我家。

如今已经过去了三个月，很显然我在这里至今还没遇到过这种事。那个男人根本不愿意与任何人交流，谁知道是因为什么呢。他住在我家客房，里面有我的划船架、我丈夫的酿酒套件和他收藏的五六十年代的经典科幻光碟。我们本打算将那房间改成我们急需的书房，我女儿在即将到来的新年要参加一些非常重要的考试。他没说过一句话，这么久以来，只有一次给我们递了张字条，要求给他提供免费食物；说来真是讽刺，对于“米

---

① 麦尔斯（Miles）和米罗（Milo）相近。

罗”来说，他作为宾客参加的这个宴会到现在还未结束。现在回想起来真是讽刺，我还记得当天在楼下准备甜品时曾听到楼上吱嘎的脚步声，却没料到竟然会发生这样的事情。

家里有个陌生人一直和你住在一起会很奇怪。你会产生奇怪的自我意识，感觉自己很陌生，就好像你与一个谜生活在一起。有时我会站在大厅仔细倾听那深深的寂静。感觉如此神秘，就好像，我猜想，一定和闹鬼的感觉很像。有时是流水的声音，有时是“米罗”半夜走动的声音把我和艾瑞克吵醒，我们又一次意识到家里还有外人在。有时我就坐在“米罗”待的房间门外，一遍又一遍问自己“为什么”，也许，隐隐约约地，我们多少和“米罗”相似——我们都是被锁在陌生人房间里的人。不同的是，这是我们的家，于是这一切显得不公平，没必要。

一个朋友问我们是否会忍不住就这样冲上去强行打开我家那精致的十七世纪的古董房门，然后请警察或者能把“米罗”弄出来的人进房间去。我性格平和，反对任何形式的暴力，所以当我想到也许我们只能诉诸武力时，我感到焦虑。但我们不知道我们什么时候才能再有家的感觉。即使我们知道我们的家庭非常和睦，但绝没想到它会接受如此全面的检验。谁知道未来还会发生什么？我决定要冷静地解决这件事，督促自己的家庭也采取同样的态度。但同时，我个人对于宴会的看法永远地改变了。

马克又把它折起来，然后把两张纸都放回他衣服里面的口袋。“米罗”，让人想到戏剧中自吹自擂的士兵[1]。温和有礼貌的麦尔斯现在正待在一个五步宽、七步长的房间里，而且他已经待在那好几个月了。

（时间回到三四个月之前，那是六月的一个周六，马克去看《冬天的故事》[2] 在老维克的日场演出。几个星期以来，该演出的门票都是售空的，但他总算买到了最后一张票，坐在了正厅前座区的后部。整部剧制作精良。随着剧情的展开，西蒙·拉塞尔·比尔[3]扮演的莱昂特斯越来越疯狂，还有不知是哪位女演员扮演的埃尔米奥娜很令人着迷。然后那个下午就这么过去了，故事慢慢展开，喜剧获得了很大的成功。他在座位上挺直上身，非常激动。真难得，他们能把《冬天的故事》演得这么好，但他知道，正因为剧院把这场戏演对了，所以后来雕像复活的一幕才会成为最感人的场景之一。

这一幕的情节是这样的：被冤枉的王后死而复生。她开始移动，向前迈开脚步，拉起她丈夫的手，转向她失踪已久终被找回的女儿珀迪塔，正准备对她的孩子说话，这是她第一次对她讲话。这时，坐在正厅前座区前排的某位观众手机

---

① “miles gloriosus”，自吹自擂的士兵，古希腊喜剧中的丑角。

②《冬天的故事》（The Winter’s Tale），莎士比亚的浪漫传奇喜剧。剧中西西里国王莱昂特斯怀疑王后埃尔米奥娜与他的朋友波利克森斯关系暧昧，于是监禁了王后，并抛弃了新生女。最后女儿珀迪塔的真实身份被发现，众人以为已死去的王后也重现。

③ 西蒙·拉塞尔·比尔（Simon Russell Beale，1961— ），英国演员。

响了。哔哔嘀哔哔嘀哔嘀哔。哔哔嘀哔哔嘀哔嘀哔。哔哔嘀哔哔嘀哔嘀哔。

扮演王后的演员假装什么事都没发生，托起她女儿的双手，混着手机铃声继续讲她未说的话。

几分钟以后，剧演完了。

“那手机声响得真不是时候。”舞台的帷幕落下时，马克对坐在他左边的陌生人说，他身边刚好坐了一位男士。

“挺准时的。”那个男人说。

“天哪。”马克一边说着一边摇摇头。

“但我说的是实话，”那个男人说，“的确是这样。我经常在剧院或者影院听到手机响，但这是我见过的最凑巧的一次。舞台上刚好有人正准备对其他人说话，这时手机响了，台下有着同样需求的观众看着这一幕在台上发生。”

“好吧，”马克若有所思地说，他心想这个人真蠢，竟然会啰唆这么多来解释这样的事，“你说的没错。但是——”

“啊，”那个男人说，“但是？”

“它们完全是两码事，”马克说，“埃尔米奥娜和珀迪塔要对对方说的事情，和台下那位观众将会听到的事情完全是两码事，电话那头可能说的是‘嘿，我正在火车上’，也可能是‘你能在五点半的时候接我吗’，或者是‘你能不能顺便领些小猫仔或带些布洛芬或别的什么回来’。”

“不要跟我说什么需要不需要,[①]”那个男人说,“不需要那么多推理。这我们都不知道。一无所知。我们只知道——有人想对别人说话。这就够了。不管他们说的话有多么不值一提,总之一天就这样结束了。”

他说这些时语气温和。

他是下意识地说到了“不值一提”。

他说“一天就这样结束了”的样子让人觉得这话不是陈词滥调,似乎让人觉得日子一天天过去是一件很重要的事情。

“你不觉得它毁了整个表演吗?”马克说。

“我觉得它反而让这个表演更生动。”那个男人说。

“令人惊讶。”马克说。

“是的,”那个男人说,“不管是在十七世纪还是二十世纪,这场戏总是能令人吃惊,就算我们以为自己知道了剧情也仍然如此。我总是为那个公主感到惋惜,她没有台词来回应她的母亲。当她依旧相信那座雕像只是件艺术品而并非她母亲时,那是她最后一次说话,她说什么来着?二十年来,她很愿意当一个旁观者,一个观看者,她说,如果能一直像以前那样每年站在和她未曾相识的母亲模样相仿的石头雕像旁,欣赏它如画般的美貌,她会十分乐意。然后,突然,不知怎么回事,它不再是雕像了,它活了,而且是她的亲生母亲,奇迹般地复活了,就这样站在了她面前。然后剧终了,

---

① “不要跟我说什么需要不需要”(reason not the need)引自莎剧《李尔王》第二幕第四场。

而我们永远没办法知道那个公主对此作何感想。”

“所以当时手机铃声响起，”马克说，“是珀迪塔想和埃尔米奥娜对话。”

“可以这么说。”那个男人说。

马克大笑。这个男人真有趣。现在，他们正随着散开的人群从黑暗的观众席中走出来，来到了明亮的大厅。他们走的是同一个出口。夜里，户外出人意料地温暖，他们站了一会儿。真好。现在是夏天。马克注意到，那个男人穿着一套裁剪精细的深色亚麻西装，里面的衬衫看起来很贵。他身上的味道很好闻；马克还注意到，从这个男人说那些疯话一直到他们最后达成共识，他都能闻到这个男人使用的须后水的味道。

那个男人转向马克，那样子就好像他要鞠躬一样。他微微一笑。其实他是说再见。然后他走开了。他的背影证明了他完整的存在。慢慢地，他消失在来来往往的人群中，变成芸芸众生中的一个。

马克就这样站了一会儿，突然脑中闪现出刚才剧中国王请示神谕告知真相的场景，桌上的羽毛笔在没有人动的情况下径自立起来，然后开始写字，这只是舞台效果，但在剧中却表明了奇迹的发生。

然后他跑了几步，在人行横道处追上了那个男人。这一阵短跑使他的呼吸变得急促。他一边喘着粗气，一边问他是否愿意一起去喝一杯。

“有何不可？”那个男人说。

他把手伸出来。

“我叫麦尔斯。”他说。

“我叫马克。”马克说。

他们握了握手。)

现在，马克已经离开天文台往下走。他转身看着天文台，学着费伊的口气大声说：

为什么会有人希望自己人间蒸发？
为什么会有人选择消失在这里啊？

这里是哪里？不久以前，对天文知识尚知之甚少的人们坐在寒冷的小棚屋里，屋顶大开，每天晚上，他们都会根据天上星星的位置绘制图表——有些星星可能现在已经不存在了。这里有着各种有形或无形的界限，这些细线将此时此地和那时那地、突发事件和蓄谋已久的各种大事小事区分开来。空间虽不大，内涵却丰富。几乎史上所有的钟表制造者和修理者都在这里失败过，直到他们当中终于有人把它搞定了——哈！——并且发现如果在海上航行时要知道准确时间这种渺小的东西，随身带着一个小小的钟表比在海中立一个十三英尺高的摆钟要好多了。

他在等费伊对上面提出的钟的尺寸问题进行评价。

什么也没有。

一片安静。

他想象着费伊被锁在一个小房间里。他想象着她正在一间卧室兼起居室控制即将爆发的火山。他想象着那个来自冰岛的歌手，叫什么来着，比约克[1]——正被塞在你家一个很普通的厨房设备中。这力量一定是爆炸性的。

这力量的确是爆炸性的。

“这么多年来你就这样活着，费了这么大劲，”费伊在他耳边自大地说，“你都不知道真正的爆炸是什么样的，是吧，你这老汉？”

“那么，怎么不押韵了呢，费伊？”

“押不押韵我乐意，”费伊说，“有没有韵律也是我说了算。”

（“嗯，它主要是为了好玩，”那个叫特伦斯的男人这么对那孩子说，“但有时也表达了严肃的内容。使用好了就很高明。”

“顺便问一下，您说您是不是在训导我？”孩子说道。

“你问我问题，”男人大笑着回答，“我只是在回答你。”

那孩子是他的女儿。她刚刚问他押韵有什么意义。他们围着桌子站着，在看每块折起来的小硬纸板上面写着谁的名字。给麦尔斯安排的座位上的纸板上写着“马克的伙伴”。

雨果把它拿起来看了看，又看了看马克，挑了挑眉毛，然后把它放下。

每一个布置好的位置前都已倒了一杯酒。马克有些局促不安。他喝白酒头痛，然而桌上只有白酒。餐具柜上有五瓶已经打开的满满的红酒，但它们散发着不可被触摸的气息。而且他并不想提出要求；餐桌上的人们已经就喝酒一事开始

---

① 比约克（Björk），冰岛女歌手。

起哄，因为麦尔斯以开车为由拒绝喝酒。“我们会帮您叫计程车的。”房子的女主人詹不停地说。“不，真的，”麦尔斯也一直重复，“我还是不喝了。”

特伦斯和伯妮斯·巴尤德，他们是那个孩子的爸爸妈妈。马克好几次低声重复念着他们的名字。桌子上没有写着那孩子名字的卡片，她并不在他们的邀请人名单里。这次宴会的主人们假装他们完全不介意这孩子在场，他们傲慢却有礼貌地为她准备了餐位，还找来了一张高度适合她的椅子。

“弥尔顿称，押韵对于现代人来说是个烦人的束缚。”伯妮斯说。

“天啦，您说得太好了。”詹说。

“这和束缚有什么关系?”和那个金发女人一同前来的一位脸形瘦长的男士说。

“在《失乐园》的前言里，”伯妮斯说，“弥尔顿称押韵是野蛮时代的产物。”

“好吧，伯妮斯，这您可玩大了，”詹说，“在我们之前的宴会中从来没有人提到过弥尔顿。晦涩难懂，这个词用得对吗，雨果?”

“也是为了方便记忆，”父亲对他的女儿说，“因为背押韵的文字要简单得多。”

“好，我知道的，废话，”孩子说，“这是显而易见的。”

“不要说‘废话’，”伯妮斯说，“直接说‘显而易见’就可以了。”

马克大笑。伯妮斯开心地冲他一笑，这是在这个满是陌生人的房间里一个小小的秘密协议——这个房间的确充满了陌生人，对于马克来说也一样，除了雨果以外，屋子里的其他人都是第一次来这里。然而，虽然雨果对这里并不陌生，但他却表现得像个生人。

“不仅仅是方便记忆，”特伦斯说，“押韵让人觉得可靠并感到安慰，用押韵的语言表达的事情会让人想起自己的童年，除此之外，就好像那些韵在说着：嘿，一切都很好，没什么不对头的，所有的事情都很和谐，甚至还很有趣。”

“您就是在教导我，”孩子说，“我讨厌一切教条的训导方式。”

特伦斯转过身，然后对马克、麦尔斯和伯妮斯耸耸肩表示无能为力。

“该死，”他说，“真是一个自说自话的自由思想家。”

“不管是一天、一个星期、一个月还是一年以后，每当回忆起这个晚上，我都会清楚地记得今天发生的事的。”孩子说。

“你不会的。”她父亲说。

“我会的，一定会的。”孩子说。

“从生理学上讲，你不可能做到这一点，布鲁克斯。”她父亲说。

“我可以的，您不能告诉我该记住什么，该忘记什么。”孩子说。

“的确如此，”伯妮斯说，“但是，关键的问题是，遗忘是被允许的。遗忘对我们来说很重要。否则，我们就要背负了太多无关紧要的记忆而活在这个世界上。”

“不管怎样，我要记住所有的事情，”孩子说，“所以，我这就去找到方法做好这件事。”

特伦斯拉住她的衣领，把她拉回来，将她腾空抱起，让她坐到自己的膝盖上。

“那完全是两码事，布鲁克斯，”他说，“不论是从概念上还是从生理学上讲，记忆和刻意记住都是两件不同的事情。”

“废话。”孩子说。

她在说这个词的时候使用了自己最聪明的变调。

“布鲁克。”她妈妈说。

“显而易见。”孩子说。

她这样说，好像那个词和“废话”是一个意思。

他们之所以会讨论起押韵和记忆，是因为刚才马克问那孩子喜欢看什么书。通常马克都不能很自然地和身边的孩子相处，因为小孩子们总是让马克感觉自己做得不够好，因为孩子们很真实，他们就像是追查真相的侦探。但是这个可爱的孩子非常善良。“你有读过《蓬头彼得》吗？”他问她，“读过从来不喝汤的奥古斯都的故事吗？《荒谬书》呢？或者你读过爱德华·李尔①的五行打油诗吗？‘以前挪威有一位小姐很年轻，她就这样坐在门口漫不经心。’”

然后当孩子和其他人开始上面的对话时，马克的思维就像向下打开的卷轴一般快速运转起来，他很是震惊，脑子里闪过一句接一句押韵的句子。“奥古斯都是个胖小伙，他肥

---

① 爱德华·李尔（Edward Lear，1812—1888），英国诗人，以写打油诗（nonsense poems）出名。

嘟嘟的面颊红似火。当被打开的门挤到时，那个挪威的年轻小姐勇敢地问：‘谁在那儿，想干什么？’”

他对麦尔斯说：“我脑子里满是五十年前知道的韵文，我好些年没有想过这些韵文了，我甚至都没有意识到自己还记得它们。”

麦尔斯坐在他对面说：“T was brillig，and the slithy toves。[①]”

“我听说过这个，”雨果的妻子卡罗琳说，“您好，马克。真高兴我就坐在您旁边。”

“谷歌在博客里发推文。”麦尔斯说。

“是的，”卡罗琳说，“这很酷，不是吗，他想象力多丰富啊。想想我们如今使用的这些文字，它们的创造真是奇迹啊！”

她举起倒满白酒的杯子准备敬酒。

“我敬您，”她说，“还有——麦尔斯，刚才是这么称呼的吧？”

“是的，现在也是。”麦尔斯说。

---

① 出自《爱丽丝漫游仙境》，后面一句为‘Did gyre and gimble in the wabe’，下文麦尔斯所说的一句原文为‘Did google twitter in the blog’，与此句谐音。这两句诗大意为：到了准备晚餐的时间，小动物 Toves 在草坪上钻又钻。由于用了混成词等英语造词手法，再加上诗凝练的特性，这两句诗只有还原后才便于理解：It was time for begin broiling things for dinner，and the lithe and slimy toves，went round and round like a gyroscope and made holes like a gimlet in the grass-plot round a sun-dial. Toves 指的是一种小动物，依据原文描述，它好吃奶酪，有点儿像獾，有点儿像蜥蜴，还有点儿像钻子，它的巢就安在日晷下边。

“很高兴认识您。你们两个人在一起多久了?”她问。

“上个星期六有三个半小时（他低头看看自己的手表），今天晚上有二十分钟了。”麦尔斯说，“哦，不，上个星期六我们还一起喝过酒，那就算是四个半小时。”

“事实上，我们没有像你们想的那样在交往。”马克说。

“哦呜。”她说。

她放下杯子，看上去好像被冒犯了。

现在每个人都就座了，除了这个房子的女主人詹。马克把桌上每个人的名字都在心中轮流默念了一遍。他右手边的是卡罗琳，然后是雨果，唔，金头发的汉娜，然后是麦尔斯。然后，那个灰头发的男人是艾瑞克吗?然后是伯妮斯，她的女儿，旁边的空座位应该是詹的，然后是特伦斯。但是坐在马克左侧那个身材细长的男人叫什么来着，卖微型无人驾驶飞机的理查德。

显而易见的（废话），且不说卡罗琳，理查德是马克最不希望他坐在自己身边的人。客厅里的人都到了，大家都喝过酒以后，理查德开始说起他自己的工作。

“啊，我们现在的主要客户是警察，”他说，“当然如果其他人诚心和我们谈生意的话，我们也会合作。”

“你真热爱自己的工作啊，里奇。”雨果说。

“为什么不爱?这个产品简直就是在自动销售，”理查德说，“都算不上什么工作。”

“微型无人驾驶飞机是什么?”伯妮斯问道。

于是理查德描述了一下该小型飞机的多种用途，还一口气介绍了它引擎的尺寸、电池的电压、重量（这个重量证明它们并非法律意义上的机械，因而不需要获得民航颁发的许可证）、适用性、所载相机类型、高清质量、面部识别范围（五十五码）、时速（十五英里，对于这个型号来说足够了，虽然其他的比它都快得多）、飞行高度（五百码）、飞行时长（三十分钟，我们正努力将它延长）、相对的低噪声、人在面包车里甚至在家里远程控制它的方法、初学者需要的训练时间（十五分钟），他还讲了即使有流氓用气枪袭击它，它还是能够正常运作。

“他还没有讲到它们到底有多可爱，”理查德的伴侣汉娜说，“我要了一个给我的儿子们。它就像个小玩具。”

“它们的确被列为玩具，”理查德说，“所以才不需要许可证。看足球比赛或者举行抗议集会时，它都是很好的工具。”

“听说还有阿努比斯项目，嗯哼，里奇？”雨果说。

“是的，”理查德说，“不过，没必要把它想得太简单。外面的世界真是肮脏得令人讨厌，我觉得所有理智的人都应该有和我一样的想法，如果没有，他们也应该这样想。我一向这样想，当出现只有战争和抵抗才能解决问题的情况时，倘若机器人就能完成这个任务，这多么让人感到欣慰。立即见效固然是好的，但心理上的解放才是真正重要的连锁效应。不必真正动手，就可以杀死对手。肉与肉的搏战，眨眼间就消失不再。”

“我不明白您所说的。”特伦斯说。

“我们每次都要谈论这个话题，而且每次都是在大家一起吃晚饭的时候谈论它。”雨果说，“如果我们能够致力于通晓遗传学，应该会更有意义。我不过才四十五岁，但我告诉你们，我感觉自己已经五十五岁了。”

“啊，好在您还有需要惦记的事情。”伯妮斯说。

“说得好！”雨果说。

“那个项目叫什么？”伯妮斯问，“阿努比斯？”

“嗯，阿努比斯，它不过是无人驾驶飞机发展过程中的众多等级之一。”理查德说，“很显然，一直以来，和监视方面的应用一样，目标定位的特性也一直在发展中，无人驾驶飞机已经被广泛运用到冲突局势中，但现在国内市场比较重视它的监视作用。”

“阿努比斯项目。”特伦斯说。

“阿努比斯是古埃及的冥界和亡者之神。”伯妮斯说。

“是吗？”理查德说，“啊，您说对了。”

“他长着一颗胡狼头。”伯妮斯说。

“它们看起来真像是玩具，”汉娜说，她看起来很兴奋，“难以置信！”

“难以置信。”伯妮斯说。

“外面的世界真是肮脏得令人讨厌，”理查德说，“假装不承认这一点是完全没有意义的。”

巴尤德夫妇互相交换了一下眼神。

现在，大家坐在桌前等第一道菜。马克坐立不安，心想自己要如何处理面前的那杯白酒。这时，那个卖微型无人驾驶飞机的男人问他如何谋生。

“我目前是一名图片研究员。”马克说。

“好。”理查德说。

“我受雇于英国广播公司并为其杂志工作。你们知道，从主题上讲，它们与很多栏目都有联系，”马克说，“我为他们找到各图片的出处。”

“那么，这工作棘手吗？”理查德说，“或者，这是闭着眼也可以干的活？”

“不，工作的时候我必须保持头脑清醒，眼睛当然不能闭着。”马克说。

“啊，对，我想起来了。”理查德说，“您是，呃，雨果和卡罗琳的朋友。”

他清了清嗓子。

“那您是怎么认识雨果的？”他说，“我以前想过这个问题，您知道，我猜想是通过票友活动？”

“什么活动？”马克问。

“比如说一起参加很多次话剧活动，雨果？”理查德说。

雨果的表情看起来很受伤。马克能感觉到，卡罗琳假装没有听到坐在他另一侧的人讲的话。

“为野生动物摄影只是雨果众多的兴趣爱好之一。”理查德说。

“雨果拍的谷仓猫头鹰在业内被视为传奇。”马克说。

“那时刚好要做宣传，我很偶然地拍到了那张照片，”雨果说，“而刚好马克和他的上司们觉得有那么一两张很适合他们的主题。我很幸运。马克，你的，呃，麦尔斯是做什么的？”

“这你得问他自己。”马克说。

“您做什么工作，麦尔斯？”雨果问。

他问得很有礼貌，但听起来却充满敌意。

“不好意思，”当艾瑞克摆了一道菜在他面前时，麦尔斯说，“我竟然没有告诉您，我吃素。”

“啊，”詹手里拿着三份食物走过来说，“那这就有点儿难办了，麦尔斯。”

“多可惜呀，”卡罗琳说，“主菜是羊肉，还是德林斯的，还有其他菜。太可惜了，詹。”

“能不能把香肠挑出来放在一边，您只吃里面的鱼?”坐在麦尔斯旁边的汉娜说。

“他是素食者，汉娜。”卡罗琳说。

“嗯，我知道，所以我才那么建议他。”汉娜说。

“马克，要是您之前告诉我，或者告诉雨果让他提前通知我，那该多好。”詹说。

“我之前都不知道马克要带人过来。”雨果说。

“很抱歉，”马克说，“对不起。”

“不，该我道歉，”麦尔斯说，“完全是我的错，我擅自来访。为了赔罪，我只吃沙拉就好了。如果这也不行的话，我可以什么都不吃，今晚只让我坐在这儿什么也不做我也很乐意。”

“然后一个海盗用一根牛骨头打破他的脑袋，把他杀死了，”坐在桌子另一端的孩子说，“他曾经是坎特伯雷的大主教，人们都尊他为圣人。这就是人们为什么用他的名字命名圣阿腓基教堂。这故事就发生在这儿，发生在格林尼治，那是 1012 年。”

“在 2525 年，如果男人还存在。”[①] 特伦斯唱道。

“她真可爱。”卡罗琳说。

她冲伯妮斯笑笑。“她真可爱。”她说这句话时音拖得很长。

“这可不是我的功劳，”伯妮斯说，“我在教育孩子这方面扮黑脸。”

“如果女人们能够幸免。”特伦斯又唱道。

“那座教堂就得以幸免，而且它现在还在，”孩子说，“虽然现在的这个是重建的，原来的教堂所在地就是大主教被敲碎头颅的地方。”

“我们的孩子都长大了，”卡罗琳说，“他们的孩子却还这么小。”她向汉娜点点头说，然后又对理查德点点头。“我只能说，他们真幸运。我现在仍然记得孩子们长大到开始沉迷于电脑游戏的年龄之前承欢膝下的那些幸福往事。马克，您喜欢孩子吗？哦，不好意思，我这么问没别的意思。”

“呃。”马克说。

“我是说，我不知道您是不是没有孩子。我是猜的。我并不想显得自己傲慢无礼。”

“您现在很可能会领养一个孩子吧，是吗？”雨果说。

“不好意思，很可能什么？”马克说。

麦尔斯正在和那孩子说着重建“卡蒂萨克”号的事。

“原先，”他说，“那条船航行得很快。人们本想要一艘

---

① 美国乐队扎格与伊文斯（Zager & Evans）的歌曲《在 2525 年》（*In the Year 2525*）。

运茶的快船，但这条船造好的时候，运茶快船已鲜有使用，甚至已经不被需要了。但人们可以将她——女字旁的‘她’——用于其他用途，而且她的速度甚至比最新式的汽船还要快。”

“但我很好奇，”孩子说，“为什么称呼一条船为‘她’呢？”

“你是不是更希望我们用单人旁的‘他’？”麦尔斯问。

“不，”孩子说，“我只是奇怪为什么，没别的想法。”

“我不清楚，”麦尔斯说，“但我会试试看能不能为你找到答案。一般都是用女字旁的‘她’代指船的。你知道‘卡蒂萨克’是什么意思吗？”

麦尔斯告诉孩子那条船名字的起源。他这么做的时候，桌上其他人都装作很感兴趣的样子。

“在一首叙事诗里，有一个男人，他带着些许醉意，心情大好地回家去，”麦尔斯说，“黑暗之中，他从一群围着火堆跳舞的人群中穿过。其中有一个女孩，她穿着一件很短的上衣，跳舞跳得很好。那个男人看着她，然后喊道：‘跳得好，穿短上衣（short shirt）的！’只不过，他是用苏格兰英语发音的，所以，那句话就变成：‘跳得好，卡蒂萨克（Cutty Sark）！’——看到她跳得这么好，酩酊大醉的他情不自禁说了这句话，完全不经大脑。但那个女孩，呃，还有她的朋友们，她们恰好是女巫，看到自己被窥探，她们很生气。她们猛追那个醉汉，似乎欲置他于死地。虽然他的马很好，跑得很快，他也只是以他的马尾巴皮那样的距离优势侥幸逃脱了。”

“哈，”孩子说，“他的尾巴皮。”

“注意，是她的尾巴皮，”麦尔斯说，“那匹马是母的。”

“这就是为什么那条船也是用女字旁的‘她’称呼的原因，”雨果说，“和那匹马一样。女性，速度总是很快的。”

大家都笑了。

“这有什么好笑的？”孩子说。

“我倒希望他们不会将那条该死的船重新对外开放，请原谅，我说粗话了，”詹说，“马克、麦尔斯，我不知道你们住的地方交通怎么样，但最近这附近的交通实在越来越让我失望了。”

孩子肯定地告诉詹，等他们把那条船重建好，一定会重新对外开放的，因为当今人们什么事都能做出来，比如说重塑某个历史上著名的被烧毁的东西。

“对，对，”她父亲说，“当今人们什么事都能做出来。你可以在当事人不知情的情况下拍摄他们的所作所为，甚至还会用一架被列为玩具的直升机打爆他们的头。任何事都可以。”

然后是一片沉默，于是孩子说：“为什么大家都不说话了呢？”

“啊，”麦尔斯说着对那孩子眨眨眼，“这是一个沉默的时刻，把东西烧掉的时刻，重建的时刻，喝醉的时刻，骑着马能跑多快就跑多快的逃离的时刻，把主教的脑袋敲碎的时刻，上第一道菜开始一场晚宴的时刻。”

马克低头看了下他的盘子，然后看了看他满满的白酒杯，又看看他的空水杯。他看了看麦尔斯的盘子，那盘子里看着好像是沙拉和蓝纹芝士。他们给那小女孩准备的也是同样的芝士，她现在正在戳她的盘子，满脸怀疑的样子。

他们又开始讨论，讨论的话题是卡罗琳在一个火车站屏幕上看到的东西。

“然后我就想，”卡罗琳说，“既然我们能把一只老虎先变为人脚，然后又变成运动鞋的形状，我想说，既然我们能将老虎的形象塑造得如此驯服，我是说甚至是优美，我们无所不能，那么为什么要担心真正的老虎会灭绝呢？我站在那，看着屏幕上展现的整个变形过程，禁不住思考，我们现在不需要，将来也不再需要看到真实存在的老虎，因为我们现在能创造出那样的图像，所以我们确实不需要真老虎。”

“这想法真愚蠢。”雨果说。

卡罗琳转了转她的眼睛。

大家都笑了。

“我个人不在乎它们是否会灭绝，”汉娜说，“关于野生动物的节目中经常会播放老虎捕杀鹿或者斑马的镜头，还有那些残忍的画面，我很讨厌看到这些。”

“但一想到这，我就觉得哀伤。”卡罗琳说，“事实上，当我看到那些画面的时候，我敢保证，我的确是这样想的。我的意思是，我们不需要，不是吗？我们不再需要真正的老虎了。实际上我们已经把那些野生环境驯化了。”

“我的小傻瓜，他们就是要让你这么想。”雨果说。

“不要叫我傻瓜，亲爱的。”卡罗琳说。

“重点是广告在我们身上产生的效果。”理查德说。

“啊，但其实不是的，”卡罗琳说，“我知道那是一个运动鞋广告，但我想不起来是什么牌子的了。所以这个广告的效果聊胜于无，或者应该说，没有达到他们想要的效果。”

汉娜问巴尤德夫妇他们在家时有没有见过真正的老虎。“在约克郡没有看到过。”他们说。然后她问他们的家乡在哪里。他们告诉她他们以前住在哈罗盖特，那时在约克大学工作，他们就是在那里认识的。他们还告诉她，他们现在在当地的大学工作。伯妮斯在艺术学院获得了一个教学岗位，特伦斯最近刚刚成功申请成为了一名研究员。

“我们运气不错，”伯妮斯说，“两个人想在同一个地方都获得一份学术工作是很不容易的。特伦斯在约克大学的时候工资不低，所以您也许会说放弃可惜了。但我们觉得现在挺不错，因为我们在一起。我们很怀念约克大学，但是我们也很喜欢这里。”

“这么说，整个区就你们喜欢这里。”詹说。

“我个人也很喜欢这儿。”艾瑞克坐了下来，说道。

这是他今天晚上说的第一句话。大家都转过脸去，一脸惊讶地看着他。

麦尔斯把他的水杯递到马克那边。雨果注意到他的动作，然后伸手过去拿了张麦尔斯的名片。他伸直手臂拿着那张名片，就好像他非得戴上老花镜才能看清楚上面的字一样。然后他又把名片放回去。

“麦尔斯，我得再问一下，您是做什么工作的？”雨果问，“之前我问过一次了，但是刚好上菜，您惊呼自己吃素，于是没有回答我。”

大家都笑了。

“我是一名伦理顾问。”麦尔斯说。

“啊——”雨果说。

“嗯——”理查德说。

“唔——”詹说。

“伦理顾问到底是做什么的呢?”汉娜问。

麦尔斯对她笑笑。

“问这个问题,您真够勇敢的。”他说。

“是吗?”汉娜说。

她面露喜色。当她看到理查德看她的眼神时,她脸上的笑意消失了。

“也就是说,我的顾客们向我咨询,以确保他们成立的公司合乎伦理,或者他们希望为自己的公司建立更加合乎伦理的形象。”麦尔斯说。

“哈。”雨果说。

“嚯。”理查德说。

“我为他们梳理资料,并且据此给他们提供建议,供他们参考,以便他们将自己的公司包装得更加环保,或者我专门为他们公司所在的社区提供帮助,或者利用他们企业中已经合乎伦理的部分进行深加工。有时,我只是为那些公司提出他们潜在的可利用因素。或者,如果顾客只在乎外观部分,我会提出可行的品牌再造提议。”

“天哪。”卡罗琳说。

“他是一个伦理清洁工。”孩子说。

桌上的每个人都大笑起来。

“我不知道大家为什么要笑,”孩子说,“我只不过把他之前跟我说的话重复一遍而已。”

“麦尔斯，我可否理解为，您是一位自由职业者？”雨果说。

“粗略计算一下，每年会有多少自由职业者产生？”理查德说，“比方说，在前经济萧条时期。”

“那个词，”詹说，“今天晚上不允许再用了。”

“顺便说一下，詹，这个做得很好吃。”卡罗琳说。

从大家称呼她的口音判断，马克认为那个女人的名字并不是詹，也许和珍的读音类似。马克努力回忆雨果坚持要他过来的时候是怎么称呼她的。他心里觉得惊慌失措。他有没有大声喊过她詹呢？他努力回想他是否喊过她的名字。

“我的债券和股票，”特伦斯唱道，“也许会跌。一直跌到楼底。谁在乎呢？我才不在乎呢。”

“这么看来，特伦斯，您很喜欢唱歌？”雨果说。

“他就是我们家的格什温①。”孩子说。

“这可是你说的。”特伦斯说。

他和孩子击掌。听到格什温的名字，马克脑海中突然浮现出一段音乐，那是菲尔·斯贝克特②制作的《他就是我爱的男孩》，音乐如此强烈，导致马克完全忽视了正在进行的晚宴。当他回过神来时，詹，还是珍，正在夸赞雨果。她在夸雨果唱歌时的嗓音很好。

---

① 格什温（Gershwin，1898—1937），美国著名作曲家，写过大量流行歌曲和数十部歌舞表演剧、音乐剧剧本。

② 菲尔·斯贝克特（Harvey Phillip Spector，1939—  ），美国唱片制作人、作曲家。2009 年，他因谋杀女演员拉纳·克拉克森被捕。

“那首歌的前一半快结束的时候，”珍说，“就在音程之前，我说的是那首人们梦想战争结束的歌，你还记得吗？我永远都不会忘记。那首歌很感人。不是吗，卡罗？”

看样子雨果在哪部戏剧中演过西格夫里·萨松①，他要在上半场快结束时唱首歌。马克呷了一口水。雨果会唱歌并表演戏剧，他过去并不知道。他想起他们俩曾在赏鸟小屋中，雨果就站在他身后，在他的身体里。他说：“你要来了，是吗？”“正在努力，”马克笑着说，“马上就来了。”“下下个周末，”尽管在此浓情蜜意的时刻，雨果听起来似乎还是有些生气，“你还来詹和艾瑞克家吗？”

看上去，特伦斯·巴尤德对音乐剧颇有研究。理查德说如今的人拿着纳税人的钱搞的研究真让人惊奇。特伦斯告诉理查德，他是研究冶金术的。理查德看起来很生气。珍又一次告诉特伦斯说雨果的歌声很美妙，并且建议巴尤德夫妇去看看雨果在台上的表演。马克不禁猜测，珍说不定也和雨果有一腿。特伦斯说到麦克风和电影改变了上世纪初标准流行歌曲的形式，这样让音符变得简短易唱，同时在包厢后面还可以听得清楚。“事实上，”他说，“这让写歌的人能够使用更多字。”“但是真正释放激情的，”他说，“是舞者。”整个过程中，马克始终注意着珍的嘴型和眼睛，注意她是如何回

① 西格夫里·萨松（Siegfried Sassoan，1886—1967），英国诗人、作家和战士。以反战诗歌和小说体自传而著名，第一次世界大战时曾在军中服役。

应雨果的。然后珍讲起巴斯比·伯克利[1]编导的电影中是如何诠释“anal”的意象的，上个星期的《卫报》刊登过这样一篇文章。

大家都笑了。

“‘anal’又是什么？”孩子问道。

卡罗琳脸红了。

“哦，天哪！真是，真是不好意思，”珍对伯妮斯说，“我没想这么多。”

特伦斯告诉那孩子，那是肛门的形容词形式，而肛门是消化道尾端的一个洞。

“我知道，”孩子说，“但大家都笑了，说这个词有什么问题吗？”

然后特伦斯向在座的人解释巴斯比·伯克利是从《世界大战》这部电影开始才成为编舞的，那时他担任检验员。

“我对音乐片一窍不通。”理查德说。

“他脑袋里没有音乐片这根弦。”汉娜说。

“用一根牛身上的琵琶骨打破他的脑袋，”孩子说，“哈哈。圣琶音圣阿腓金[2]。”

她的父亲大笑。

“像琶音这样的词你从哪儿学来的？”她的母亲说，“好像我不知道。”

---

① 巴斯比·伯克利（Busby Berkeley，1895—1976），著名导演，美国电影史上最著名的舞蹈指导之一，曾荣获三次奥斯卡最佳编舞奖提名。

② 琶音（Arpeggio）与阿腓金（Alfeggio）谐音。

“特伦斯，您喜欢的是舞台音乐剧还是音乐电影，还是两个都喜欢？”珍问。

“我就是没办法欣赏音乐。”理查德又说了一遍。

艾瑞克说：“特伦斯，您再给我们多讲些像刚才巴斯比·伯克利的事情吧。”

大家都转过头盯着艾瑞克看。

“别再问他了，”伯妮斯说，“他已经讲了够多肛门[①]的事情了。”

桌上的人再次陷入沉默。

“哇哦！”伯妮斯大笑着叫出声来。

“那我就，”特伦斯说，“讲讲詹姆斯·卡格尼[②]、乔治·拉夫特[③]和约翰·韦恩[④]的事情吧。这些好莱坞硬汉从一开始就是以舞者的身份接受训练的。”

“这绝对不可能。”理查德说。

“纪律上讲，是不可能，”雨果说，“这是一条特别的纪律。”

“还有弗莱德·阿斯泰尔，”特伦斯说，“他在协议书中写明，播放他舞蹈的影片时，从始至终，他的整个身体都必须展现出来，不能仅仅是脚、手或者头的特写。”

理查德把手里的刀放下，它咣当一下碰到了他的盘子

---

① 此处为伯妮斯口误。

② 詹姆斯·卡格尼（James Cagney，1899—1986），美国演员，获第15届奥斯卡最佳男主角。

③ 乔治·拉夫特（George Rapt，1895—1980），美国演员。

④ 约翰·韦恩（John Wayne，1907—1979），美国演员，以演出西部片和战争片中的硬汉而闻名。

边缘。

“好极了。”珍点头说。

汉娜大声地打了个哈欠。

“还有露比·凯勒[1]，你们知道吗，那个早期跳踢踏舞的？”特伦斯说。

“不，”汉娜像个十几岁的孩子一样说，“我们不知道她。”

“凯勒是第一个大红大紫的著名踢踏舞舞者，”特伦斯没有理会汉娜，继续说着，“如果我们现在看她的舞蹈镜头，然后拿她和阿斯泰尔之类的人做比较，就会发现她动作笨拙，跳得其实并不怎么样，因为她看起来脚步沉重，满场乱跑。事实上，她的舞蹈风格直接模仿了木屐舞，而这实际上也成就了阿斯泰尔的舞蹈。凯勒是第一个普及该舞蹈形式的人。”

“你是如何得知这些事情的呢？”汉娜说。

“通过阅读，”特伦斯说，“我在书上看到的。”

“不，我是问你为什么要知道这些事情？”汉娜说。

“为什么？”特伦斯一脸不解。

“我总觉得人们知道什么又为什么知道会是一个很有意思的话题。”汉娜说。

“为什么人们会想知道任何事情？”特伦斯说。

“我一直没有寻找到这个问题的答案，”汉娜说，“但我

---

① 露比·凯勒（Ruby Keeler，1910—1993），加拿大裔美国歌手、踢踏舞舞蹈家和演员。

以前想过，在你了解其他地方的文化之前，比如说兰开夏[1]之类的地方，你应该已经了解自己的文化了。”

“您之前难道没有见到过一些或者很多黑人，还是您以前是住在外星球的？”孩子说。

沉默再一次笼罩了这里。

“不，”汉娜说，“我要表达的并不是那话的表面意思。我只是很吃惊，他知道这么多事情，那么了解音乐和音乐剧，而他的工作是和金属打交道的。”

“音乐满足一切艺术条件，”伯妮斯说，“这是沃尔特·佩特[2]的想法。而特伦斯·巴尤德认为，音乐剧满足一切艺术条件。”

珍、卡罗琳和雨果发出理解的声音。

“我不能理解您刚才说的那段话的意思。”汉娜说。

她看起来很绝望。

“这个做得非常精致，珍，”伯妮斯说，“非常感谢。”

“麦尔斯，”珍说，“这里有配炖羊羔肉的蒸粗麦粉丸子，我再看看冰箱里有没有什么可以搭配的，但是可能要稍微等会儿，但愿您不会介意。或者，我为您准备一份煎蛋饼怎么样？”

“只要是素的，什么都可以，非常感谢您，珍，”麦尔斯说，“千万不要为了我多费心。”

---

① 兰开夏（Lancashire），英格兰西北部的州。

② 沃尔特·佩特（Walter Pater，1839—1894），英国散文家、文艺批评家。十九世纪末提倡“为艺术而艺术”的英国唯美主义运动的理论家和代表人物。

“我只希望家里剩下的鸡蛋还够，”珍说，“但您不需要有任何担心，我不觉得麻烦。艾瑞克，能帮下忙吗？”

珍和艾瑞克站起来开始收盘子。然后艾瑞克从厨房出来，给每位客人的杯子里都斟上红酒，唯独没有给马克倒，可能是因为他杯子里的白酒好像一点儿未动。马克想不出他该如何要求喝红酒，于是时机就这么过去了。

“网络是个好东西，”汉娜说，“如果我想要获得什么信息的话。它让我们觉得活着是那么美好。但如果我是在一个荒岛上，周围没有其他人，那就恐怖了。我有的时候会做这样的梦，事实上我已经做过好几次这样的梦了。我还经常梦到自己在上学，虽然我早就已经过了上学的年纪了——”

“梦里你穿着衣服吗？”理查德说。

除了汉娜以外，其他人都笑了。

“——而其他的学生都比我年轻许多。试卷放到了我面前，”她说，“其他孩子都开始答题，我看着试卷，脑中一片空白，什么都没有，就像我要填的那张纸一样空白。并不是说我不知道怎么答试卷上的题，而是我当时真的是觉得莫名其妙，好像我什么都不知道。”

她看起来好像要哭了。麦尔斯轻轻撞了一下她的手臂。

“下次你再做这个梦，”他说，“当你面前放着考卷时，你脑子里要想着你是知道的。就这样坐在桌旁，看着卷子，然后说，呃，告诉自己你知道——”

“一首歌。”孩子说。

“是的，一首歌。”麦尔斯说。

“但我毫无音乐天赋，”汉娜两手交叉置于胸前，摇着头说，“我没有音乐那根弦——”

“你说的没错，但你一定会知道那么一首歌，你总会有那么一首喜欢的歌。”麦尔斯说。

“我一首都不知道。”汉娜说。

“有没有那么一首几乎每个人都应该知道的歌?”麦尔斯问特伦斯。

“每个人都应该知道《彩虹之上》。”孩子说。

“哦，是的，我知道那首歌，”汉娜说，“是个电影主题曲，很有名。”

“这就对了，”麦尔斯说，“下次你再梦到自己坐在教室里考试，你就对自己说，我很好，我知道《彩虹之上》。”

“但关于这首歌我什么都不知道，”汉娜说，“而且，如果我往下看试卷上的题目，它可能会问，比如说《彩虹之上》是谁写的，写下你知道的关于这首歌的所有内容，而我只知道这首歌是一部电影的主题曲，也就是说我还是不能正确回答那些问题。”

“那我们这样吧，”麦尔斯说，“特伦斯将会告诉你关于这首歌的三件事。下次你再做同样的梦，你就能想出三点内容，而且你会让你的潜意识把它们写下来。”

汉娜倒吸了一口气，擤了擤她的鼻子。

“我怀疑自己有没有潜意识。”她说。

“好，”特伦斯说，“三件关于《彩虹之上》的事情。

呃。对啦。这首歌是哈罗德·阿伦[①]和叶·哈伯格[②]写的，阿伦作曲，哈伯格写词。这就已经是两件了。”

“我睡着的时候不可能会记得这些的，就算我现在头脑清醒，我也没有办法立刻记住这些。”汉娜说。

“好，”特伦斯说，“好——我知道了。最开始的两个音符形成了八度跳跃。”

他把那两个音符唱了出来。

“真是个娘娘腔。”理查德小声嘀咕。

“他们这样编曲，”特伦斯说，“让第一个单词的音一下子跳到云端，好像绝望中猛然看到希望。”

汉娜满脸惊慌。她转向麦尔斯摇了摇头。

“讲些更加有趣味性的。”麦尔斯对特伦斯说。

“有趣味性的。”特伦斯说。

“有趣味性的是什么意思？”孩子问。

“就好像你经常讲的那些故事。”特伦斯说。

“关于那首歌有一个非常有趣的故事，是关于那只老是跑来跑去的狗的事。”孩子说。

“的确，”特伦斯说，“是的，那个不错，布鲁克。所以，大家听好了。你知道那首歌中间的那部分吗？‘有一天我要对星星许愿’的那一段？”

他把那段哼了出来：“嘀嗒嘀嗒嘀嗒嘀嗒。”

---

① 哈罗德·阿伦（Harold Arlen，1905—1986），美国流行歌曲作曲家。他创作的歌曲中最著名的是电影《绿野仙踪》（1939）中的插曲《彩虹之上》和《我们赶去看女巫》。

② 叶·哈伯格（Yip Harburg，1896—1981），美国著名词作家。

汉娜点点头。

特伦斯告诉她，编曲的哈罗德·阿伦写完第一部分——也就是彩虹之上那部分——之后，想不出可以用来连接各节起承接作用的旋律。

“刚好他有只小狗，”特伦斯说，“它属于猎狐小狗那一类，很调皮，总是到处跑，一眨眼就找不到它了。”

“它叫潘。”孩子说。

“刚好，哈罗德·阿伦就站在那儿，”特伦斯说，“他用手擦着前额，深感焦虑。前一刻他还在说‘我想不出这段调子要怎么写’，后一秒他就开始吹口哨召唤他的小狗回来了——”

特伦斯吹着口哨，把那段“有一天我要对星星许愿”的旋律吹出来，就像他吹口哨召唤自己的小狗一样。

桌上的每个人都笑了，包括理查德也笑了。

“我绝对不会忘记这个的！”汉娜说，“这段故事太精彩了。再给我说一段一样好玩的？”

“好。”特伦斯说：“布鲁克斯，还有吗？再想点儿别的。”

“当他们还小的时候，男生们在学校都是按名字字母顺序排座位的。”孩子说。

“耶，”特伦斯说，“叶。”

“耶！叶！”孩子说，“叶叶哟哈！[1]”

---

① “耶”（Yep）为“是”（Yes）的口语变形，孩子将口语中表示万岁的欢呼声“hip hip hooray”改为“yip yip yooray”，以求押头韵和趣味性。

她在头顶猛拍着双手。伯妮斯笑了。

“叶·哈伯格，”特伦斯说，“就是写词的那个人，他给很多我们耳熟能详的歌作词。他出生于纽约一个贫穷的犹太人家庭，他父母都在一家血汗工厂当工人。他和他姐姐从小就挤在用凳子拼起来的床上睡觉，可见他成长的家庭有多穷。”

“要睡着了。”理查德说。

“别作声，好好听。”汉娜说：“他父母是做汗衫①的，继续说，特伦斯。”

“他还是个孩子的时候就在百老汇点煤气灯，”特伦斯说，“这是他的第一份工作。他上学的学校是按照学生的姓的首字母顺序给学生排座位的。有一天，他拿出几首自己很喜欢的诗——”

“不好意思，马克，呃，还有您的朋友，这会不会是我在这个屋子里参与过的同性恋倾向最浓的交谈啊？而且我在其他任何地方都没有遇到过。”理查德说。

“别这样，”汉娜说，“这是为了我的梦。”

“一天，”特伦斯说，“他在学校里读着一本诗集，然后坐在他旁边的那个孩子对他说：‘你知道，它们不仅仅是诗而已，它们的意义远比诗大。’然后这个孩子把哈伯格带回家，用留声机给他放了一些78转唱片，因为他刚才在读的

---

① 这里汉娜犯了个错误，词作者的父母在血汗工厂（Sweatshop，工作条件恶劣、工资低的小工厂）工作，而不是做“汗”衫（Sweatshirt）的。

那些诗是吉尔伯特和沙利文[1]歌剧中的歌词。哈伯格的开头字母是H，格什温的开头字母是G。那年哈伯格十二岁，在学校时，他就坐在也是十二岁的艾勒·格什温的旁边，然后他们一起长大……”

“一起长大之后呢？”汉娜问。

“所以这个艾勒·格什温和那个非常有名的乔治·格什温有什么关系吗？”卡罗琳问。

“她是他的妻子，是不是？”珍说，她托着好几个盘子走了进来。

“他是乔治·格什温的哥哥。”马克说。

然后他想起来费伊是多么喜欢歌曲啊！他已经不记得她喜欢歌曲具体到什么程度了。

“艾勒？但这听起来像是女孩的名字，是吧？”卡罗琳说。

“我绝对不会给自己的女儿取这样的名字。”汉娜说。

然后她给大家讲一个女孩的事情，这是在家长教师协会认识的一个妈妈的女儿。有一天，这个女孩醒过来发现自己躺在康沃尔郡的一块农田里，身上穿着一套新衣服。她不记得自己买过这件衣服。她完全不知道自己是怎么来到这里的，也不知道自己为什么来这里。她只记得自己周六下班后出去喝了酒。然后她醒来的时候已经是星期二上午了。她所

---

① 吉尔伯特和沙利文（Gilbert and Sullivan）是指维多利亚时期幽默剧作家威廉·S. 吉尔伯特（William S. Gilbert）和英国作曲家阿瑟·沙利文（Arthur Sullivan）。

在的那个农田离她家还有好几英里。而且她身上还穿着新衣服。她去查自己的信用卡时发现，那衣服是她自己买的。但所有这些事情她都不记得了。

“疯狂购物以后的选择性记忆，”雨果说，“这是女性才会得的病。不好意思，这样说是不是有点儿性别歧视？”

“的确。”麦尔斯微笑着说。

“麦尔斯，你真的这样认为？”雨果说。

他转头朝向麦尔斯的时候眼睛刚好是闭着的。

“这一点儿也不好笑，”汉娜说，“这是真事。它的的确确发生过。”

“哦，我的天哪！”卡罗琳说，“有没有……发生什么不好的事情？你知道，任何（她对那孩子点点头）——不好的事情？”

“关键就在这儿。好像没有发生什么不好的事情，”汉娜说，“但她也不知道。她不太确定。”

“有没有发生什么好事呢？”孩子问。

“这个问题比较有意思。”麦尔斯说。

“哈！”伯妮斯说。

“这种情况下，遇到倒霉事的可能性比较大，”麦尔斯说，“所以我比较感兴趣有没有发生什么好事。”

“一屋子都是娘娘腔。”理查德说，这次他的声音没那么小。

“三色堇①，”孩子说，“代表沉思。迷迭香代表记忆。”

---

① 双关语，pansy：三色堇；同性恋男子。

“她不，”汉娜说，“她不记得发生了什么。什么都不记得。但，重点是，并没有什么事发生在她身上。”

“所以这是件没有什么意义的事情。”理查德说。

汉娜看起来备受打击。

“这是一个哲学上的难题，”伯妮斯说，“你要怎么再次相信自己，或者有关自己的任何事情？甚至是要怎么相信这个世界，还有身在这个世界中的你？”

“我懂你的意思，”汉娜说，“这太可怕了。”

“我认为，是人都会相信自己的。”孩子说。

伯妮斯隔着桌子对她笑了笑。

“你真是个乐观派。”特伦斯说。

“我猜那是她丈夫的信用卡，”雨果说，“麦尔斯，我说这话有歧视女性的意思吗，或者您觉得这话冒犯到谁了吗？还有在座的各位女性，你们有没有觉得被冒犯了？或者您是唯一不能接受这个笑话的人？”

“不很明显，只是稍微有点儿，和二十世纪七十年代温和的情景喜剧中的程度接近，”麦尔斯说，“但的确，我觉得这么说是性别歧视。”

“抱歉，和什么接近？”雨果说。

他把眼睛眯起来。他有些醉了。突然，卡罗琳开始插话，认真地说起她在易趣上买的取景器简直就和她小时候有过的那个一样，所以她就买了。

“听到那个黑杆一样的东西咔嗒一声，那感觉真是太好了。它和我小时候用过的那个一样，当然，除了它要比小时候用的小一些，”卡罗琳说，“我还在网上为雨果买了一套用取景器拍的埃姆斯房子的照片，它们看起来就像是设计师专门设计出来的一样——”

“它们不是像被设计出来的，它们就是被设计出来的。”雨果说。

卡罗琳翻转着她的眼睛。

“——还给自己买了一些旺布尔①的照片，”她说，“因为当我也是那个年龄的时候就有他们的图片。包裹到了以后，我打开它，发现取景器在我手里没有以前那么大了。一想到以前自己的手那么小，我就觉得很有趣。我从没想到过那些旺布尔的照片能勾起我如此的回忆。有时，我们总是通过最奇怪的方式才能意识到自己是多么的脆弱，不是吗？马克，你知道我这话是什么意思吗？”

马克一整晚都觉得卡罗琳的存在给他施加了很强的心理压力。他不清楚这是他凭空想象出来的还是事实如此。他认为两种情况都有。他认为卡罗琳不太可能知道自己和雨果之间的事情；同时他也明白，卡罗琳心里对这些事情应该是有数的。现在，桌上的人都在等他对卡罗琳关于脆弱的话题做出回应。

他深吸了一口气。

他开始讲他曾经因为工作在几个小镇之间的路上打车的经历。他说那个司机把一张圣母玛利亚的照片塞在汽车遮阳板下，另外车里还有四瓶神奇树牌空气清新剂，每一瓶的味道都不一样，此外还有一瓶格莱德牌空气清新剂。他本来打

---

① 旺布尔（The wombles），卡通人物。

算告诉大家那个司机对他说的话。那个司机说他谁都载，从不挑人，不管是谁都能客观对待。但有那么几次例外，一次是一个穿着女人衣服的变态男人，还有一次是一个恋童癖者，而且他还知道这两个人分别住哪里。于是他最后选择不载他们，因为他不希望这样的人坐到他的车里。而且，他还拒绝载流浪者，这些所谓的旅人总能想尽各种办法去任何地方进行他们所谓的旅行。当司机说这些的时候，坐在后座的马克看到圣母玛利亚旁的塑料泡沫中闪亮的圣水，他心想是否那些圣水也是经过筛选的，是否这就是上帝现在的职责，是否每个人心里都藏有一个上帝，来裁决他或她的计程车上应该有怎样的乘客。

虽然桌上的其他人都在听，他突然就失去了信心，讲到第五瓶空气清新剂就打住了。

“还有一瓶格莱德牌空气清新剂。为了表示吉利。”他说。

雨果看上去很无聊。理查德看起来很生气。女士们都礼貌地笑笑。

“他一定不喜欢闻到人身上的气味，我是说那个司机。”伯妮斯说。

“说不定是他自己的气味。”麦尔斯说。

“也可能两者都是。”伯妮斯说。

理查德抓住塞在遮阳板下的圣母照片不放，和汉娜一起像小孩一样不停傻笑。两个人轮流讲着他们当地的女牧师做的让他们觉得很尴尬的事。她来他们家做客，说起汉娜所在的基督教年轻母亲团体和教堂有关的事情，然后她突然开始在他们家的休息室里祈祷，并感谢上帝赐予她放在她面前的茶点。

马克没能专心听他们讲这些，因为他发现麦尔斯的举动很奇怪。麦尔斯将两个盐瓶中比较小的那个拿起，倒了些盐在他的煎蛋和蒸粗麦粉上，然后悄悄把它放到桌下。其他人都没注意到这个。他们正在讨论自由市场。

“如果秤不准，上帝是会生气的，重量称得准他才会开心。”布鲁克声音洪亮地说。

“他说的不是我们买东西去的格林尼治市场，布鲁克，”伯妮斯说，“他说的是贸易市场，全球商业市场。”

“这关乎整个世界，”理查德说，“这是个，嗯，多多少少没有疆界的世界，而事实上它也应该如此。”

“除了要花上好几个小时检查你的护照然后才允许通过的那些边界。”坐在桌子另一头的布鲁克小声说。

“是的，但是每个地方都需要一些保护措施，以防有些入境人员利用恐怖行动或某些缺陷扰乱当地治安，呃，小可爱。”理查德说。

“说得对，”特伦斯说，“这么做是为了将所有那些心存恶意的难民拒之门外。那些想要追求更好生活的也就不能例外。”

“再同意不过了，”理查德说，“人类文明一旦开始，防御工事就变得必不可少了。”

“而且一直以来，自从人类文明的起始之初，人类就需要内部装有摄像机的直升机，这样我们就能偷看到邻人的防御工事，”特伦斯说，“这是文明所带来的成就。”

“哈！”雨果说。

“不要抨击人类文明，”理查德说，“我个人认为抨击人类文明是违法的行为。”

“也许是吧，”特伦斯说，“我可能需要尽快为自己找个律师。”

“找一位矮小又刻薄的英国律师。”麦尔斯说。

“你说什么，麦尔斯？”理查德问。

“我偶尔会为这样一组初级律师工作。”麦尔斯说。

“哈哈！”伯妮斯说。

“我不明白你在说什么，麦尔斯。”理查德说。

“最近有谁去过剧院吗？”珍问，“谁去过？放假的时候？特伦斯！伯妮斯！你们今年打算去哪儿度假？或者你们已经度过假了？你们去了——”

“哦，我很自豪自己是个英国人，就是我，”雨果说，“我们现在对于牙膏的选择权太大了，简直可以说是全球性的选择。住在这么一个价值观多元的世界上，还能有这么多的选择，多好啊！我的 iPod 里播放的歌曲就可以说明我的身份。而且有这么多的数据库，只要按个按钮就能找到我最喜欢的牙膏和音乐，还有很多其他关于我的信息，比如说我的生日、我的身价、我的消费方式、我和谁通电话、我去哪等等，这一点我很喜欢。讲到自由，作为一种生物，我们已经很好地利用了自己的天赋。”

“这里将变得和伊拉克一样，”卡罗琳说，“随时，又来了。”

她翻了翻眼睛。

“事实上，”孩子说，“巴格达，就是伊拉克战争爆发的地方，以前有星盘，可能比其他任何地方都要早，那是1294年。”

“布鲁克，星盘是什么？”艾瑞克问。

“它是一种用来确定恒星和行星位置的仪器，李先生。”孩子说。

然后她大声背起皇家天文学家们的名字。弗拉姆斯蒂德，哈雷，布莱德利，布利斯，马斯基林，庞德，艾里……

马克侧身在理查德背后对特伦斯说话。

“也许，您能推荐一本关于格什温兄弟的书给我，或者是关于您刚才说的写那些歌的人的书？”他说。

“小事一桩，”特伦斯说，“我非常乐意。我现在就已经想到了四本好书。”

“他们正秘密幽会，”理查德说，“在我背后附庸风雅。”

“哦别，不要附庸风雅，”汉娜说，“我讨厌别人附庸风雅。我不喜欢。”

“不，您看，我必须这么说，因为重点是，我以前那么说过，现在还要再说一遍，我喜欢去超市看那儿的牙膏，它们都这么新，干干净净地摆放在那儿，”卡罗琳说，“而且我不明白为什么让我觉得开心、能给我安全感的东西会出什么问题，为什么我喜欢它带给我的这种感觉就有问题了。”

“沃霍尔①说，”雨果说，“如果你看到某个东西被不断

---

① 安迪·沃霍尔（Andy Warhol，1928—1987），美国艺术家，是波普艺术的倡导者和领袖，也是对波普艺术影响最大的艺术家。

地制造出来，你会想要得到它。你将不可能忘记它。你会爱上它。你的确爱上它了。太低级了。沃霍尔正是这么做的。他指出什么才是低级的。”

“我很开心有很多种牙膏可以选择，”卡罗琳说，“这让我觉得，呃，很真实。但很明显，我是一个不懂得欣赏也不喜欢现代艺术的傻瓜。好吧，我就是不喜欢。我说出来了，马克，而且全桌的人都听到了。我并不庸俗。去美术馆时，我会和周围的其他人一样欣赏那些美的事物。但是，当代艺术不是我喜欢的，而且大多数时候我都不能理解它。我向来觉得它毫无意义可言。”

“但是也有很多好的儿童文学作品，不是吗？”珍说。

几乎同时，坐在她旁边的那个孩子低下头，把头搁在架在桌上的手臂上。过了一会儿，她就睡熟了。

同时，满脸通红的卡罗琳摇着头，表示不同意。

“我想，你们刚才讲到的那些歌曲和电影，特伦斯，至少它们起到了娱乐作用。”她说。

“那得看你所谓的娱乐是什么类型的。”理查德说。

“不管是什么类型，它改变不了什么。”卡罗琳说。

“事实上，这种说法有待商榷——”特伦斯开腔了，但是雨果和卡罗琳打断了他。

“傻瓜。”雨果亲切地说。

卡罗琳说：“而且不管是女艺术家的毫无意义的可怕的床，毫无意义的花园棚屋，毫无意义的镶上钻石的头盖骨，还是不停地开开关关房间里的灯的毫无意义的女艺术家本人，最后确实没有让任何特别的事情发生。”

“呃，”麦尔斯说，“确实有事发生了。”

“发生了什么？”卡罗琳说。

“那些灯不停地被开开关关了。”麦尔斯说。

他拿起雨果的眼镜，镜片是红色的，然后他隔着眼镜看看艾瑞克，又看看珍。

“敬主人们，”他说，“敬李夫妇。”

“敬幸福的李夫妇。”伯妮斯说。

“敬李夫妇。”大家齐声叫道。雨果醉意较浓，他没有注意到他的红酒杯不见了，直接端起自己的白酒杯。大家都仰头喝酒时，麦尔斯把雨果的红酒杯放到马克面前。

然后他走出屋子。

卡罗琳继续数落着艺术到底多么没有意义。

“不，”雨果也摇着头，“我可不愿意再讨论这个话题了。而且大家总是不断地关注着同一个人，好像除了小报以外的世界就不存在艺术了。艾敏和赫斯特①等人都已经是过去式了，他们妨碍了自己的艺术发展，而且我开始相信他们的作品已经变得如此老套，以至于你刚才说的还有你想要说的那些废话，换成别人，也一样能说。所以关于这个话题的争论是必不可少的，但太多的争论是没有必要的。只是有一点不需要我说明，那就是如今有如此多令人质疑的新艺术，它们颠覆了以往需要被颠覆的艺术特点，开始质疑那些被认为正确的先入之见。”

---

① 艾敏和赫斯特，特雷西·艾敏（Tracey Emin）和达米恩·赫斯特（Damien Hurst），英国当代波普艺术家。

“又来了。”汉娜说。

“生活的真谛是艺术，”伯妮斯说，“这是奥斯卡·王尔德说的。”

“附庸风雅的谈话的真谛是死亡。”汉娜说完把手指横在脖子上，发出被呛住的声音。

“我不在乎他所说的。”卡罗琳指着雨果说，愤怒的雨果脸上显出目空一切的神情，“亲爱的，还有你总是用的那几个词，比如‘提高’‘怀旧的’‘善于表达的’和‘质疑’。”

“金钱和权力，”理查德说，“才是真正有魅力的字眼。”

“是的，”卡罗琳说，“这就是为什么我很高兴会出现经济衰退，不好意思，珍，因为每到衰退期，也许一些愚蠢的投资方式会被重组，比如说围绕着他喋喋不休的艺术的金融市场。这种所谓的艺术，就是人们待在玻璃柜中让别人参观，或者变卖自己的所有物，或者有人把石膏浇铸进甜甜圈的孔里，然后美其名曰‘甜甜圈的内孔’，或者拍一幅以混凝土为背景的老树干，然后随便起个名字，这就是个骗局。艺术。艺术从未改变过什么。这就是艺术的底线。我要说的就是这个。告诉我，有没有哪一件所谓的艺术品真的改变了世界，任何改变都可以。艺术让人看到的只是海市蜃楼一样的虚幻。”

汉娜大声打了个呵欠。

“艺术是愚蠢的。”她说。

“那个男孩，”马克说，“那个德国男孩，二战的时候，他和他妹妹策划了抵抗运动，我忘记他们的名字了。他算不算?”

大家都转头看他。这种场面很吓人。

“当时他还在希特勒青年团,”他说,“一天,他正在读一本书,他全神贯注地读着,直到他的军队领导人发现了此事,给了他严重警告,因为那本书是犹太人写的,是禁书。自己如此喜欢的一本书竟然是禁书,竟然有问题,这种艺术种类竟然有问题,如果你愿意,甚至可以说是作者的身份有问题,所以这个男孩很生气。于是他开始思索问题到底出在哪儿。结果就是,他发现他和他妹妹索菲·斯库勒,他们姓斯库勒①,他们一起从事这项重要的工作。他们希望能为世界带来变化,让人们能够思考,我是说换一种方式思考。然后他们开始反击,他们成功了。被捕之前,他们做了很多有意义的事。他们因此被杀,他妹妹和他都死了,纳粹当局把他们送上法庭进行审判,他们勇敢地说出自己的所为,结果因叛国罪被判死刑。我想他们应该是被纳粹斩首的。”

“是的,斩首以后,人们发现他们的头上像是镶了钻石一样,然后屋里出现忽明忽暗的亮光。”汉娜说,声音像幽灵一般。

浑身颤抖的马克发现自己刚刚犯了个严重的错误,他不是看起来,而是真的变得严肃起来。最后他发现,可能每次这帮人聚到一起都会讨论艺术。好像为了进一步验证马克的想法,珍悄悄查看那孩子是不是睡着了,然后身子前倾,很

---

① 斯库勒兄妹(汉斯·斯库勒和索菲·斯库勒)是德国纳粹时期慕尼黑学生团体“白玫瑰”的成员,该团体通过非暴力形式反对希特勒的统治和纳粹德国的侵略行径。

庄重地说："但是马克，你的日子应该过得很糟糕吧，是不是？"

"哦，是的，的确，"马克说，"我从小就是这样。"

他脸红了。

"我想说，那个时候你应该还很年轻吧。"珍说，语气很诚恳。

"哦，是的，那时我很年轻，"马克说，"当时我确实很年轻。"

大家都笑了。

坐在他另一边的卡罗琳说："马克，你那时一定觉得很可怕！"

她伸出一只手放在他胳膊上。

"那会儿是怎么个情况？"她问。

"哦，其实是很好玩的，"马克说，"我们把所有的东西都藏起来。大家都觉得很兴奋。很刺激。"

"我都不知道以前是这样的！"汉娜说。

"如果被抓住了就要坐牢。或者要注射雌激素，"特伦斯说，"图灵[①]当时就是这样的。"

"那叫巡航，不是游玩[②]，"理解错误的理查德说，"据我所知，是这么说的。我不清楚对不对。我们需要问问在座

---

① 阿兰·图灵（Alan Turing，1912—1954），英国数学家、逻辑学家，被称为计算机之父、人工智能之父。因其同性恋倾向，于 1952 年被起诉，并接受了雌激素注射。他最终于 1954 年食用氰化物泡过的毒苹果自杀。

② 此处是理查德把图灵（Turing）的名字与游玩（touring）混淆。

的哪位专家。呃，休伊男孩？”

卡罗琳迅速地插嘴问巴尤德夫妇他们是不是以著名演员布鲁克·雪德斯[①]给他们女儿取名的。

“谁是布鲁克·雪德斯？”汉娜问。

“你还太年轻了，所以不知道，”珍说，“她是一个曾经和——他叫什么来着，那个皇族，不是爱德华，斐济的那个，安德鲁王子，布鲁克·雪德斯是一个曾经和安德鲁王子约会过的女演员，但那时她很年轻，要年轻得多。她曾经传出过让人恶心的丑闻，她尚未到法定年龄时，一个很糟糕的电影制作人利用她录制色情电影。”

“他不是糟糕的电影制作人，”艾瑞克说，“他是二十世纪法国最好的电影导演之一。”

“呃，亲爱的，我们以前就对这个问题存在分歧，不是吗？”珍说，“他总是喜欢给什么东西加上字幕。我看到那东西时就在想，啊，不，字幕。真幸运，我们现在可以都坐在这个房子的不同房间之中。”

“不是的，”巴尤德夫妇告诉他们，但他们的确是以一个电影明星给她取名的，“那个电影明星是露易丝·布鲁克斯[②]，一位无声电影明星——”

“我们知道，那个跳约克郡木屐舞的。”汉娜说。

“——她演的总是崇尚自由、有生存能力的女孩，或是

---

① 布鲁克·雪德斯（Brooke Shields），美国演员，11 岁就在 1978 年拍摄的影片《漂亮宝贝》中扮演了一个童妓。

② 露易丝·布鲁克斯（Louise Brooks，1906—1985），美国女影星，以在二十世纪二十年代的默片中轻松自如地扮演放荡角色而闻名。

面对生活带给人无尽恐怖时仍然面无惧色的角色。”伯妮斯说。

突然一阵沉默，片刻过后，同样喝得醉醺醺的卡罗琳说：“那她的名字应该叫露易丝，不是吗？”

“露易丝·布鲁克，”理查德说，“她不是那个在奥林匹克中为英国赢得赛艇金牌的人吗？”

“是布鲁克斯，”伯妮斯说，“不是布鲁克。”

“我以为她是美国那个虐待婴儿的保姆。”汉娜说。

不知怎么的，卡罗琳开始又哭又笑。她说她要坦白。她交代的事情是她很害怕坐飞机。汉娜隔着桌子触摸到卡罗琳，拍拍她的手，其间撞倒了一只空水杯。然后珍开始大声说着认知行为治疗。“六个疗程的认知行为治疗就能治好你。”珍说，只有她一个人在叫喊，像疯了一样，而且她还一遍又一遍地喊着。马克想，她一共大概喊了六遍，否则就是他自己太醉了才会产生这种幻觉，但后者是不大可能的，因为他只喝了一杯酒，而且还没有倒满。汉娜也在叫喊，说自己是个享有权利的公民，而她的基本权利之一就是乘坐廉价航班，因为她的父母未能享受这个权利，而且飞机的运行对环境造成的影响没有他们描述的那么大。关于这一点，雨果和理查德开始无拘无束地进行相关的幻想——马克觉得他们已默默变成一伙的了，就好像他们这一整晚从来没有互相看不顺眼过，就好像只有笨蛋才会因互相赏识而成为同伙——他们幻想着在汽车的挡风玻璃清洗瓶里装上尿，然后当开车的人按下洗挡风玻璃的按钮时，尿就会随着喷嘴喷到整个车上和车附近所有的行人身上。

巴尤德夫妇越过睡熟的孩子相互交换了一下眼神。

“我喜欢争强好胜，”理查德说，“我必须坦诚地说。”

马克转头看着雨果。雨果直接反过来盯着他看，注视着他的眼睛。马克脸上不知所措的表情明显得无以复加。他想到了乔纳森，想到了在乔纳森走后，他理解了他的那一瞬间。乔纳森的葬礼结束六个月了，正值春天，那个下午他坐在那儿看录像。乔纳森在录像里记录了他们俩一起生活的那二十五年的点点滴滴，而且马克还发现，不管镜头里他们是在风景优美的海边度假，还是透过疾驰的车窗拍摄着路边的景物，或者是在他们随便待着的哪个屋子里摇摄，镜头最后的定格画面中总是马克自己。

真让人心碎，马克此刻在想，因为那段视频的质量不好。保留下来的这段录像就是全部，发生过的这么多事情仅仅被压缩在这盘录像中，差强人意的质量之中显示出人为而粗糙的拍摄痕迹。他们去罗马时曾经去过一个漂亮的小教堂，教堂里面没有人，但是外面游客们排着队，等着能在自己把手伸进真理之口时拍几张照。他们发现，在一个玻璃柜中有一颗微笑着露出牙齿的头颅，头颅的前额用灰泥写着S. 瓦伦蒂尼的名字。“会是奇迹，”镜头正停留在那颗头颅上时，镜头之外传出乔纳森的声音，“如果我们的头颅的前额上，我们的骨头和血肉之间都能写着名字，就像这个一样，那就是奇迹了。”然后他们俩一起笑了，马克听到他的笑声和乔纳森的混在一起。然后镜头随着他们的笑声微微摇晃，从那文物转到马克身上，镜头中正是笑着的马克。

同时，理查德正用手演示警察们如何用护目镜来连接小型无人驾驶飞机的摄像机。雨果也把他的手放在眼睛上方。珍和雨果开始讨论民主和网络色情，此时雨果的手仍然放在眼睛上方。马克觉得反胃。他想起自己有两次是看着网上的免费色情节目办事的。两次完事以后，他都要再搜些别的东西以使自己感觉不那么堕落。第二次他直接在谷歌图片搜索框中输入了“美丽的东西”几个字。然后页面上就跳出几幅图，一张是太阳照射下的几片树叶；一张是图像处理软件调整过光滑度的图片，图上是熟睡中的一位金发女人和一个婴儿；一张拍的是一只鸟儿；一张是特蕾莎修女；一张是闪亮金属建成的现代主义建筑；还有一张图上的两个人正用刀刺向自己的手。谷歌真是奇怪，它承诺提供所有信息，但它却给不了你什么。你输入描述你要找的东西的文字，你想要的东西瞬间变得奢侈，在它的光环之下同时又出现了你真正需要的东西，但谷歌并没有给出你想要的。他在铺满东西的桌子上翻找。当然，能够在哪里翻查总是很有吸引力的，并且能在凌晨三点的时候看伊尔萨·基特① 1957 年唱的《过时的百万富翁》，或者听海莉·米尔斯②唱一部老迪士尼电影中歌颂女性的歌。但这种吸引力也是某种欺骗，它只是用一种全新的方式诠释孤独而已。外表充实，实则是一层新的但丁的地狱。就好像一个僵尸遍地的墓园，里面的线索、美的事物、悲怆痛苦的心情、小狗的脸都是虚假的，来自世界各地的被捆绑着的男男女女看着一个又一个网站手淫，整个

① 伊尔萨·基特（Eartha Kitt，1927—2008），美国演员、歌手、舞蹈家。

② 海莉·米尔斯（Hayley Mills，1946—　），英国女演员。

就是一片满藏浅滩的汪洋大海。慢慢地，这些变成了迫切的人类困境：在众多下流的言语和行为中如何特立独行地保持纯洁。

伯妮斯正冲他点头，好像是同意他的想法。

“哦，天哪！哦不！”他以为他只是自己在偷偷思考，但事实上，他好像是把这些想法说出来了。

“在一个很平凡的早上，有块废地上开了个小缝，长出一株很普通的毛茛，”伯妮斯说着，“一片垃圾被风吹着独自沿着马路飘动，这些景象都足以证明网络上那些所谓的真相是假的。但是我们已经分不清什么才是真的。这才是问题所在。”

他到底说出来多少内容？他自己也不能肯定。哦，天哪！他有没有说“手淫”这个词？他有没有把节目的事情说出来？哦，天哪！

“不过，这样的想法有些勒德分子①的感觉。”珍说。

“互联网的内容就是真的，”汉娜说，“你们不能随便说互联网的内容不是真的。我家里就安装了网络。所以这让我觉得它是真实的。”

“因此我反对互联网。”伯妮斯说着，用手敲了敲她面前一个空玻璃水瓶的瓶颈，然后珍抓住水瓶，以防它倒下去。

汉娜开始悲叹说伯妮斯是在炫耀自己的高人一等，因为

---

① 勒德分子，原指那些捣毁机械的人。后来引申到反对机械化和自动化的人，意在提醒人们不要太过依赖技术。

后者提到了当代和哲学这些字眼。这比附庸风雅的谈话还要让人厌恶。现在，雨果和理查德正因为达米恩·赫斯特的钻石骷髅[①]相互威胁对方。看起来两个人就要开始打架了。

马克觉得自己可能想吐了，他走上楼。

洗手间是空的。

隔着洗手间旁边屋子的房门，他看到麦尔斯正一边踱步一边数着，好像是在丈量尺寸。他看起来很迷人，却又心事重重的。他看到了马克。

“七步长，五步宽。”他说。

也许麦尔斯是个房地产私人调查员。

他把刀叉带上了楼。他把它们放到餐具柜上，从口袋里拿出盐瓶放到刀叉旁边。

“这些是用来做什么的？”马克问。

麦尔斯耸耸肩。

“用来吃饭。”麦尔斯说。

他按下电灯开关，开了又关。两个人都笑了。

“楼下的人在大吵大闹，”马克说，“他们在争论达米恩·赫斯特制作钻石骷髅有没有什么意义，随时都会大打出手。”

麦尔斯动了动他的眉毛，露出无所谓的微笑。

“我觉得自己想吐，”马克说，“随时都会吐出来。”

麦尔斯点点头，眼神很亲切。

---

① 达米恩·赫斯特在2007年创作了雕刻品“为了上帝的爱”（For the Love of God），此艺术品为一白金骷髅，上面镶有钻石。

“待会儿见。”他说。

他的意思是：等你吐完了，我们再见。

马克走进洗手间。他坐在地板上，直到觉得不那么热了，自己也好受了些，然后他站起来方便。这时，他脑中闪现出一首儿童诗，他都不知道自己还完整地记得这首诗了。

“愤怒在一个屋子里遇到一只老鼠，于是对它说：‘让我们诉诸法律，我要起诉你。快来，别拒绝，必须去判决，真的，今天早上，我无所事事。’老鼠对那恶人说：‘亲爱的先生，这样的审判，没有法官没有陪审团，简直就是白费力气。我来当法官。’‘我来当法官，’狡诈的老愤怒说，‘我要掌管整个过程，最后将你——处死。’”

和动物尾巴一样；是的，那首诗印在书页上，一行一行往下排列着，就像动物的尾巴。

他要把这个告诉麦尔斯，麦尔斯会感兴趣的。麦尔斯应该会知道这首诗。

但当马克从洗手间出来时，他发现隔壁的房门已经关上了。

片刻间，他觉得麦尔斯一定又下楼去了。他转身打算自己下楼，但他突然停下来了。他站到关着的房门口，把耳朵凑到门上。

然后他下楼。他在饭厅门口停下，门半掩着，然后他退出来。饭厅里的人正在讨论着某个人。他们的笑声很大，好像他们找到了一个笑柄。

他听着大家的谈话。他们在讨论麦尔斯，可能是这样的。

“不，他很好，我的意思是，他符合你对同性恋的那套模式化观念，”卡罗琳说，“我是说，你认定的那种从事专业工作的同性恋。”

“他没有对我的穿着加以任何评论。他那类人应该都会对别人的穿着做评价的，”汉娜说，“而且他不那样整洁干净。他们那类人通常都更咄咄逼人，更冷酷，差不多就是这样。”

“还会很爱自己的妈妈。”理查德说。

“事实上，他母亲已经去世了。”雨果说。

“可能这就是为什么他看起来没有那么冷酷。”理查德说。

有人笑了，是汉娜。

“你怎么知道他母亲的事？”卡罗琳问。

“他告诉我的，”雨果说，“当他还小的时候，她结束了自己的生命，那时他才十一二岁。”

他们不是在说麦尔斯。“她结束了自己的生命。”雨果真是仁慈，都喝得这么醉了，说这话还是很留情面。

“可怜啊，”珍说，“这很可怜，不是吗？”

“她好像是个什么画家。”雨果说。

“在墙上画画的那种？”理查德说。

又有人小声地笑了。

“他是被一位姑姑带大的，”雨果说，“他父亲在很远的地方，反正不在家，应该就是这么回事，然后在她，也就是他母亲，在她去世以后，一位姑姑抚养了他。她还挺出名的，呃，那是在她死以后，但我从来没有听说过她。叫费伊或者费滋还是什么的。”

“你是说费伊·帕默[1]吗？”伯妮斯声音很小地打断了他，“他母亲是费伊·帕默？”

“他的确姓帕默。”雨果说。

“哦，”特伦斯说，“哦天哪！他是费伊·帕默的儿子。”

“而且他年龄也正对，”伯妮斯说，“哦，这太神奇了。”

“谁是费伊·帕默？”汉娜怀疑地大声问。

“费伊·帕默。”伯妮斯说。

然后，巴尤德夫妇开始给在座的人讲费伊的事。“年轻。犹太人。疯狂的天才。非常有前途。喜爱原创。很有创意。视觉艺术家。她在二十世纪五十年代很著名。你看到她的照片会觉得她很惊艳。你们一定听说过她，”他们说，“人们提到普拉斯[2]，经常也会提到她。”

“啊是的，”雨果说，“普拉斯，好像是谁的妻子，是吗？她很杰出。像一窝蛇一样疯狂。”

伯妮斯介绍了费伊最著名的作品，也就是《历史序列1—9》，还告诉大家，这一系列作品一开始呈现了一个坐在椅子里的神情恍惚的女人，“当你走近一点儿，一块块画布慢慢切换下去，就能看到那个女人的手脚都被绑在椅子上，然后她看上去好像在流眼泪，那眼泪像血一样红，再往后，就能看到她的眼睛，简直就像是戴着一张血腥的面具。”

“然后你能正视她的脸，直视她的眼睛，你会发现她的

---

① 此艺术家及其作品为作者虚构。

② 西尔维娅·普拉斯（Sylvia Plath，1932—1963），二十世纪美国自白派诗人的代表，于1963年自杀身亡，年仅31岁。

眼睑被缝合起来，能看到肮脏的红色小血斑和黑色针眼，”伯妮斯说，“到 8 号作品，除了这些缝合得很紧密的针眼，其他什么都没有。它看起来就像是抽象派艺术作品，其实不是，它们具有真真切切的象征意义。到了最后一幅画布，跳过面具，她画的是眼睛里面的部分，那里面根本就没有眼球，整个眼眶是空的。有只看起来很污秽的虫子正在啃食着里面的部分。”

“哦，真恶心，”汉娜说，“这是我听说过的最恶心的东西。”

“这是真事，”特伦斯说，“这是真正发生过的事。她曾在哪儿写过一篇很有名的文章，文中写到承受不人道的历史意味着什么，集体承受不人道意味着什么——她画作中的故事曾发生在一个战犯身上。为了折磨他，有人挖掉他的眼珠，然后把甲虫缝进他眼睛里。”

“哦，我恶心得想吐，”汉娜说，“真的。”

“她死后引发了很大的争议，”伯妮斯说，“她取代了作品中这个事件发生的真正受害者，很多人认为，从表面上看，她的作品是一系列自画像。”

“哦，表面上看。”理查德说。

伯妮斯没有理会他的嘲笑。她继续讲道，现在评论家们提到帕默的作品时，谈得最多的还是她在这系列作品中对历史的挪用，以及个人想法和历史事件相融合的手法。“在许多方面，”她说，“相当多的注意力正持续不断地投向她的自传，对她的自杀及其原因的关注尤其多，这些都导致这部作品的美学接受受到了一定程度的阻挠。”

“哦，美学接受。”理查德说。

“住嘴，里奇。”雨果说。

“她为什么自杀？”卡罗琳问。

“她的作品，《历史序列1—9》，”特伦斯说，“你一定听说过。你肯定见过它们。”

“她是怎么死的？”

“如果我曾经看过哪怕其中一幅，我想我一定知道。它们听起来很让人反胃。”汉娜说。

“如果在现实生活中真的看过，你绝对会知道，”伯妮斯说，“你不可能不知道，它们如此让人难忘。它们震慑人心。但当然，它们也有让人震惊的美。”

“不可能。”汉娜说。

“就是这样，”伯妮斯说，“它们的确如此。”

“但是你们不会带着孩子一起看这些画吧，是吗？”珍说。

“我家女儿每天在电视上能看到比这糟糕得多的东西，”特伦斯说，“她只要随便打几个字，就能通过电脑查看到很多和这一样糟糕甚至更恶劣的内容，而且她自己还不会意识到自己看的东西有多不堪。欣赏帕默的这几幅作品和在电视或电脑屏幕上看那些残忍的画面是不一样的。她的作品上没有屏幕。这才是关键。你和它之间没有任何隔阂。”

“就这么扔下孩子不管，”卡罗琳说，“她的这个选择真让人难以想象。”

“让人难以置信的是，她就这么把自己丢下了。想想看，你能感受到自己的心跳，还有你的四肢，这些都让你觉得自己是健康的。”有人（应该是艾瑞克）说。

“真自私。”雨果说。

“这是世上最难完成的一件事。”卡罗琳说。

“你竟然听说过她，我很吃惊。我从没听说过她。”雨果说。

“但你已经见过她了，”伯妮斯说，“你会见到她的。虽然你没有亲眼看到过她，但你已经见过她了。她改变了艺术家，尤其是女性艺术家，对待历史并且检验历史如何对待他们的方式，她在这方面的巨大影响很有意义。而且，回过头来看，很明显，你能清楚地看到他们的创作风格和培根①有多像，尤其是他们激发了二十世纪六七十年代那些描绘战后饱受战争折磨的人们进行自我摧残的艺术家，而且从色彩运用上讲，他们甚至还影响了霍克尼②。”

“不可能，培根和霍克尼根本就不会是一个派系的。”雨果轻蔑地说。

“相信我，这是事实。他们的创作风格确实有联系。”伯妮斯说。

“他竟然是费伊·帕默的儿子。”特伦斯说。

“哦，天哪，”珍说，“他是犹太人。我竟然给他端上了猪肉。”

---

① 弗兰西斯·培根（Francis Bacon，1909—1992），生于爱尔兰的英国画家。其作品以粗犷、犀利，具有强烈暴力与噩梦般的图像著称。

② 大卫·霍克尼（David Hockney，1937—　），美籍英国画家、摄影家。

“培根和肘子[①],”雨果说,“哈哈!”

“是的,但他把它们吃掉了,珍,”卡罗琳说,“他可能刚好是那种对食物禁忌不太在意的人。”

此时马克正站在门外。

他强壮身体内的灵魂突然变成了那个十三岁的小男孩。不一会儿,这个穿着依旧太大的运动夹克的瘦小男孩的思绪会飘到圣费斯学校的准备间,那里满屋子都是男孩子。而这时,珍家的饭厅会再次被沉默笼罩。在准备间,他不再是唯一的犹太人,就像昆廷·悉尼格尔不再是唯一的有色人种一样。既然他们对他的身份已经进入审讯的笔录阶段,大家都知道了,他的母亲——就像那个关于牙买加的老笑话,他母亲将在他耳后对他耳语好几个月(严格意义上讲,应该是好几年)——就开始自行其是了。

他又往楼上看了一眼。他看到那门仍然关着。

“麦尔斯那个好家伙,正安稳地待在里面呢。”)

可以这样说
一个人的完整塑造
不只归功于记忆
还有他的遗忘

马克坐在公园门口的圆板凳上。这是一个温暖的十月天。关于他今天的天文台之行,他会记得多少呢?公园边上

---

① 肘子(hock)与霍克尼(Hockney)相近。

的塔楼是被帘子隔开作暗室的，塔楼里有张白色的小桌，上面长满草，他见到一只海鸥从这片草丛中走过。当又有一只海鸥出现在他眼前并且从他面前的一束草丛穿过时，他想，塔楼那幅画面变得更有意味了。

可以说树上的浆果发酵了
可以说吃了它们的鸟儿要酒疯了
没能飞过却飞进了办公大楼里
坠地身亡了
摔到人行道上了
行人若无其事地
踏过鸟儿的尸体离开了

现在是2009年10月的一个星期四，马克正坐在一张板凳上。四十七年前的今天，他正站在肯纳姑姑家的休息室里。他已经搬进来好几天了。他运气不好。大卫去了他爸爸另一个妹妹霍普姑姑家，几天前搬过去的，霍普姑姑人要好很多，家在城市的另外一边。

所有的一切都井然有序，这证明了什么事情，但他不确定到底证明了什么。他的腿后面碰到休息室里的椅子，他还很不习惯这椅子的大小，这应该就是某种证明。印有外国瀑布的桌布也是证明。屋里深色的木制家具是证明。肯纳姑姑用来放饮料的储藏柜上面和侧边的木头曲线板就是证明。每每打开陈列柜，总能散发出一股浓烈的辛辣味，而且只有在肯纳姑姑不知情的情况下才能去开陈列柜，这也是证明。

他的手提箱在客房里。

她母亲留下的那张字条就放在手提箱里。

大概自此七年以后，马克搬了家，后来他为了取回还放在姑姑那里的这些东西去拜访她。他姑姑把他的东西装到袋子里，此间那张字条放错了地方，而肯纳会把她认为没用的那个旧手提箱送到旧货商店。刚好那段时间马克因为她母亲的自杀感到很生气，于是他决定不理会那个箱子了，也不打算尝试去把它找回来。但是当他想要寻回它（那张字条）时，肯纳姑姑已经死了，而他根本就不知道有谁还能告诉他这么多年以前她把那只手提箱送到了哪个旧货商店。

那是一张巴塞尔顿债券，上面是她杂乱的笔迹：

> 把你的大衣扣上。
>
> 照顾好自己。
>
> 你是我的。

就这些。再无其他。字条上没有署名。他父亲不知道字条的存在。没有人知道。马克是在开放式的写字台上找到它的。这张写了字的债券下面另外还有三张，上面有字的印迹，马克把这一张从便笺本里抽走，然后将它折起，没有给任何人看。

她的字迹就是她。

包括字的印迹。

他一直不知道这张字条是写给他，还是大卫或者他们俩的，或者它根本不是写给任何人的，只是他母亲把稍后要做的事情随便写了下来。

他姑姑以前养过一只叫作波利的老哈巴狗。那只狗的脸看上去很糟糕，好像融化了一样。马克一看到它的脸，就会想到“悲剧”这个词，如果这个词能代表一个具体的物理现实的话。

现在那只哈巴狗正坐在门口，把自己堆成了一团，向外张望着院子，他姑姑正坐在那儿，用她的话说，是在处理一只羽翼未丰的画眉鸟。它从巢里掉了出来，飞不起来了，好像愚钝的笨蛋一样，一下午就这样公然待在卵石路上。这附近有很多猫，所以他姑姑在那只猫给它带来悲惨的遭遇之前把它解救了出来。

“但是，肯纳姑姑——”马克说。

肯纳姑姑挥挥手把他赶走了。

是那只哈巴狗先发现它的；马克看到它好奇地绕着那只鸟走动着，丝毫没有恶意。那只幼鸟就这样坐在那儿，很警惕的样子，但它一直闭着眼睛，好像很累的样子。

“如果它死了，它在院子上方咔嗒咔嗒地悲鸣的父母会怀念它吗？”

“马克，动物们是不会怀旧的，”肯纳姑姑说，“怀念不是生存的本领，亲爱的。”

但马克曾经看过这样的一幕，那只哈巴狗在路上走，衔起一块石头走了一段路，然后把它放回到地上，在它回来的时候，它会停下来寻找同一块石头，找到后又衔着它走了一段路。

四十七年以后的现在，只要他愿意，马克还是能想起那只哈巴狗的脸，想起他姑姑家昏暗的休息室，想起那时他姑姑老是叼在嘴里的乌木烟嘴。但是关于今天，就在此时此刻，关于里面时钟有规律的嘀嗒声和外面的鸟叫声，他又能记得什么呢？

什么都不记得了。

可以说我们头上有天堂存在
可以说我们走过崎岖是为了爱

马克还是坐在公园门口的圆板凳上。他今天放假。二十七年前的今天，马克坐在来南方的火车上。那年他三十二岁，正兴致勃勃。从他表上的时间看，三分钟以后，火车就会驶进8号站台。乔纳森会在8号站台头上等他。当十分钟之前车驶进城市的郊区时，马克扛着他的条纹棉夹克，和坐在他对面穿着便服的美国修女（！）道别，然后他走过一节节车厢，一直走到A号。一路上，他和那个修女聊了很多东西，一直聊到窗外的太阳和尼加拉瓜。他在车厢内走动时，为了好玩，他便稍稍留意了一下车上乘客都在读什么。一个女孩读的是《恋爱中的女人》[1]；一个男人读的是《禅与摩托车维修艺术》[2]——现在还在读（！）；一个女人读的是

---

① 《恋爱中的女人》（*Women in Love*）是二十世纪英国作家劳伦斯的作品。

② 《禅与摩托车维修艺术》（*Zen and the Art of Motorcycle Maintenance*），美国作家罗伯特·波西格的哲理小说。

《魂断威尼斯》[1]；另外一个女人读的是《热与尘》[2]；一个男人读的是《白色旅馆》[3]；一个年轻男人，长相很迷人，读的是《火之战车》[4] 的小说；一个学生模样的女孩在读《五号屠场》[5]。现在他正经过餐车，现在他穿过了一等车厢，这里没有人读书，大家都在看《每日电讯报》（!）。现在他已经走到火车的最前头，这里一股柴油味，他手抵着门上的窗户，当火车从隧道里出来驶向明亮的车站时，他看着太阳，目光掠过火车一侧深蓝色的天空。现在他正用手将车门把手往下推，现在车门已经旋转着打开了，而车还在行驶中，他看到乔纳森站在站台上，于是他纵身一跃，脚接触地面时，他因为惯性小跑了几步。

二十七年以后，马克对那次旅行的印象已经模糊。久而久之，它不过是他们之间来来回回相聚又分离的众多旅行之一。他努力尝试了一下，但已想不起来那次旅行中有些什么特殊的细节了，虽然那让他有温暖的感觉。

时间飞逝

把你爱的人带走

---

① 《魂断威尼斯》（*Death in Venice*），德国作家托马斯·曼的中篇小说。

② 《热与尘》（*Heat and Dust*），英国作家鲁丝·普罗厄·贾布瓦拉的小说。

③ 《白色旅馆》（*The White Hotel*），英国作家 D. M. 托罗斯的长篇小说。

④ 《火之战车》（*Chariots of Fire*），休·赫德森导演的英国历史题材电影。

⑤ 《五号屠场》（*Slaughterhouse-5*），美国作家冯内古特最具影响力和受欢迎的作品。

而现在

可以说它不过是纸月亮

——无奈

脚下的大地如积雪般融化

向每颗小星星诉说我曾对你说的话

马克已经坐在了公园大门附近的板凳上，他看看手表。然后，他想起一个周六晚上，他和一个刚认识的不错的家伙在看完剧以后一起去那个土耳其饭店对面的酒吧喝酒的事情。

马克：有人邀我下个星期去参加一场晚宴。

麦尔斯：但是？

马克：但是，我不想去。

麦尔斯：但是？

马克：但是什么？

麦尔斯：仅仅是但是。

马克：你的“但是”是什么意思？

麦尔斯：就是它的字面意思。很多话听起来就像后面还会接上一个但是。

马克：但是？

麦尔斯：是的。

马克：你说的“but”是一个 t，还是两个 t 呢？①

（麦尔斯对他笑笑，摇摇头。）

---

① but（但），加上 t 变成 butt（屁股）。

马克：真丢脸。啊好吧。对。那这事算是讲明白了，可以这么说，哈。

麦尔斯：所以，有人要你下周去参加一个晚宴，但是你不想去。你不想去，但是——但是后面是什么？知道我的意思了吧？

马克：我懂了。这是个游戏。

麦尔斯：这不仅仅是个游戏，我的意思是，比如说实际情况，比如说事情发生的方式。比如说……我本来想回家，但是，有个人问我要不要一起去喝一杯，所以我就在这儿了。

马克：这种情况真的用“但是”吗？不可以是“然后”吗？

麦尔斯：呃，既然讲到它了，那我就告诉你，我尤其喜欢“但是”这个词，是因为它总是能引出和原主题不一致的事情，而后者往往都很有趣。

马克：比如说……在戏快结束时发生的这件事差点毁了整部戏——但是……

麦尔斯：懂了？

马克：啊。我懂了。你真是有些……让人感到惊奇。

麦尔斯：哈哈。但是？

马克：（大笑）但是什么？我在回忆上学时学的所有的语法，但我想不起“但是”这个词是叫什么修辞手法了。介词？

麦尔斯：我并没有打算用介词引导你。[①]

马克：哈。该死，真丢脸。

麦尔斯：我在讲更有意义的事情。所以。既然有人要你去参加晚宴，但是——你不想去。你不想去，但是——

马克：但是我真的没有办法拒绝。

麦尔斯：你真的没有办法拒绝，但是——

马克：但是我刚想到一个可以做这件事的方法了。

麦尔斯：你刚想出来一个可以做这件事的方法了，但是——

马克：但是这取决于我刚认识的这个男人愿不愿意接受邀请和我一起去。

麦尔斯：（吃惊的）哦。哦，你指的是我吗？

马克：（他对自己的举动很吃惊）是的。但是——是的。

（大笑）

每长出一朵新的花蕾之前
所有的老树叶都会离开枝干
可以说这是一种抚爱——
用的却是利刃
无情却又慈悲的生命替更

① 原文为“I’m not prepositioning you”，其中“preposition”与“proposition”谐音，后者意为“暗示与某人发生性关系”。

现在，马克坐在离公园大门不远的一张圆板凳上。几分钟以后，他站起来走到李家门前又敲了敲门。四十六年前，那是复活节假期（当时马克大概和刚才在山上向他使眼色的男孩差不多大），他从圣费斯回到“家”。肯纳去看牙医了，因为她经常绕过市区一侧大老远地跑到她的牙医那儿，所以她把马克留在饭馆直到她看好牙。马路对面有家卖古董一类的店，陈列窗中有一幅金色的、中世纪模样的画。马克拿起自己的外套穿上，然后离开小餐馆，走到马路对面。

这是一幅画着两个男人的宗教画作。画上的两个人转身面对着彼此，旁边有一群人看着他们。其中一个人抬起手臂，将手放在另一个人的肩上。他正看着那个男人。两个男人中年龄小点儿的那个身子略微前倾。他正把手伸向前者身侧的一处伤口，手指伸了进去。

“真漂亮。”他身后的一个男人说。

这个男人就在店里面，他现在正站在马克旁边。

马克说是的，他认为这幅画的确很漂亮。

那个男人叫雷蒙德。他年龄稍大，大概二十岁。他在门里面挂了一张手写的通知：“二十分钟后回来。”他把店门锁上。“是吃午饭的时候了，”他对马克说，“你喜欢吃什么？”他对马克使了个眼色。

他带马克去一个公园散步，马克后来知道那就是格林尼治公园。伦敦市区这个树木茂盛的地区雾蒙蒙的，周围的景色看上去都很漂亮。一小时以后，当马克回到应该和肯纳姑姑会合的地方时，他满脸兴奋，像是完全变了个人。穿过市区的这一路上，他的眼睛好像完全和以前不一样了，好像他看到的所有东西都是金色的，古老却又新鲜。他们到家以后，他上楼去了。他躺在地板上听唱片（在圣费斯，有一个长得很好看又很聪明的男孩，他叫约翰·阿尔弗德，排在马克前面，他曾经告诉马克，在拉丁语里，record 这个词表示的是通过心返回的东西），他用的是一个小便携式唱机，那是肯纳买的，她在一个星期五给了他——当然，那个时候他心情沉闷，需要一些新鲜事物来抹去忧伤的记忆。肯纳理解他的心情，她有时也是很仁慈的。他把一只耳朵使劲地抵在唱机上锁子甲后面的扬声器上，斜着身子把下一张唱片从纸套里拿出来，准备放这一张，“然后他吻了我”，他当时在唱片上看到了这几个字，多么不可思议，就在“吻”那个字下面的标签上写着“格林尼治”，好像在什么地方有什么东西认出了他一样。

伦敦美洲唱片
英国制造
《然后他吻了我》
（斯贝克特，格林尼治，巴里）
水晶组合

这首歌让他勃起。当他自己用手解决时，他觉得自己成熟起来，每一秒的感觉都和之前在公园里一样美妙。他现在知道早熟是什么意思了。格林尼治！“英国冀诸健儿人人各尽其责！”这个世界总是热血沸腾地迎来粗糙的和平。然后这首歌唱完了；这首歌就这么突然结束了，只剩下唱针划在塑料唱片上的声音，然后一片寂静。但他能让它一直机械地反复播放着，直到你动手让它停下来，即使你突然死了，它也会这样一直唱下去。

想想那些巨大事物的构造
繁杂的细节最后只剩下
粗羊毛皮般的瞬间触感
如此简单竟变得如此复杂

马克现在坐在公园里。那是五十多年以前。那天，他和他母亲奔波在伦敦市内，因为下雨，人行道显得更加灰暗，大风吹得垃圾满地乱飞，那是一个很糟糕的春日。妈妈穿着一件大翻领的花呢犬牙外套，衣服袖口已经翻起来，他们匆匆向前赶路的时候，他的手腕总是被他妈妈的衣服袖口刮到。露在她帽子外的一小缕头发已经被雨淋湿，看起来很别致。他们边跑边走的时候，她在对他讲事情，虽然在行走，她还不停转身对他说话，而且每当有男人走过，那些男人都会回头看她。马克很骄傲。她聪明又敏捷，她很漂亮，她是他的母亲，她就像一只长着翅膀会说话的小鸟，她经过时能引起别人的注意，她在大街上大声笑时能吸引别人驻足凝视。

“你真是个天才，老兄。”她一口气说着，还拉着他往前走，就好像有人在她背后施了魔法，就像舞者伊莎多拉是因为她飘在身后的丝巾转到车轮里而把她误杀了一样，他给“酸化”（sour）押的韵是“叔本华”（Schopenhauer），“弗洛伊德”（Freud）对“逃避罪责”（avoid），“大马哈鱼”（salmon）对“双陆棋”（backgammon），“民事的”（civil）对“瞎胡扯”（drivel），“奸佞小子”（yes-men）对“棋子”（chessmen），“庄严肃穆”（solemn）对“脊柱”（spinal column），“欧文·柏林”（Irving Berlin）对“在罐头上猛顶”（pounding on tin），“文字”（word）对“不合理”（absurd），“猛投”（hurled）对“世界”（world）。“波忒现在很风趣，但他诡谲，有些行为恶劣，我知道这一点，但我没有办法不爱他，马克。但艾勒，他善良，永远都这么仁慈，而要天才去学会宽容本身也需要一些才智。马克老兄，走快点儿，我们迟到了（他们经常迟到，应该是她经常迟到，这是一项荣誉，而且只晚一点点，这让所有的催促都有所值），而且他兄弟死了，想象一下，就好像是失去了自己的另一半，想象一下，你试着想象一下，他还活在世上，但他的另一半，真正存在的另一半，还那么年轻，只比我大一点点，当然我知道你觉得我老了，但我并不老，老兄。我年轻着呢。”

伴着她的脚步声，他母亲在雨中的大街上大声地长篇大论，这是因为她很喜欢歌曲。是的，她很爱歌。绝美的薄暮时分，把大卫安顿好以后，她来到马克的房间给他讲的睡前故事总是和歌曲有关。她走进房间，坐到床上，然后说些“准备好了吗？准备好了我就开始讲啦”之类的话。“从前有个男婴，出生的时候左手没有手指，只有光秃秃的手掌。当他稍微长大，男孩的母亲鼓励他学习弹钢琴，虽然他一只手没有手指。长大成人以后，他钢琴弹得很棒，成了一名音乐家，而且他还写歌。更甚的是，当他在酒吧弹钢琴时，如果有人喝醉了，有一个没有手指的手掌还是个优点——他不仅可以用它弹钢琴，还能靠它挥出几记漂亮的拳头。故事讲完了。”

然后，坐在床头的她唱着《红红的知更鸟》，这就是那个只有一只手长了手指的人写的歌。虽然这首歌本来应该节奏轻快，但她像唱摇篮曲一样唱得很慢。然后她把灯关掉，弯腰亲了他一下，起身离开。当她走到门口时，马克说：“再唱一个吧，求求你了，求求你了。”于是她就着半明半暗的光线走回来，坐到他的床头，握着他的一只手，又唱了一首。手。拉。手。

“但是说到格什温兄弟。”她喊道，一边飞奔过街边的商店门口，还不停地拽着她身后的马克。他们的脸上挂满雨水，他露在外面的膝盖因为雨水的冲刷已变得麻木，她拿着他的所有颜料，他还能闻到她用来试着把颜料洗掉的那东西的气味。雨在下着，在这光线昏暗的霍尔本，街道上人来人往，出租车和公交车川流不息，他们周围的天气这么恶劣，而她却一个劲地在他头顶说着话，好像在说关于格什温兄弟在写情歌却不是为她写的、天上悬着一颗幸运星却不是为她而来之类的话。

如果有可能的话，关于五十多年以前的这些事情，马克还能记得多少呢？

他记得那天伦敦的天气很糟糕，灰蒙蒙的，他还记得妈妈一直牵着他的手。

他记得她那天穿的外套袖口翻折过来了。

他记得他们走着的时候，那袖口不停摩擦他手腕时的感觉。

可以说我们走的
路线很对头

马克坐在公园里的板凳上，此时是很久以后的现在。上星期，他在报纸上读到一家法国电信公司出现第二十四起自杀模仿事件的新闻，现在自杀好像已经被当成一种传染病了。

“那么，你对这个怎么看，费伊？”

可以说此观念出于
我们的本性

“一方面是毫无意义的虚无；另一方面是在梦中歌唱的鸟儿。

“一方面，什么也不是；另一方面，是多次无益的尝试，押韵。

“一方面，什么也没有；另一方面，现在有个故事，费伊，我在书上读到的，我知道你一定会喜欢。关于那首叫作《只为你我》的歌。这首歌是三个成年男人写的。其中一个是犹太人，呃，说不定不止一个，我记不清了，但至少肯定有一个。这个犹太人想要一个他爱上的女孩，而对方也想嫁给他。所以他带她去见拉比，他们打算在犹太教礼堂结婚。他们在纽约。那个拉比就对女孩说：‘孩子，你是一位优秀的犹太少女吗?’她回答:‘哦,当然,我崇拜的主啊,我是。’然后拉比说:‘孩子,你母亲的全名是什么?’她说:‘我母亲的全名是艾玛·凯瑟琳·布里奇特·汉尼根·弗莱厄蒂·奥布莱恩,我崇拜的主。’然后那位拉比就把他们轰走了。于是他们去市政厅结婚了。不管怎么样,这个叫格雷丝的女孩一生中最喜欢的歌曲就是她丈夫参与编写的这一首,她死了以后,她丈夫就把这首歌的歌名刻到了她的墓碑上。只为你我。

“讲完了。

“这个故事很不错,费伊,你认为呢?”

可以说是你的心
让我能够继续守候

他在板凳上向前坐了坐。他站了起来。现在是四点半。

他离开了公园。

他经过一间酒吧,在窗户镜子中看到了自己的影子。

老兄。

李家的前门此时敞开着。一个拿着附有纸夹的笔记板的女孩和一个拿着摄影装置的男人站在门口,后者正在向停在路边的面包车里的一个男人打手势。珍·李也站在门口,拿着笔记板的女孩正和她说话。就在这时,珍看到了站在她家门后台阶底下的马克,然后她转身看向别处,好像她压根不认识马克,或者她在表明立场,她现在没空招呼马克。

“你好啊!”

马克低下头看。

是那个孩子，巴尤德夫妇的孩子。

“哦，你好。”他说。

“我记得你。”她说。

“我也记得你，”马克说，“这是怎么回事?”

“第四频道在做采访。”她说。

“是啊，”马克说，“你爸爸妈妈怎么样?”

“他们很好，谢谢，”孩子说，“他们收到了你的漂亮卡片，他们很感激你推荐的那几本书，真的。我们经常读到它，它就摆在壁炉架上，放在前面。只有有特殊意义的卡片才能享受这样的荣誉。”

“真好，”马克说，“我很荣幸。”

“是的，你说的没错。”孩子说。

“哦，哈啰，马克，”现在是珍在台阶上喊着，“你好啊?”

她现在一个人。那个拿着笔记板的女孩下来走到了面包车那里，正在卸一个看起来不轻的三脚架。那个摄影师不见了，也许在里面。

“我认为他们没有必要和您谈什么，”她说，“我想他们需要的信息我们提供得差不多了。”

“很好，”马克说，“呃，我只是路过。我下午去了格林尼治公园，所以只是，你知道，路过这里。”

“是啊，”珍说，“呃，请原谅，我要进去了。很高兴见到您。您看起来很精神。”

她进门，走回她家大厅。

“你去公园做了什么？”孩子问，“你去天文台了吗？你去天文馆了吗？”

“去了前者，没有去后者。”马克说。

“你一下午都在天文台吗？”孩子问。

“不，我有一段时间坐在板凳上和我妈妈聊天来着。”马克说。

“用电话吗？”孩子说。

“用脑子，”马克说，“她去世很久了，我妈妈。”

“哦。这个我已经知道了。”孩子说。

“到上个礼拜，已经四十七年了。”马克说。

“我的爸爸妈妈都没有活这么久呢。”孩子说。

“准确地说，是上个星期四。”马克说。

“听上去好像是上个星期四才发生的事。”孩子说。

“从某种程度上讲，是的，”马克说，“就是上个星期四。就在古巴导弹危机之前。听说过古巴导弹危机吗？”

“没有，但听上去是很严重的事情。”孩子说。

“哦，是的，是很严重。”马克说。

马克从兜里把那两张折着的纸拿出来，挑出有麦尔斯笔迹的那一张放回口袋，然后把那篇从报纸上撕下来的文章递给那孩子。

“你觉得你能帮我把这个偷偷塞到他的门缝下面吗？”马克问。

孩子点点头。“当然。”

她跑进李家的房子。

半分钟以后，她从前门跑出来，又回到了台阶下。

“他们把我赶出来了，因为担心我会影响到拍摄。我试着偷偷跑上去，但是李太太坐在楼梯上，我过不去。”

“啊，”马克说，“那，没关系。”

“但之后有人能帮你把这个递给他。”孩子说。

“太好了。”马克说。

“李太太让我告诉你，他们可能最后还是想要采访你，”孩子说，“因为西莉亚，他们都叫她制作人，当她知道晚宴那天你也在时，她断定你会是一个很好的采访角度。”

“布鲁克，目前我没有想和任何人说任何事的意愿。”马克说。

就在这时，制作人西莉亚站到门口，向下面的人行道张望着，好像是在找人。马克转过身，对孩子做了个鬼脸。孩子点点头，晃晃她的头示意马克该朝哪个方向走。她沿着一条通道迅速向右边跑向房子中间的一个缺口，她从缺口处的那条路进去。马克跟着她进去了。

当他们走到角落处时，他们走下通道口的台阶，然后传来了嘈杂的声音。很多人站在那排房子后面的篱笆外，在那排现代公寓外面的草地上，有更多人站着或坐着。人这么多，看起来就像是当地人在搞游园会，或即兴抗议，也许这里是一个野营地。草地上扎着好几个不同大小的帐篷，马克数了一下，一共九个。

孩子把他介绍给一个苏格兰女人，她好像一直在安排将食物送到窗口的事情，那排房子后面的几个窗户之间挂着一个看上去很业余的滑轮装置。她和他握握手。当她知道那晚他也参加了宴会时，她表现出了很大的兴趣。

“现在房子的主人已经不给他提供除了肉以外的任何食物了，”她说，“这太残忍了。我们必须做些什么。好在最后他又能吃到水果和新鲜蔬菜了，谢天谢地。人们也把他们做的食物带过来给他，但为了以防万一——因为你根本不知道当地人都在想什么——我们仅给他提供新鲜原料和我们知道没问题的，也就是我们能确认是安全的食物。”

马克看了一眼摇摇晃晃、曲折蜿蜒的滑轮装置，还有其他住在新月形楼上的住户贴在窗户里侧的大海报：

快滚！

这是私人地盘！

你难道

没有家庭和责任吗?!

“我们每天都在固定时间把篮子升上去，”她说，“你也许会觉得现在这里已经有很多人了，但上个星期，升一点钟篮子的时候，这儿有一百五十个人等着看那只手伸出来。”

“一点钟篮子?”马克说。

“嗯哼。”安娜说。

她笑笑。

“只能看到手?”马克问，“你们没有看到过他的脸?”

“他的百叶窗放得很低，看到了吗?”她说。

她指着一扇窗户，麦尔斯应该就在那扇窗户后面。

“每天十二点五十分，”安娜说，“我们就到隔壁那间公寓的楼上去，他们很和蔼，吉斯本一家人，那边那位就是吉斯本太太，看——”

她挥挥手，一位倚在一辆小汽车引擎盖上的中年女人也挥挥手表示回应。

“——一点钟时，我们会准时转动滑轮，把篮子摇下来再升上去，然后他打开窗，伸出手，伸出手臂，从篮子里把他需要的东西拿走。”安娜说。

“哇哦，”马克说，“这些食物和其他东西都是谁付的钱呢？”

安娜看到马克把钱包拿出来，她就带着布鲁克，把他带到一个少女和一位苗条漂亮的夫人那里，她们正坐在草地上的一块地毯上，地毯铺在一个帐篷外。有人在帐篷门的上方钉了一张纸，纸上写着“吸烟区”；她们俩都在抽烟。一听说马克是那天宴会的客人之一，她们都很感兴趣——甚至那个乖戾的少女，她看上去对能使生活产生严重变化的事很感兴趣。

“那个少女叫约希，”布鲁克告诉他，“她经常进出李家。她会把字条塞到门下的。”

“你会吗？”马克说。

“当然。小事一桩。”她说。

那位夫人听上去来自上层阶级。她自我介绍时说她代为掌管这里的财务。

“我现在身上只有三十英镑现金，”马克说，“但我可以去找台取款机，多取些出来，我希望能帮上忙。”

财务主管告诉他说最近有很多人捐款，他们甚至开玩笑说弄一个 PED。

“PED 是什么？”马克问。

“PIN 码输入设备。”那个贵妇人说。

“芯片和个人身份号码之类的东西。”那个少女用手指弹了下香烟灰。

一个小女孩在踢足球，她旁边就有个“禁止球类游戏”的标志；一群女人围着一个野营炉坐成一圈，干着编织的活计，她们中什么年龄的人都有；一个长相很不错的男人正用架在一个炉子上的大锅做饭，不管是香气还是样子都让人觉得他像是在做肉菜饭；大锅附近坐着三只狗；一个男人端着放了好几杯奶茶的盘子走过来，递了一杯给马克。

“它们很乖的，这些狗，”他说，“虽然它们的主人好像不在这里。我们这还有各种各样的鸟类和松鼠，全都是公园里的，我从来没见过这么多野生动物，甚至还有老鹦鹉。一只狐狸会在夜里过来，很温顺，而且我从来没有见过一只狐狸和狗遇到一起不会互相撕咬的，但它们确实没有。他们中有些人，比较嬉皮笑脸的几个人，他们说是因为米罗把这些动物吸引过来的，就像圣弗朗西斯①一样。但我必须说，其实是因为这些食物和垃圾袋。我看到的那只狐狸很漂亮，大大的红色狐狸。它径直来到了草地边上。”

马克问那个男人在这儿扎营多久了。

“到这个周末有三个星期了，”那个男人说，“这之前的

① 圣弗朗西斯（St. Francis），天主教方济各会和方济女修会的创始人。他是动物、商人、天主教教会运动以及自然环境的守护圣人。

三个星期我都只是白天来。然后我想，呃，这很有趣，不是吗？我很想知道接下来会发生什么。每次回家的时候我总是担心会不会错过什么。万一刚好我不在的时候发生了什么特殊的事情呢？于是我儿子——他就在那儿——他说：'瞧，爸爸，这是睡袋。'不知道我们还能这样多久（他对着那些窗户里的标志点点头）。我们在这里不吵也不生事端。我们很乖的。 共有三次，他们不顾一切地赶我们，其中有两次还有警察。但我要在这里待到最后。"

"我要强调一件事，如果你不介意的话，"马克说，"他叫麦尔斯，这才是他的名字。不是米罗。"

"是的，我知道，安娜也总是强调这一点。但米罗这个名字更好，米罗听起来很有意思，不是吗？"那个男人说，"它更能引人注意。在这个营地，米罗很流行，但麦尔斯听起来有点儿，呃，柔弱。有点儿中产阶级，你知道吗？[①]"

"但他叫麦尔斯。"马克说。

当那个男人知道马克参加了那天的晚宴时，他变得很兴奋。

"大家都会很想知道这个，"他说，"这就像真正地接触到了麦尔斯一样。还有一件事。我是说，我们有一天甚至还在篮子里给他送过一个笔记本电脑，但他又把它送回来了。他连碰都没有碰。我们，就像是，快被饿死了，很好奇，真

---

① 英语中，麦尔斯（Miles）也有仁慈的含义，而米罗（Milo）的另一含义为战士。

的。你对于我们来说就像‘一度分隔’，通过你就能认识他。[①]”

他跳着走开，把营地的人聚到一起，让他们过来听马克说说认识麦尔斯的真实感受。马克乘机转头走向刚才过来的那个通道。

“你最好走另一条路，”站在他胳膊旁的孩子说，“因为电视台的那些人现在在房子前面，他们在拍停车位。”

马克向那个男人挥手告别。几十个人挥手回应，大家都很开心地跟他说再见。

他让孩子带他去提款机旁。他取了一百英镑。

“给那个管财务的，”他说，“或者给那个亲切的苏格兰女士。拿好了。作为信使，其中十英镑是给你的，你觉得如何？”

“不用，谢谢，帕默先生，”孩子说，“我不需要钱。”

孩子在港口区轻便铁路的自动扶梯下向他挥手告别。

“代我向你父母问好。”马克乘着扶梯向上的时候喊道。

“也代我向你父母问好。”孩子喊着答道。

---

① 这里引用了1967年哈佛大学心理学教授斯坦利·米尔格兰姆（Stanley Milgram）的“六度分隔”（Six degrees of separation）理论，该理论指出，一个人与任何一个陌生人之间所间隔的人不会超过六个。

但是

（我亲爱的马克）

照理说

难得做介词，大多数情况下是连词，而根据《钱伯斯二十一世纪词典》，连词（conjunction）这个词的意思是：

连接

联合

结合

时间和空间上同时发生；一个连接句子、从句或词的词；行星的方位之一，指两个星体黄经相同，或赤经相同。conjunctiva 是一个（难以卒读的单词），是眼球前面的部分，覆盖在角膜的外表面和眼睑的内侧。

conjuncture 是指事态的结合，尤指会引起危机的事件。

但是但是？

然后然后？

（多简单。）

连词。

然后连词？

（多简单。）

事物连接的方式。

# 因为

# FOR

现在不会再有人大声讲话了，而且以后也不会有了，不会为了金钱或任何人再大声讲话。

梅·杨老了。“现在你嫁给了我，你会永远‘年轻’。[①]”

那时是1947年6月7日，菲利普在圣坛上对她轻声耳语。她不傻，她知道自己年龄有多大了。她知道当下是在一月。星期四。她知道首相是谁，谢天谢地。她知道很多人，这次不感谢了。而且她在这里，躺在一张不属于她的床上，现在可不要胡思乱想，这并没有什么别的意思，哈哈。她把头低下，看看手腕上塑料的手镯形状的东西。“1925年12月13日”，另外一个还没有标日期。所以我们存在着，朋友。这就是证据。我们还在这里。

但，哦，亲爱的耶稣玛利亚和约瑟夫，那个东西真的是她的吗？这个老夫人粗糙干枯的手腕从一件睡衣袖子里伸出来，梅不认得那件睡衣。呃，她完全不认得。想象一下，你不知道自己穿着的是什么衣服。你发现自己的衣服是粉红色的，而你死也不会穿粉红色。你发现这件衣服是你永远都不

① 双关语。Young：（人名）杨；年轻的。

会愿意穿的颜色。即使穿黑色也不穿粉色。“老年不会来得孤独”：这是她母亲常说的老话，她母亲早在 1946 年 10 月就仙逝了。呃，不，妈妈，老年未曾来得孤独，因为，你看，岁月带来的完全是另外一个人，这个陌生人手腕枯老，她身穿粉红色，而你从来都没有主动选择过粉红色，而任何一个对你哪怕只是稍微有点儿了解的人都不会让你穿粉红色。

呃，但真的很痛，床上的那只手腕，那应该是她自己的手腕，不是哪个陌生人的，那个塑料的东西戳到了手腕里。就这样，你知道痛了，然后你知道那是你而不是别人，是吗？她抬起一只手。哦，这只手真苍老，看上去它应该属于别人，一个同样苍老的人，把身子抬起来，而这个人几乎做了她想做的事，这个人颤抖着，花了点儿时间，然后感觉摸到了什么，但又失去了目标，重新来过，如果你一开始没有成功，然后终于，一根干枯苍老的红色手指伸到了那写着她出生日期的塑料东西和皮肤之间，她看了下！看哪！真紧！连伸进一根手指的空隙都没有。

难怪会产生如此的疼痛感。

她没有大声用嘴把这些话说出来。她只在大脑的范围内把它们讲起。

大脑也有范围。大脑有它的范围并不坏，还有心脏。心脏有理智。那是一本书上说到的，叫什么来着，那本书在屋子里摆了好几年了，是埃莉诺的一本书，埃莉诺很小的时候就爱摆架子了，她喜欢和皇室或历史有关的东西。书上画着一位老公爵夫人，美国的，离婚了，有些低俗。不是那位公爵夫人，而是书。虽然仔细一想，那位公爵夫人也挺低俗，很多人都觉得低俗，但她嫁给国王了，然后国王退位了。他们都喜欢德国人。他们是一对不折不扣的德国爱好者，两个人都是。并不是说梅在哪方面讨厌德国人。相反，当她的女儿们和帕特里克还年少时，有一些交换学生来她家住过，她当时就见过几个德国人，事实上他们都很亲切。

大脑里有棺材。[①]

不是让人飘飘欲仙的咖啡，而是把你带入死亡的棺材。[②]

！

想到这里，梅大笑起来。

大声笑出来了？

不，没有大声笑出来，没有大声过，一点儿也没有。因为那个女孩，所以她很肯定这一点。

哪个女孩？

那儿的那个女孩，屋里的那个女孩，她坐在来访者坐的大浮雕椅上。

那么，她是谁，那个女孩？

她不是家属。

只是她不认识的随便谁家的女孩。

虽然没有戴眼镜，梅知道她不认识那女孩，她想不起任何一张相似的脸，她认识这么多的人里没有这张脸。

---

① 上段“范围”一词原文 confines，梅由此联想到 coffin（棺材）。

② 原文为“It's not the coff that carries you off, it's the coffin they carry you offin.”

好吧，不管她是谁，她没有抬头看，甚至没有眨眼，什么都没有做，而如果梅大声发出过什么声音，那女孩一定会抬头看的。

很好。

尽管她可能，那女孩，也戴着其他人会戴的东西，在他们耳朵里，他们都戴着呢，所以除了他们自己的声音和自己的心跳声，其他的他们什么也听不见，甚至根本听不到自己在想什么。而且如果她的确戴了，那么不管梅是大声说话、发笑或是别的什么，她应该都听不见，那么梅到底有没有大声根本没有区别。

那个女孩，她几乎没有穿衣服。她似乎只披了一层皮。

梅转过脸来。

窗外在下雪。

现在的女孩子们都像被狐狸咬过的疯狗一样。

下得正合适，外面那场雪。

屋外的冬天看起来没什么新意。过去几天，外面下了好几场雪，窗户外几乎看不见几只小鸟。

没人会爱我，也无处可去。外面正在下着冰冷冰冷的雪。

梅在脑子里假装老妪的声音唱着。

这也让她笑了。

她把对着窗户的脸又转回来。

不，她没有死。

她还没有死。

好吧，但是每个人最后都难免一死。

好吧，但是没有任何权宜之计。

好吧，死亡是我们的，但却不能按照我们的意愿进行。

好吧，帕特里克给了我一张十英镑的纸币，是从他的钱包里拿出来的，而且我告诉他，我说：“我要这钱干什么呢？我的日子快到头了。”

好吧，那是我大声说出来的最后一句话，以后也不会再说。

好吧，这些是我的宽限日期，而且它们并不是很长了。

“好吧，挥手告别的时候要祝福我。不，不要告别，要说再会。再会会很长。不要告别，梅。”菲利普自己躺在这里时曾对梅说，他情况不好，而当时她来探望，她正要回家去拿些东西，拿睡衣，拿些干净的东西，“永远都不告别，好吗？”

床上的菲利普枕着枕头，他看起来很小。睡在他邻床的那个男人不能动弹，当他尝试动弹的时候，他在帘子后面扯着嗓子大喊——听起来他真的疼得厉害。菲利普另一边床上的小伙子已经瘦得像个骨头架子了。病房那边还有个男人看起来状态很好。他是四个人中病情最重的一个，他的病在他的大脑里。菲利普倚在枕头上休息，然后他学喜剧演员那样冲她挑眉毛。然后他伸手摸自己的嘴、眼睛和鼻子，以确保他刚才的行为于她是得体的。他从来不喜欢冒犯别人。他是一个很纯洁的人。有相当一部分不幸的女人最后栽在了她们的男人手里。

梅·维尔莉特·杨（娘家姓温奇）（女）（84 岁）（寡妇，丈夫卒于 1999 年 7 月 20 日）2009 年 6 月被送入重症监护病房，全面崩溃、精神错乱、高烧、泌尿系统感染，通过康复治疗后 2009 年 7 月被转移到 7 号病房，然后 2009 年 8 月转到 5 号病房（老人病科）（按照新的英国国民健康保险制度的指导方针，计划于 2010 年 2 月关闭，未来需要长期疗养的老人将被重新分配到社区，实施家庭护理）。通知七个月内尿路感染的耐甲氧西林金葡菌周期：与至亲们的咨询会议仅分配给需要“临终关怀”的病人（尽管杨太太并不知道这是她儿子帕特里克·杨和女儿埃莉诺·布兰德为她做的决定，他们相互交流细节，各自存档，当然还有那个自大专横的尖鼻子小个子医生，他身高顶多五英尺五，最多就这样，但他在病房里的工作表现足以让护士们，包括男护士，急得到处乱窜，一路走过那些病房，你能看到护士们奔走着，就像一群被吓坏的小鸡。

他并没有让梅·杨害怕，她可以一眼看穿他这类人，他就是个滑稽的小家伙，他用喷出杀菌剂的东西拍打门上那个不大的塑料，这个样子让梅·杨想用她最平静的口气对着他离去的背影骂她从来没有骂过，甚至从来没有想过要骂，甚至在那之前她都还不知道的脏话）。

这些都是证据，它们证明，梅·维尔莉特·杨（以前叫梅·温奇，直到 1947 年 6 月的一天她嫁给了菲利普，他们结婚的教堂外那条狭长的河流在太阳的照射下灼灼发光，那时，甚至河边的废墟看起来也是美的，岸边长满小草和野花，从来没有人指望城市里能开出这么多漂亮的野花）还没有死。她很确定自己还没死，因为那只苍老的手的指间正冒着汗，那苍老干枯的手是谁的？是她的枯手，她自己的，继续，张开手，这就是证明：她紧攥的肌肉组织里捏着她成功从嘴里拿出来的东西，他们让她吃这个是为了让她忘记时间、忘记首相是谁，让她抓不住装着乳蛋糕的碗。而她没有吃下去，她也不会把它吞下去。当那个护士，爱尔兰利物浦人，这是个让人愉快的说法，当护士把那东西给她，她把它夹在舌头下面。而如果不是这位爱尔兰利物浦人，就会是那个叫德里克的男护士做这件事，他是个来自加勒比的可爱男孩。他们过来时，梅会友好地点头示意，离开时，她会用友善的目光目送他们。

梅还没有死，还因为她曾经看到过未来，她感受到生命力，那是她的未来，不是他们的。

不是在港湾之家。

呃，她情愿死掉，不过是时间长短的问题。

因为好几年以前，在港湾之家（甚至它的名字也具有欺骗性，那附近连一点儿港湾的影子都见不到），她和一个很可怜的老妇人聊过天。那位夫人曾经嫁给了一位子爵，你会认为她是一位真正的贵妇人，她富有，自从菲利普在 1952 年创办了雷丁地板和地毯公司，她长期以来一直都是公司的忠实顾客。几十年来，除了做她的生意，菲利普还通过她卖东西给她朋友，涉及的产品有编织的羊毛、人造丝和尼龙线，乳胶衬线，油毡线，多色纱，丹麦毛线，短编织绒，长毛绒，割绒线，直到后来他做硬木材和薄板制品的生意。多亏了子爵夫人，菲利普才能接连好几年给那些高品质的房子铺地板。高品质的人一般也会买高品质的东西。而子爵夫人是位相当聪明的贵妇人，她战时在情报机关工作。

梅和子爵夫人一起坐在港湾之家的休息室里。她知道那是休息室是因为那里有个招牌，那种在沃尔沃斯零售店买来钉在墙上的招牌，它用劣质的金塑制成，上面写着“休息室”。

她抓着子爵夫人的手，后者打盹的时候，她低头看贵妇人那双穿着干净拖鞋的脚，它们正踩在港湾之家的地毯上。

这地毯看起来简直就是对那双拖鞋的一种侮辱。毛毯选择得不合适。斑驳的毛毯有点儿脏。

梅的另一只手拿着她在前门捡到的宣传册。宣传册上说，凡是来港湾之家的住户，都可以随身自带一两件小件纪念品，并且偶尔（小件）家具商品在经请求后也被允许。

有个人，就在那时，把手放到梅的胳膊上。梅抬头看，是一个女人，不算老，大概将近五十岁，戴着精致的围巾，山羊绒料子，很直接地问她是不是要清账。

梅解释道，她只是下午过来访友的。她不是家属什么的。

“我们接受万事达信用卡和维萨卡。”那个穿着讲究的女人说。

“我想这其中一定有什么误会。”梅说。

然后那个穿着讲究的女人牢牢抓住梅的胳膊，径直把她拉到服务台，告诉她哪里做了装潢，哪里还需要装修，以及壁纸花了多少钱。在前台，她亲切地握着梅的手，道了别，然后上了楼。港湾之家一个十几岁的接待员伏在桌子上，做了个鬼脸，轻轻地抚摸自己的额头，告诉梅那个衣着讲究的女人是一个被收容者（她就是这么说的），她认定港湾之家是她自己过去经营的一家宾馆。

自那以后，梅很后悔自己没有在第一时间鼓足勇气冲那个上楼的衣着考究的女人喊，让她把那个傲慢的接待员解雇掉。

然后，时间长了，结果就变成了这样。一旦梅不再记得自己思考过这个问题，那她就肯定是死了：我情愿自己死了，见鬼去了，也不愿有一天醒过来发现自己成了那个宾馆的被收容者，那个原来的人和物都不见了，地毯很糟糕，要经过允许才能带家具进来的宾馆。

因为那个衣着讲究的女人在某些问题上是对的。每个人的生活里都有要清算的事情。如果万事达信用卡和维萨卡就能解决就好了。

还有那只兔子。再大数额的万事达信用卡和维萨卡都付不起她曾经用菲利普的旧气枪一下就打死的那只兔子。

那是只很喜欢来他们家后花园的野兔。那兔子甚至好像没有任何伤害性，它就坐在那儿，可爱地轻咬着花园中的花。

有一天，梅又看到它了，站在厨房里的她目不转睛地看着那只兔子，然后脱掉拖鞋。她小心地退离窗口，尽可能轻地走过两扇门，走到车库里。她打开生锈的罐头上的盖子，菲利普把子弹放在罐头里。她用围裙清理掉枪杆子上的灰，她挑挑拣拣，拿起一颗子弹，用大拇指将它塞进打开的枪的小枪膛里，然后又塞了一颗，然后她合上枪膛，踮着穿着长袜的脚回到屋里，站到厨房打开的窗户旁。

她端着枪，瞄准兔子，扣动扳机。

那枪甚至都没有反冲。与其说是一把枪，不如说是一个玩具。但那只兔子还是从一侧倒了下去，然后一动不动地躺着。

当她穿上鞋出去看兔子时，它还活着。她打中了它的皮肉部分。它长着软毛的两条后腿整齐地搭在一起，躺在长着花的草地边上，没有发出一点儿声响。它看起来像是死了。但当她低头看它时，它眼睛向上回看着她，它棕色的眼睛直接盯着她，好像是在说：呃，你，你可以滚开了。

“你不用担心，妈咪，”埃莉诺说，“他们已经重新铺过地毯了，我的第一个要求就是这个。事实上，自从认识子爵夫人以后，他们已经换过两次地毯啦。”

埃莉诺，她本意是好的。

但梅·杨（突然，她不再大声说话了，她的蓝眼睛透出变得冷若冰霜的眼神，它们的颜色变得更加暗淡，好像上面结了一层霜，她小便失禁，可能会轻度老年痴呆发作，患病者将存在危险，她会开始寻找什么东西，而她寻找的东西是在任何一个人家里都不可能找到的，就在那天，他们告诉她，等身体足够好了就去港湾之家）现在正思索着死亡，如果有一天会发生的话，也许能带给人们别样的景致，也许和那只兔子当时的感受会很接近。

毕竟，婴儿们出生时就是这样的。他们瞧一眼这个世界，就好像能看到你用肉眼看不到的东西，或者是因为你忘记如何去看了。他们三个，埃莉诺、帕特里克、詹妮弗，出生的时候就是这样的。

如果出生的时候是这种情况，那么很可能死亡的情景也大同小异。

好吧，不管它是怎样的，我现在已经接受了死亡这个结局。

好吧，一不做，二不休。

好吧，然而，我希望，我真心希望我没有那样对待那只兔子。

大声说出来的？不是。屋里的那个女孩，不管她是谁，反正她没有动。她甚至都没有把视线从她的手机屏幕上移开，抬头瞥上一眼，或者不管她手里拿的是什么，她在不停按着上面的按钮。他们现在所有的时间都被用来在挚友网①上查找东西。甚至她的曾孙们——他们还都是婴儿——也都把时间耗在挚友网上。到处都在使用挚友网，还有电话答录机，还有那些你对着讲话而并非与之交谈的东西。那上面没有任何人。

“妈妈，你打电话的时候不要老是只说‘没有人在’，”有一天埃莉诺说，“要说：‘哈啰，是我呀。’然后再留言。你那样说让我们深感忧虑，也让孩子痛苦，按电话答录机如果听到你的留言，我们总感到忧虑，我想说光昨天就打了七次，而每次都只说‘这东西不管用’或者‘没有人在’。这让人毛骨悚然，妈妈。而且，那东西是有用的。要像一个正常人那样留言。”

“我说‘没有人在’是因为我打电话的时候那边没人接。”梅当时说。

---

① 这里杨误以为因特网（the Internet）读作挚友（the intimate）。

“我们在，”埃莉诺说，“我们只是不想接电话。”

这令人难以置信。电话是用来干什么的？

“为什么有人要买部电话，但还不想接？”梅说。

一针见血。这话把她击中了。忍者神龟都败下阵了！忍者神龟是他们以前看的电视播放的卡通片中的一只乌龟，它戴着法式的帽子，就像一个火枪手，詹妮弗以前总戴着她的伦斯帽①在院子里扮忍者神龟。

“老是詹妮弗。”有一次埃莉诺说。她很生气。她在哭。这是好几年以前的事了，十年前。因为回忆的内容不恰当，梅把埃莉诺弄哭了。埃莉诺那时四十五岁。她那时本应该很了解，作为一位母亲，自己的孩子也已经长大成人，应该感谢主，感谢所有的天使，而不是就那样站在餐具柜旁，因为别人记得什么不记得什么而哭泣。

“我知道这很糟，妈妈。我知道这样做有多糟糕。但那是我。不是她，是我。被你用画刷和炉甘石洗剂涂抹的那个人是我。她从来没有被叮过。总是被叮的那个人是我。你说那是因为我是甜的。你那时就是这么说的。她从来没有被叮过。总是被叮的那个人是我。直到现在我还总是被叮。现在还是。我还是那个老被蚊子叮的人。”

梅也许是故意记错，只为了激怒埃莉诺。她也许清楚是哪个女儿光着背，在她们房间的床上像个回形针一样蜷成一团，肩胛骨和手臂顶端满是蚊子叮咬的红斑，因为数字填图画笔的笔刷上蘸的洗液凉凉的，她不停地畏缩。

---

① 伦斯帽，英国皇家海军女子服务队旧式帽。

坐在凳子上的那个女孩看上去和詹妮弗年龄相当。她看上去就是那个年龄。

詹妮弗 1963 年 4 月 4 日生，1979 年 1 月 29 日亡。

就在前一晚，他们还在电视上看阿尔夫·加奈特演的一部电影。虽然电影的一些内容应该是有趣的，但整体给人一种忧伤的感觉。《直到死亡将我们分开》，这是版本长度和电影相当的电视节目。“那是生活的一个残酷的讽刺。”后来菲利普说，那晚他们看的就是这个讽刺。一月份，孩子们接触大自然的时候到了。还有两个月就到十六岁的詹妮弗心脏开始出现问题，但没有人察觉到此事。

她的窄脚看起来真优雅，很像父亲的脚。他的脚也很窄，她就是遗传的他。菲利普很让人出乎意料地长了一双女孩子的脚，很可爱。

“呃，到最后所有的脚都是一样的下场，踏到了地下，哈，这就是生活。”

“你该知点足啦。”菲利普经常这样说。他失望的时候就会这样说。你可以通过这点判断他是否情绪低落。

好吧，总是他有理。至少他的心情能用语言表达出来。她有孙儿孙女出生的那几年，她一直在研究他们手脚上的指甲是不是太尖太小，或者是不是很完美，却不知道如何表达她的忧伤。

(詹妮弗来到厨房。这时她八岁，很生气。她手里拿着在楼上盥洗室台上那摞书中找到的一本书。书的前页是一个身上着火的男人，他的四肢从一个像是火轮的东西里伸出来。

“这是我听过的地球上最不公平的事情，不只是地球上，还包括周围所有的行星。”詹妮弗说。

她正在读人能燃烧起来的故事。整本书描写的都是突然毫无缘由地着火燃烧致死的人，要么是在他们的卧室，或是别的什么地方。有时还能剩下没有被烧毁的四肢，有时有人进门就只看到地毯上堆在一起的四肢，没有身体的主要部分，只留下一小堆骨灰。

詹妮弗几乎要哭了出来。

“要是里克正在踢足球，他正要踢球射门，刚好，不知打哪儿来的——？或者诺正像平常一样跳着现代舞，然后突然，就在大块大镜子前，她——？要是爸爸正在钓鱼，然后他就，你知道——？”

“呃，那样的话，那条河不就正适合他嘛，”梅说，“当然，我也不经常这样说话。”

坐在厨房里一张凳子上的她放下熨斗，抱起因为愤怒而神情冷漠的詹妮弗，让她坐在自己的膝盖上。

“但要是哪一天我从学校回来，”詹妮弗说着，“然后我去给你倒杯茶，我把茶泡好以后，发现只剩下一堆骨灰在凳子上，然后你的腿在地上，你的手在你坐的凳子扶手上呢？”

“这样吧。如果真的发生这种事，”梅说，“你在听吗？下面是我的建议。你什么也别管，只要把茶杯放到我搁在椅子扶手上的一只手里，明白了吗？因为我肯定很期待那杯茶。”

詹妮弗差点笑出来。她几乎被说服了。然后她坐在梅的膝盖上，又变得无精打采。

搁在熨衣板上的熨斗里的水正发出轻微的不耐烦的嘶嘶声。

“詹妮弗，你绝对不可能会自己燃烧起来的。”梅说。

“我不是在担心自己。”詹妮弗说。

“你不需要想这样的事情，”梅说，“如果你考虑这些事情，你会发疯的。关于担忧，最糟糕的是，它们会传染。”

“担忧怎么会传染呢？”詹妮弗问。

“我的意思是，如果你担心，”梅说，“那么我也要开始担心了。”

詹妮弗露出凄凉的表情。她从梅的膝盖上爬下来，站到了水池旁。

“以后，”她说，“我会把自己的担忧局限在我自己的大脑里。”

只有上帝和天使知道她是从哪儿学来这些的。她还只是个孩子，不应该说这么奇怪的话。“这也是我的生活，你知道。”在一次他们的关于早餐麦片的争论之中，她说了这样的话，那时她只不过四岁。当时梅不得不转身离开，以免她的孩子们看到她在笑。还有一次是去年，她刚满七岁。“要是，比如说我们正在向圣安东尼祷告祈求找到不见了的东西，要是听到看到我们祈祷最后帮助我们的人不是圣安东尼而是只流氓狗呢？”最近也是，过马路时，她开始拒绝牵她妈妈的手。

梅拍拍她的膝盖。詹妮弗妥协了，回去重又爬到她膝盖上。但她抵在梅下巴上的脑袋是烫的，沉沉地埋在梅的胸口。她心情低沉，梅要是不小心对待她就可能整个下午都这样下去。

熨衣板上的熨斗又发出响声，好像在叹气一样。

“告诉你，那可能是相当不错的，如果你着火了。”梅说。

“不错？——如果——？”詹妮弗抬起头说。

“尤其是如果当时你是在马背上的话，”梅说，“夏日游园会去公园，你可以坐在一匹设得兰矮种马身上，那马就是叫这个名字，不停地跳跃。坐在马背上的你会亮起来，像一簇篝火。”

“哈！”詹妮弗说。

“你完全可以取代火圈，”梅说，“警犬们一定会乐意从你身上穿过去的。”

“事实上，”詹妮弗说，“真这样的话，那就妙极了。”

她向前坐了坐。但后来她又把头垂了下去。

“又怎么了？”梅问。

“因为，要是我在游园会上玩跳跃，我会抬头看观众席，想找到你在哪里看我表演。”詹妮弗说着，用她的开襟羊毛衫捂住脸。

“嗯？”梅说。

“但你不在那里。”詹妮弗说。

梅点点头。

“我告诉你，”她把嘴靠近她女儿头发的分缝处说，“如果我自燃了，我会把我的四肢送到公园里去看你跳跃的。”

她终于把詹妮弗逗笑了。

“告诉你，它们的每一部分都需要一个座位，所以要准备四个座位。你可以用你的零用钱买这四张票。这样才公平。”梅说。

现在詹妮弗大声笑着。

“如果我们过马路时你会牵我的手，我才会让你去参加游园会，”梅说，“然后是我的另外一只手。然后是我的胳膊，另一条胳膊。再就是我的腿，我的另一条腿。”

当詹妮弗笑得完全喘不过气来了，梅晃动着她的双腿，就像你在和小孩子玩小驴子游戏一样，他们总是会以为自己就要倒下去了，但同时也知道你会保证他们的安全。

就在她放开她最小的女儿的一瞬间，她伸手抓住了她。)

梅·杨审视着坐在椅子上的奇怪的女孩。她双手的指甲上涂着光亮的紫色，而且长度很不得体。她在按她手里那东西上的小按钮，仿佛那东西能显示整个世界。他们都有，使用起来就像梅本来要从药柜拿东西一样容易，一样有耐心。他们恨不得把它一口吞下，什么都不剩。它应该全部都是关于事物运行速度的；他们反复讨论你多快能收到一条信息，或者你多快能和一个人说上话或者听到某个消息，或者做这做那，或者多快能获得凡是能通过它获得的东西。而同时又好像他们都上瘾了，像牛一样笨重，低着头，不去看要去的方向。

那女孩用拇指触碰着沉浸在她手心里的世界，好像她在梅的病房里一点儿关系也没有，或者在谁的病房里都一样，在地上还是在天堂，她都无所谓。不管她属于的不属于的世界在哪里，她都不在乎。

也许她正在完成，那叫什么来着，一个课题，一个学校课题，他们可以不做作业转而做课题，比如说来医院探望病人，或者去探望那些没有探望者的人。

但梅有很多探望者。她不需要一个为了做学校课题而来的女孩。他们总是络绎不绝，梅的探望者们，然后他们站在梅的病床四周。而且她也不需要一个陌生人来探望她。

也许她是帕特里克女儿们的一个朋友，只是在为她们的女童子军做好事，过来探望一位老人就能得到一枚徽章。

也许她是来医院给这儿的人唱歌，就像圣诞颂歌。也不只是圣诞节，因为圣诞已经过去好几个星期了，他们又来了，不久以前他们就围在一起欢乐地唱歌，就这样一直下去，没完没了，唱着“我是耶稣，他们把我钉在十字架上，然后他们把我吊到树上”，还有关于鲜血和指痕的那些细节。这是一月，离复活节还远着呢。他们完全没有理由唱那首歌。

她抬起手招呼那个女孩离开。

“我不需要探望，”她打手势说，“你可以走了。”

坐在凳子上的女孩看到梅的手动了。她把目光从手里拿着的东西上抬起来。她把一只手放到耳朵处，把耳朵里塞着的东西拿出来。

“那么说，你醒了。”女孩说。

女孩说话的声音响亮又清晰。

梅注视着她。她向前欠欠身子。她不是那种老是张着嘴巴睡觉的老妇人，也不是听不见。

她伸手去取水壶，她做到了，她摸到了水壶的把手。

“需要我来吗？”女孩问。

梅冷漠地看看她。那个女孩一定是那种总想行善的人，如果不是，那她就是一个小偷。好吧，梅的钱包里没有钱。她的手表在寄物柜里，根本不值钱，只花了十七英镑，是有一次在机场买的。这个女孩很快就会弄清楚这里没有值得偷的东西。

梅把她的手放到羊毛毯上，手里握着纸巾，里面包着药。她摊开手。她把纸巾放下。她提起苍老的手，颤抖着伸向塑料杯。她拿到了。她又把手伸向水壶，把水杯的嘴放到水壶嘴旁边。她自己倒着那液体。那液体多多少少算是安稳地流进了水杯里。她伸长胳膊把水壶放下，甚至还放回了原来的位置。

然后她看着那女孩的眼睛。

那女孩直接回视她。

"您是杨太太吗？"女孩问，"如果您不是就告诉我，我应该是坐在一位姓杨的太太旁边的。"

她冲着梅挥动着一张纸。

"请告诉我您是不是住在贝尔维尔大街十二号的杨太太，"女孩说，"如果您是，找您可真是费了点儿工夫，但我们还是做到了，我们找到您了。如果就是您的话，那我们就找到了。"

现在梅·杨知道她是谁了。

菲利普当时躺在病房，轮到他的时候，他看到一个穿着西装的男人站在房间后面。"哈啰，那个老兄是谁？"他说，然后梅转过头，没有看到人。梅自己的母亲也看到过一个男人。"那个男的的背影。"她说。"在哪儿？"梅和菲利普说，

“什么男人?”梅的母亲当时打了麻药。“那儿,”她冲窗户方向点点头,“但他没有要伤害谁。”梅和菲利普看过去。没有人。

所以那都是真的。它就是这么发生的。他们派陌生人过来,而不是你认识的人。这一次不是穿着西装的男人,而是一个女孩。他们没有派詹妮弗过来,因为詹妮弗不是陌生人,但他们派了一个和詹妮弗年龄相仿的女孩过来。

梅·杨觉得头晕。这是无法逃避的命运。她气数已尽了。

啊,好吧。

她闭上眼睛。

好吧,我要滚开了。

好吧,有人陪着,会有人陪的,去到彼岸世界并不差。

好吧,并没这么糟糕。还有比死亡更差劲的命运呢。

好吧,如果你气数已尽,那就气数已尽了。

好吧,带我走吧,圣彼得,然后我们看看这是不是宾果游戏。家!只要不是港湾之家,上帝啊,所有的天使啊。

梅·杨吸了一口气。她能感受到胸腔内气息的流动,胸腔外穿着的是可怕的粉色。她感受到自己这最后一口深呼吸的长度。她慢慢呼出这口气。

但,然后,下一秒,又一轮吸气,她觉得毫不费力。

呼出。然后又吸进。

她呼吸起来完全没有问题。

她哪儿也没有去。

我死了,但我还不想躺下。哈哈!

梅顿时感觉好多了。她眼睛大睁，环顾四周。屋子里没有穿西装的男人，只有一个女孩。就在那时，梅的病房门打开了。进来一名护士！快！梅躺回到枕头上。她把手挂在床沿，于是水杯里的液体刚好要溢出。那个爱尔兰利物浦护士进来了。梅·杨没能有机会抓住它。但那个女孩看到了。她伸手接住了水杯。她在护士进来的时候看到了这一幕，现在她会意地看了一眼梅。

“梅，看来你今天早上有探望者啊！”护士说，“又一个外孙。”

女孩冲梅咧着嘴笑。梅看着包着药的纸巾，它还放在毛毯上。女孩看到她在看什么，转向护士对她笑笑。

“是啊，”她说，“我过来看我外婆的。”

“你今天怎么样，梅？”护士大声问。

女孩身子向前，装出要抚平毛毯的样子。她拿起纸巾。女孩把梅看到护士时不小心溅出来的一点儿液体用纸巾擦掉，然后站起来用脚踩住大垃圾箱的踏板，并把纸巾扔了进去，接着她又坐下来。

“今大是什么日子，梅？啊，她是不是还是不和我们说话？”护士问，“真遗憾。现在不是很好嘛，梅。你以为已经全部见过他们了，其实还远没有。生活不就是这样一个奇迹，有了很多孩子，还会有更多孩子。”

“一旦丧失冷静，你就什么都没了。”梅的头始终保持着下垂的状态，她的眼睛半睁着。她点点头，好像把她本应该点头赞许的事情一口吞下了一样。

“公交车怎么样？你是坐公交车过来的吗？”护士对女

孩说。

她这么问是因为外面有雪。

女孩没有回答。

“情况应该没有看起来这么糟糕。”护士说。

她扶梅向前坐起，把枕头理理，然后放在她背后。她检查梅的病情是否一切正常。她对屋里的人宣布梅身上很干净，而且梅尤其能够保持自己的清洁，而这并不是一件简单的事情，她应该为此感到自豪。她检查了挂在床尾的写字板，转身面向那女孩。

“看看你能不能让她说话，”她说，“我们都很怀念听她说话。我一直这样告诉她。我们都很怀念她说的关于这个地方的妙语。还有，如果你愿意带她在病房里转转，或者出去到楼下的咖啡厅，朝我点个头就行。自从星期天以后她就没有出过这间病房。到外面看些不一样的东西对她有好处。你喊一声，我就给她安排一个轮椅，我们可以一起把她抬上去，然后你带她出去转转。”

这个爱尔兰利物浦护士，她很善良。她总有办法说到事情的重点。她知道对于老年人来说，一副苍老的身躯并不是他们的全部。但即便如此，梅·杨还是不愿说话。她头侧向一边。她一直半睁着眼睛看着护士模糊的制服，直到后者走出门去，传来关门的声音。然后她又等了一会儿，以防有人从门上的小窗户往里看，看到他们不该看到的东西。

没有。护士走了，她能听到她的声音，从走廊传来的愉快的声音。

她尽全力从床上坐起来。

女孩看着她这样做。

“我的爷爷，”女孩说，“半年之内，连续两次中风。第二次中风影响到他的眼睛，他的视觉。所以他们告诉他不能再开车了。我们去他家时，爸爸妈妈拿走了他的车钥匙，把车从车库里开出来，开到我家，妈妈开我家的车，爸爸开爷爷的车。之后我爷爷总是在电话那头大喊，说他们把他的车偷走了，有时他也会在半夜打电话过来抱怨这件事。然后有一天，我爷爷从他在贝德福德的住处来我们住的地方，我们住在格林尼治，他自己坐火车和地铁过来，虽然他还没有完全康复，我是说他走路还要拄拐杖。他突然来到我家门前，用拳头使劲敲门——虽然好像并不是没有门铃——看起来他真的很生气，而他又不进来。他气喘吁吁地站在门口，手里拿着一张证明，上面写着他已通过测试，只要他愿意，他是可以开车的，他就这样摊开手想要回他的车和车钥匙。然后我爸爸就给他了，就这样，他开着车离开了。一直到他去世，他都自己开车。

“而他死后——大概是两年前，顺便说一下——我们终于发现，他找了一个电脑高手伪造了那份证明，把它做成那种说明你已经参加过测试并且能够重新开车的证明。这个文件伪造得非常逼真。我们之所以能发现，是因为丧礼以后，那个男孩来到我爷爷家，那时我们正在吃三明治。他就住在爷爷家对面马路。他说我爷爷付了五十英镑给他，他本来只要四十，而且他还说他死后，那个男孩能拥有他的车，只要他帮他造那份证明。然后那个男孩伸出手问我爸爸要车钥匙。我爸爸径直走到厨房，把车钥匙从钩子上取下来，回到门口，把它们交给那男孩。就这样，我妈妈很生气。我想这里面不可以吸烟，是不是？”

女孩站起来，走过去看看天花板上的烟雾报警器。

“也许我可以把那个盖子拿下来，”她说，“如果它是用电池的话。”

她把探望者坐的大椅子拖到烟雾报警器的正下方。她爬上去，一只脚站在凳面上保持平衡，还有一只脚踩在椅背边缘。但因为她穿的是靴子，靴后跟就像匕首一样尖，她踩在椅面上的那只靴跟向一侧倒去。她失去了平衡，侧身从椅子上倒了下来，翻过椅子扶手摔到了地上，她的细腿和靴子还在空中。

“这一跤摔得够厉害的！①”梅几乎说出声来。她差点大声笑出来。她闭上嘴巴。她克制住了自己。但那女孩很开朗，自己笑了起来。她自己站起来，掸掸身上的灰，整了整她那可笑的小裙子，坐到椅子边上拉开靴子的拉链。很明显，她还打算再试一次。她发现梅在看她。

“从优雅中坠落。②”女孩说。

梅喜欢那说法。她对女孩眨了眨眼。

（梅·温奇出了收发室，和几个女孩在电影院看格雷西·菲尔德斯③演的一部故事片。这是部老电影，刚一上

---

① 原文为“How are the fallen mighty”，改自《圣经·旧约·撒母耳记下》中的“How are the mighty fallen”（一世之雄，而今安在）。

② 原文为“a fall from grace”，本意为失去天恩，但 grace 也有优雅之意，因此女孩一语双关。

③ 格雷西·菲尔德斯（Gracie Fields，1898—1979），英国女演员、歌手。

映，人们就嘘声一片，因为最近格雷西匆匆去了美国，所以人们对这部电影的印象不是很好。但这部电影很搞笑，很快，人们就忘记格雷西的逃跑者形象笑开了。

电影中的格雷西比现在年轻，戴着一顶大大的很有历史感的帽子。她扔出的一个橘子不小心砸到了一个王族成员。然后她和逮捕她的警察争辩，她对警察说："如果你继续这样和我说话，我就要报警了。"在法庭上，法官说她将橘子扔到一个流着王室血液的人身上，问她是否认为自己的行为合理。格雷西说："呃，那个橘子也有血有肉。"

剧场里的某个地方有一条狗。它一定是被偷偷带进来的；动物是不被允许进电影院的。当格雷西唱到一个非常高的音时，那只狗开始叫起来，好像在附和她。啊呜呜呜呜呜呜呜呜——不久，所有的小隔间都开始骚动，因为只要格雷西唱一个高音，那只狗就会跟着叫。很快，上面包厢里的人们也骚动起来了。

突然，声音慢下来，然后停止了。电影停住了。每个人都大喊大叫。观众席的灯光亮起来了。经理和门房们沿着过道走上来。前面有人在打斗，然后一个门房拉着两个男孩向后退，两个人一人一边，一个人被拎着耳朵，一个人被捏着脖子。另一个门房抱着一只手臂长度的杂种狗，那只狗瘦长结实，身上的皮毛黑白相间，它的尾巴像个螺旋桨一样打着圈。经理跟在后面，完全不理会其他人的目光。

整个影院到处传来口哨声和嘘声，乱成一锅粥。坐在梅前面的那个小伙子转身看着门房他们沿着过道走上去。他的视线落到了梅和她朋友们身上。他穿着空军制服，样子年轻。他长相不错，身边有一位女伴，但即便如此，他还是仔细打量了一下坐在他身后的三个女孩，是梅吸引了他。

他的女伴看起来不是很开心。

电影继续播放，但开始的位置不对。观众们大叫，一个个喝倒彩，然后又安静下来继续看电影。电影中某个虚构的国家的王子非常愚蠢地放弃了自己的国家，和一个歌唱得很好的酒吧女招待谈恋爱。格雷西又开始唱歌。然后老天才知道梅是怎么了，好像她完全不能自已。她知道自己要干什么，而她也知道自己这么做只是为了挑衅前排那个自大的女伴，没有其他理由。到目前为止，她还从来没有如此大胆、如此邪恶过，现在，当格雷西开始唱歌时，她也准备好开唱。梅开始长嚎，她尽量模仿刚才那只狗的声音。

瞬间，有人爆发出足以令整个影院颤抖的笑声。然后每个人都加入了号叫的队伍。很快，除了号叫声、咆哮声和大笑声，其他什么都听不见了。她的朋友们感到很丢脸。前排的那个女孩也感到很丢脸。但前排的那个小伙又转过头来看了梅很久，屏幕上格雷西的镜头将影院照亮，他看到在一片嘈杂的吼叫声和口哨声中，梅很安静地坐着，脸上露出可爱的笑容，用漂亮的眼睛冲小伙子的身影使了个会意的眼色。两天以后的晚上，她穿上她最美的衣服——画着非洲树和小羚羊的蓝白色连衣裙，来到电影院门口，他正在影院外面等她，手里拿着《天伦之乐》的电影票，他就是菲利普·杨，正在享受他十天的假期。)

因为某些原因，梅的脑海里现在有一首老歌。

萨利，萨利，我们街坊的骄傲

那个谁，格雷西，格雷西·菲尔德斯配得上这样的赞美。格雷西·菲尔德斯的亮点在于，她总是向固有观念发起挑战，而且她的表现使人无从置疑她。你绝不会相信她能唱出那么高的音。你能感觉到快到那个音调了，本来应该是那个音，而你心知肚明她不可能唱得那么高，没人能做得到。可她唱出的音调比你所能想象的还要高，直冲云霄，你被她的高音折服，而你的心变得像雨后的青山一般明净。她是优雅的。她像歌剧里的女人一样歌唱。她也风趣。她曾经唱过一首关于苍蝇的歌，歌里的苍蝇在啤酒壶里清洗着自己的脚，而后用一个男人的胡子蹭干，那天是苍蝇的生日，它请它的女伴去大酒店享用生日餐。哦，这首歌真有趣。还有一首歌，歌中唱的是一个闹钟爱上了一块腕表，腕表告诉他说他走得太快了。

萨利，萨利，快来街坊里
还有华特，华特，带我到圣坛去
我会给你们看我的文身在哪里

我们那时很开心，这是有别于现在的。全都是因为挚友网。我从来没有看到过他们的父亲一丝不挂，他也没有看到过我那样，但我们很亲密，而且我们很开心。我觉得现在没什么让人开心的地方，我现在看到的都没有，梅在脑子里思考着，没有大声说出来。她看着坐在那儿的那个女孩，她身上的裙子还不如不穿。那女孩现在一脸郁闷，因为她没能搞定天花板上的烟雾报警器。她在玩弄她的紫色指甲。她把她的小机器又拿出来，开始在那上面摆弄。哦，他们总以为自己是第一个发现者，他们都这么以为，他们都坚信在他们知道之前没有人知道，除了他们以外，别人不可能知道，他们相信“关爱与和平”① 的主张，他们在二十世纪六十年代以“关爱与和平”为武器，那些给枪口插鲜花、夏日之爱的运动就好像之前我们只有冬天，我们的拥有非常有限一样。我们只是善于保持安静，这就是我们。我们必须这样。这才是出路。让他们待在他们的喷气机时代吧。

天真无邪的帕特里克开始恋爱的时候，他回到家，看着手中的腊肠发呆。每次他洗澡后，整个楼下都弥漫着难闻的须后水的味道。帕特里克站在花园里折下玫瑰，还以为我没有在看，他把那朵花塞到自己的皮夹克里，好留给哪个姑娘，然后去了市区。然后我了解到，埃莉诺也恋爱了。那时她上大学，学校放假回家，她给了我一个熊抱，可那样的拥抱不是她的风格。我悄悄瞄了她一眼，眼见她容光焕发。我立刻明白了，我确实为她感到高兴。我们不能大声讲这件事，我也不敢告诉她父亲。

但是，没有詹妮弗。

然而那个男孩呢，那个男孩，一直以来，梅从来不敢直视他的眼睛。

---

①“关爱与和平”是二十世纪六十年代末七十年代初西方嬉皮士主张以爱与和平改革社会的信仰。

甚至这些年来，那个男孩经常来看望她，在她面前逐渐长大成人，她还是能看到他年少时的影子。

但当他每年出现在门口时，就证明一年又过去了，她的女儿死了又一年了。

第一年他敲门的时候，梅没有允许他进来。第二年，他又敲门，还是那个男孩。这一次，梅让他进来了。她给他倒了一杯茶。他总会带些东西来，巧克力、花、种在土里的球茎。有一次他带了一个陶瓷的花鸡雕塑。也许，从她的储藏柜中，他注意到了她非常喜欢鸟类。男孩走后，梅把它放到胡佛橱柜背后的壁架上，这样她就不会再看到它。他很忠诚，每到一月必定来访。他第一次来的时候是长头发，乍一看像是电影里演奥利弗的那个男孩，机敏的那个，不是小时候烦人的那个。他们面对面坐着，梅和那个男孩，每一年都这样。他长大了，像她女儿本可以的那样在她眼前长大了。有一年他没能过来，但他从加拿大寄过来一张贺卡，卡片上字迹工整。对不起，我没有来，诸如此类的话。那是男人才会选的明信片，一点儿也不可爱。卡片正面写着“多伦多”，印着行走在雪中的人们的彩色照片，布满商店的街上覆盖着厚厚的雪。商店到哪都一样。但他特意付款，好让卡片在特定的那一天寄到她家。他这样做很贴心。

有一年，快接近那一天了，她想着和他聊聊。

但当他来了，她什么也没有聊。

她只是问：“那么，孩子，你好吗？”

“我很好，谢谢，杨太太，你好啊。”

他还能说什么呢？他们还能聊什么呢？

我不知道还能有什么别的方法，我想象不到还能有什么别的情景。

除了放一份点心在他的茶托旁边，然后告诉他这些点心是高级食品，请他吃以外，她没有别的可做的。他也的确吃了。

这些事她只是把它们局限在脑子里想着，没有说出来。

每当梅想起她最小的孩子，她看到的总是定格在后者十岁时的纯洁的模样，没有再大一点儿的记忆。那时她细瘦的四肢撑在毛毯上，完全陶醉在她最喜欢的电视节目里。这是一台新买的彩色电视机，才第一次使用。她最喜欢的节目里全是不谙世事的纯洁小孩，他们都是战后所生，天性开朗。他们都住在一个满是旧时英国废弃物的废品堆放场里，他们围着一辆老伦敦公交车的招牌杆唱着“下个星期见”，这是第一次，就像奇迹一样，詹妮弗看到那个公交车是闪亮的红色。第一次，她最喜欢的节目中的小孩子都难以置信地穿着彩色的衣服。他们在一块墓地里追赶一只小狗，他们是在为一位坐在跑车里的女士捉狗，而他们身上衣服的颜色在墓地的映衬下更加五颜六色。整个房间充满了新电视机的味道。詹妮弗不停地爬起来凑过去闻传出声音来的那个地方，还说：“我刚刚闻到了彩色的味道。”

真是幸事，感谢上帝，感谢所有的天使，詹妮弗离开人世之前看到过彩色电视机。有好几个星期，她的哥哥姐姐一起翻阅新的《广播时报》，每个星期四的午餐时间，他们坐在饭桌上，把每一个在旁边用斜体写着“彩色”的节目名字念出来；他们这样坚持了好几个星期，直到梅再也不能忍受了，于是让菲利普买了新电视机，虽然原来那个黑白电视机也没有什么毛病，他们已经看了好几年了。但如果安妮公主①都这么费力想要结婚，至少他们能做的就是确保孩子们能够用彩色电视机见证这个历史事件。

在她家周边种着随风摆动的黄玫瑰的园林草坪上，梅的三个孩子都跑到她耳边嚷着要彩色电视机，他们的呼声如此之高。他们就这样在前后两个花园之间来回跑着，一会儿出现，一会儿不见，好像花园里的青草和玫瑰打一开始就是因为他们的存在才有了如此鲜艳的颜色。这个时候，你怀里抱着的孩子闻起来就像梦一般，就好像椴树的香气总是往上飘，当你从椴树丛中走过，走到树下时，你根本闻不到任何味道。

但是，耶稣、玛利亚和约瑟夫，还记得帕特里克搬去和英格瑞德一起住时的味道吧！“他一定是嗅觉失灵了。”菲利普和梅回到自己家时，菲利普这样说，他们带回来的衣服上全是她烧的嬉皮士熏香棒弥漫至整间公寓的烟雾染上的奇怪味道，后来梅不得不把衣服挂在屋后的窗户外，好让那味道从衣服上散去。英格瑞德就像一窝寒鸦在一起时那样疯狂，她相信上帝就在自己的水晶球里，她把它们全部排列好，保存在一个储藏柜里。好像如果上帝在水晶球里的话，你就应该对着一块石头祈祷。

“好吧，那几年你一直让我们去那座教堂，但那里绝对

---

① 1973 年，安妮公主下嫁女王近卫龙骑兵中尉马克。该婚礼创下当时收视率之最。依惯例，女王在婚期授予马克伯爵爵位，但他拒绝了。

没有上帝。”帕特里克有一次说。

呃，帕特里克很生气，因为他们对他的妻子不友善。

然而他已经好几年没有去那教堂了，自詹妮弗死后就再没去过。“好吧，这绝对是合情合理的。如果上帝能够改变这件事，我还是会相信他的存在的，”帕特里克说，“但有谁或者什么东西哪怕抬过一根手指？谁看到麻雀掉下来了？[①] 没有人。它就这么掉下来了。她就这么走了。没有人看到。没有一个人看到这些事情的发生。”

“上帝无处不在，杨太太。”年轻而又温柔的牧师在教堂的台阶上对她说。他在老教士离开以后才刚来这座教堂，她对于他来说完全陌生。“上帝存在于万物之中。”

好吧，当你的膀胱，你的肠子失控的时候，上帝还在吗？

哦，这是亵渎神明的。如果她产生这样的想法，那她永远不会有来世。

但当他们告诉你身体足够好了就去港湾之家时，上帝在吗？通过这句话你知道了，他们因为某些原因对你视而不见了。上帝只不过是一栋石头建筑中重复着的一段韵律。如果上帝存在于何处的话，他就在那里。

上帝存在于那只兔子的眼睛之中吗？

呃，你，你可以滚开了。

呃，到头来，我们只是地上一堆剪下的花枝而已。

---

① 改自一首童谣《上帝看到麻雀掉下来》（God Sees the Little Sparrow Fall）。

“呃，你不把腿[1]打断是永远做不出煎蛋的。”菲利普以前经常这么说。

好吧，总有人死的时候比别人年轻，这是真理。

好吧，我打过一局比很多应该公平比赛的球局更公平的棒球。

那个每年一月过来的男孩，后来长大成人，上帝在他的眼睛里吗？

现在是一月。这个月已经过去好几个星期了。

梅·杨的心脏猛地一颤。然后又慢慢恢复了平静。

不，不会是今天，詹妮弗离开的日子，因为那个男孩，那个男人，他没有来。

但也有可能是因为他不知道她在哪。也许他去了她家，敲了门，发现家里没人，而他又不知道她在何处。

但他会问邻居的，不是吗？

万一发生了什么事，万一他出了什么事呢？

不。如果是这一天的话，她一定会知道，因为他会来。他总是会来，没有一次例外。尽管有那么一次没有，但他寄了明信片。他总是会来的。他现在没来。

但那个女孩在这儿，坐在椅子上。

梅把眼睛对准那女孩的方向。

她需要一副眼镜。

她抬起手。床上那只苍老的手抬起来了。她把手指伸向寄物柜顶部，眼镜就放在那儿。但她没看准，她的手不小心

---

① 这里菲利普把鸡蛋“egg”说成了腿“leg”。

碰到了眼镜上，也碰到了几张康复卡，眼镜和康复卡一起从寄物柜上掉到了地上。

她看着椅子上的女孩，发现了年轻的含义。年轻是一种不以为意、充耳不闻的态度。

她抬起手。那只苍老的手抬起来，在半空中挥舞着。

女孩闭着眼睛呢。

梅又把手伸向寄物柜顶部。她碰到了更多卡片，这些卡片上写的都是祝愿她康复的话。她的手把它们移到边上。拿到了一个纸巾盒。她的手指伸进盒子开口处，纸巾就是从开口处的洞里出来的。她紧紧抓住盒子，把它拿到床上，好了，然后抓得再牢一点儿。

她使出浑身解数，用她苍老的手把盒子扔向女孩。

成功了！它击中了她的腿。女孩吓了一跳，睁开眼看看发生了什么事。她先看看自己的腿，然后看看脚边的纸巾盒，最后转向躺在床上的梅。

“怎么了？”她说。

梅深深地吸了一口气。然后她做到了。她张开嘴巴。她说话了。

“看着点热水，都快洒出来了。”

她声音沙哑地说。这根本不是她本来想说的话。

“看什么？”女孩问。

梅又做了一次尝试。

“如果有人能把那活儿做好的话。”

“如果有人能把那活儿做好的话。”女孩说，“就不会发生了。”

“事实上什么都没有发生，”女孩说，“这里没有水。我没有看到任何水。”

梅摇头了。她感觉整个病房在摇摆。

“他们没有把那活儿干好。”

“好吧。”女孩说。

“太浪费了。”她本不想说的话自动从她嘴里被说了出来。她又对女孩摇了摇头。

“好吧，”女孩说，“会搞清楚是怎么回事的。”

“蛋糕在哪？”

“你想吃蛋糕？”女孩问。

“你拿着它，我来切。盘子呢？刀呢？”

女孩把她的手机放到椅子上，然后去梅的寄物柜里找。她打开柜门到处翻找着。她拿出一双鞋，把它们放在床上。她拿出一罐糖果。

“我没看到蛋糕。但我找到这些了。”她说。

她把罐子盖拧开。梅像个孩子一样张开嘴。女孩打开一粒红色包装的糖果，放进梅的嘴里。

梅点点头。

女孩自己也吃了一个。她拿着糖果罐坐回到椅子上。梅吮吸着糖果。她看着床上的那双鞋点着头。

“真倒霉，这东西。”

没错。这是她说出来的第一句没有表达错误的话。

女孩站起来，拿起鞋把它们放到床下的地板上。

“我不喜欢粉色。”

女孩听着她说话。

“看吧，我们都应该恨她，认为她很差劲。因为她去了美国。但她必须这样做，她是为了她的丈夫。那是战时。他是来自卡布里岛的意大利人。而且她没有逃跑。那是个谎言。她唱她的歌，赚了大钱。她的钱足够买一百架喷火式战斗机了，大家都这么说。那个德国的头。那个德国的头。”

“比如说，你的意思是，希特勒还是谁？”女孩问。

“不，不。黄鼠狼，他是黄鼠狼，长着一张小小的黄鼠狼一样的脸。她在法国唱歌，为战争尽力。他下了命令，他说他们要炸掉她所在的酒店。但他们没能如愿。有人送信了。”

“是的，”女孩说，“战争时期，是吧？”

“是的，战争时期！在阿拉斯。”

“那是个地名吗？”女孩问。

！

哈哈！

女孩很吃惊，她坐在探望者坐的椅子上盯着梅看。

（梅·温奇放假在家，晚上跳完舞，她骑车回家，外面没有月亮，因灯光管制而漆黑一片，但这影响甚微，因为她熟悉路面状况。好像在玩一个游戏一样，她得躲过所有的坑洞，而她很擅长玩这个游戏。但在市区和小镇之间的那段路上，刚过交叉路口，本来有个路标，她转弯的时候突然砰的一声，原来的空地变成了一堵墙，哎哟，她撞上去了，迅雷不及掩耳，她根本来不及反应。她从自行车上掉下来，而自行车向另一侧倒下去。她先摔到地上，用手撑了一下，防止头撞到地上，然后她的膝盖和大腿触及地面，她过了好一会儿才意识到自己骑着脚踏车撞进了一个温暖的腰窝，是一只动物，就在那儿，她能听到它离开的声音，它跑得如此快，不可能是一头牛，可能是一匹马，或一头鹿，它的蹄踏地的声音不像是马，没有哪匹马在马路上奔跑的时候蹄声如此松散。她坐起来，摸了一下手肘，蹭破皮了，湿漉漉的，好像有些流血了。她站起来，两手抵住膝盖。没事了。

她没事。

她哭了。

她颤抖着走完剩下的路，回到家中。

那股黑暗渐渐成形，不知怎么的在她面前凝固了。商店隔壁的滚珠轴承工厂发生爆炸的时候，她被那股冲击力推动着向后飞去，也曾撞到了墙上，但这次撞击不一样。它们一点儿也不像。这一次是凭空发生的，没有一点儿声响，只能听到梅在黑暗中被撞到的低沉的撞击声。它们的不同之处在于，梅后来仓促回家的路上一直大睁着眼睛，她下意识地这么做，她凝视着外面漆黑的夜色。

她走到喷泉的时候洗了把脸，然后用袖子擦干。走到屋前，她在篱笆外站了一会儿，然后感到自己恢复了平静。她装出一副若无其事的表情，因为你回家的时候需要表现得若无其事，因为弗兰克被认定为迷茫已经八个月了。

她母亲来到大厅。她看到梅的样子，吓得两手捂住脸。

“我没事!”梅说，“我骑着自行车在马路上撞到一头鹿。就像摔在花毯上一样，不严重。”

她的话没有引起任何大惊小怪，她上楼查看了自己的手肘和膝盖，伤得不重。

第二天，她浑身酸痛，而且肘关节疼得厉害。

她沿着原路走回去找她的自行车，它掉在了满是长长青草的沟渠中，没什么损伤。她又骑上自行车。它好好的，平安无事。）

“他带我去过一次伦敦，弗兰克。”

“谁？”女孩问。

“是的，乘的是地铁。车厢里满是肮脏的羊毛的味道。那时我还很小，我记得。”

“嗯。”女孩说。

“我太失败了，我。”

“在我看来，你做得很好。”女孩说。

“筋疲力尽了。之前上了夜班。”

“说得对。”女孩说。

“但有人爱真好。有人爱不是很好吗？”

“你说呢？”女孩说，她的表情变得忧伤。

“我还能记得战后人们的眼神，和被车前灯惊吓的兔子一样。我们都那样。他们都没能回来。他们坐着飞机走了，再也没有回来。‘到了早上名字就被画掉了。’菲利普说。的确是这样。但是，我们挺过来了，菲利普和我。那之后，我们结了婚，组建了家庭，有了新住房，崭新的。那里之前没有房子。甚至没有花园中的泥土。听好了！泥土都是全新的。”

但坐在探望者座位上的那个女孩并没有在听，现在她的脸拉得很长。梅抬起一只手。她面前抬起一只苍老的手，挥了挥，然后很费力地攥成一个拳头，又落到了毛毯上。

“打起精神来，你！”

（詹妮弗来到厨房。她十四岁。一如平常，表情阴沉。这是一个夏天的晚上，梅在用缝纫机。

“詹妮弗，你的肩膀。”梅说。

“是的，因为当我们死于核屠杀时，我希望自己能挺直后背。”詹妮弗说。

梅将踏板踩到地面上，将布料从针下面穿过。此时詹妮弗已经打开碗橱，从顶层拿下一个特百惠牌家用塑料盒，自己抓了满满一把苏丹娜葡萄干。至少她是在吃东西。

“不要喝那茶，”梅说，“我要用它们配烤饼。”

詹妮弗过去穿衣服总是那么完美。以前她在孩子中就是个小模特。最近她脸色苍白，瘦骨嶙峋，脸拉得格外长，穿着这么邋遢又老又丑的衣服，头发也乱糟糟的。梅总是这样对她说：“打起精神来，你！”这是她应该享受的年纪。而且，和她一起出去的那些女孩对于她来说年龄都太大了，她们都是学校里高她一年级的女孩，她没她们那么聪明，她和那个男孩在一起的时间也太长了，他的头发太长了，而且梅和菲利普对他的父母还一无所知。她根本没有花时间考虑学习。在欧洲，如果没有足够的条件，你根本无法靠做翻译吃饭，这里的工作机会是留给精通语言的人的，而不是给搞科学的人的。她总是和那个男孩混在一起，她没有和他在一起的时候就是在和他通电话。她才十四岁。现在就有男朋友还太小。

“他不是我男朋友，”每当梅和菲利普提到这个的时候，詹妮弗就这样说，“他是我的朋友。我不需要男朋友。他不需要女朋友。我们只是朋友。”

她说这话时一点儿也不开朗。她表情阴沉，她现在说话都很阴沉，她还是个孩子的时候多么开朗啊！她的面部轮廓发生了变化，变得更长，更空洞，好像长大成人给她戴上了一副并不适合她的手套，然后从她手上拉下来，她的手因此伸展得变了形。她的肩膀是圆的，因为她没有挺直过后背。她还没有意识到她这样永远不可能随心所欲地生活。

现在詹妮弗站到梅和缝纫机后面，背斜靠在厨房的橱柜上。她身穿一件难看的粗斜纹布外套。她晃了一下，跳到橱柜上坐下，她小时候也这样做过。

“不要蹭到碗橱门，詹妮弗。”梅说，她没有转过脸来。

她能听到詹妮弗的腿撞到橱柜小门的声音。她在找什么东西，毫无疑问。钱？梅没有管她。她踩下踏板，又把布料从针下拉过。右边的小线筒在缝纫机顶部旋转着。她把剪刀砰的一声放到桌上，然后将菲利普的新工作裤的裤腿翻过来放到针的下方。

“你知道我的朋友。”在梅的脚抬离踏板又踩下去的短暂空隙中，詹妮弗说道。

“哪个朋友？”梅问。

“他曾经说过。”詹妮弗说。

梅叹了口气。

“他说他还小的时候，”詹妮弗说，“那会儿他爷爷还健在，他爷爷常接他去有玛丽·波苹丝阿姨的那部电影①中的

---

① 电影《欢乐满人间》，于1964年上映。

配乐的唱片。”

她踩下踏板。缝纫机发出呼呼声。

她又抬起了脚。

“你的意思是,”梅在缝纫机不响之后的一片寂静之中说,“他爷爷常接他去他家听有玛丽·波苹丝阿姨的那部电影中的配乐的唱片。”

她再一次抬起脚，詹妮弗又开始在她背后说话。

“是的，但这不是他的原话。”詹妮弗说。

接下来是片刻的沉默。

“他说音乐总是从《我爱笑》的乐曲开始的。”詹妮弗说。

梅踩下踏板。缝纫机上的小线轴好像疯了一样。詹妮弗从橱柜上滑下来，离开厨房，手插在口袋里一摇一摆地走出门，嘴里吹着一支曲子。她走后，厨房门自动关上了。

梅坐在缝纫机旁，把脚从踏板上放下，她的脑子里好像有什么东西像暴风雨一样咆哮着。

等她想起来要看看钟上的时间时，已经过去了好几分钟。

她从缝纫机旁站起来，走到水槽边。她打开热水龙头，把手伸过去。她就这样伸着手，直到她觉得水太烫她再也坚持不了了。她在一块用来擦干餐具的抹布上把烫红的手拍干。

她走到后门喊正在外面车库里的丈夫。外面天色渐暗，菲利普站在后门。看到她的脸，他顿时警觉起来。“怎么了?”他问。

那天晚上晚些时候，詹妮弗从外面回来的时候，她还在哼着出门时哼着的调子，只有上帝和天使们才知道她到底去了哪儿。

他们看到她经过窗前，从花园小路走来，手插在那件难看极了的外套的口袋里，他们听到她从前门进来的声音，她正要直接去楼上。

她父亲站起来把电视机关掉。他叫她，让她到前面的屋子来待一会儿。她在楼梯上停下来，按照他们的要求转身下楼。他父亲要她坐到沙发上。她照做了。

“为什么把电视机关了？”她问。

“是因为我在吹口哨吗？”她又问。

“拜托，怎么了？”她说。

他们禁止她再见那个男孩。她的嘴半张着，说他们不能这么要求她，因为她和那个男孩在学校是同一个班。

他们禁止她在放学的时间见他。她摇摇头。

他们禁止她和他通电话。她说他们不能这样要求她，这不公平。他们对她说起那些捣乱的、引人注意的和撒谎的行为。她两臂交叉，盯着他们的脸，说他们这样要求是不公平的。他们解释他们这么说是为了她好，为了产生戏剧效果而老于世故、惹是生非地撒谎不是体面的行为。她想说点儿什么，但她决定不说。她控制住了自己。她站起来，离开房间，随手关上了门。

梅和菲利普交换了眼神。菲利普站起来又打开电视。

梅和菲利普在看电视。然后到时间了他们就上床睡觉。

接下来的好几天，詹妮弗都没有和他们说话。实际情况是詹妮弗开始不说话了。詹妮弗不再和他们说话。不管是早上、午饭时间还是晚上，只要他们在，詹妮弗就表现得傲慢无礼，一句话也不说。

吃饭的时候尤其让人觉得难熬。

谢天谢地，后来情况稍有好转。总算慢慢好像什么事情都没有发生过一样。再也没人提过这件事。）

“现在，只剩下羞耻。”

“什么羞耻？”女孩问。

什么羞耻？梅记不得了。她脑子里只能记起蝴蝶。那也是冬天，所以生活显得缺少希望，冬天在外面到处乱飞的蝴蝶必死无疑。什么羞耻？她试着想起来。不管是什么，一定是战时发生的事情。

“那是一艘被鱼雷破坏的潜艇上的潜望镜。它被翻了出来，哦，那是四十年以后的事情。被覆盖在，在，水下那个覆盖东西的，藤壶①，你知道，还有那彩色的东西。”

“你说的好像是珊瑚？”女孩说。

“是电视上的。”

“哇哦。”女孩说。

“哦呜，人类是多么狡猾、罪孽深重和邪恶啊。孩子，你穿跟那么高的靴子会摔断脖子的。”

“你比我妈妈还讨厌，”女孩说，“不用你告诉我该怎么做。而且我甚至都不认识你。”

“是你来找我的。嗯哼？”

① 藤壶，小甲壳动物，附着于水下岩石或船底等。

“我就今天来，”女孩说，“要找到你很费劲，但最终我们还是找到你了。”

女孩拿出一张纸，上面写着字，但梅没有戴眼镜，看不清上面写的什么。

“Uno Hoo。”

“什么？”女孩问。

有一年圣诞节，菲利普给梅买了一个相机。这是最新款的相机，是一个柯达圆盘状相机，虽然它看上去是一个平常的相机，但里面不是一个卷轴，而是一个圆形的东西。它没有流行起来；因为要用那个圆形的东西照相很难，所以它没有在商店里出售太久。但梅还是将它保存在衣柜上面壁橱顶上的盒子里。“保持活力，常备柯达。”因为是圣诞礼物，所以原先是放在一个纸板箱里的，箱子上写着寄件人和收件人的名字。在收件人旁写着梅的名字，那是菲利普的字。寄件人旁写着 UNO WHO①，然后 WHO 被圈了出来，在它下方写着，HOO（呼!）。

在梅的心里，菲利普用圆珠笔写的那个“UNO HOO”比任何相机都更有意义。

“唉，他走了，现在轮到我了。”

门开了。那个眼尖的护士进来了。她就是那个很粗鲁地给梅擦洗的护士。梅立马倒下去，虽然有点儿晚了，但那个护士并不是一个留心的人，她没有注意到梅的动作。

“探视时间到两点半，”护士对女孩说，“现在还早呢。

① UNO WHO 读音类似于 you know who（你猜是谁）。

不管怎样，午餐结束以后您就必须要离开了。”

“好的。”女孩说。

“我会带您去休息室，”护士说，“就在走廊尽头，对她的检查一结束，我就带你去。”

梅的神情抽搐了一下。

“好的，”女孩说，“不用着急。谢谢。”

女孩拿着那盒纸巾走上前。她站在梅和护士之间，拿出一张纸巾。她用面纸在梅的一侧嘴角上擦拭了一下，动作很轻。

“她开口说话了？”护士站在梅的床头说。

“不止一点儿，”女孩说，“她说了很多话。”

这句话说完，她低头冲梅眨眨眼，表明她的立场。

然后护士领着女孩关上病房门，走向走廊。

好吧，生活就是这样。

好吧，如果我去港湾之家，Uno Hoo 会在他们所说的“小件纪念品”之列吗？

他们，还有他们的港湾之家。

好吧，如果他们不能把我送到港湾之家，呃，那他们就不会这么不重视死亡了，会吗？而且他们也会接近死亡。也就是说他们迟早会死。接下来就是他们，下一个继位者。

好吧，就是这样。

好吧，我不会因为他们的不仁慈而轻视他们的。

好吧，我希望他们能有好运。

好吧，真理如太阳。如果直视它，眼睛这辈子就瞎得什么都看不了了。

好吧，是时候了。是时候了。我该起身离开了。

女孩回来的时候，护士没有和她一起，梅坐起来，她准备好了。

“给我鞋。”

“什么？”女孩问。

“鞋。”

“你想要你的鞋？”女孩问。

她弯下腰，把鞋从床下拿起来。梅伸伸胳膊。她在胸前伸展开两只苍老的手臂。女孩把鞋放到她手里。梅将它们放到膝上，她准备好了。

“快来。”

“我们要去哪儿？”女孩问。

“快来。”

“你这样哪儿也去不了。”女孩说。

“我本来应该坐在这里陪你，”女孩说，“没有谁说要离开去哪里。”

“你必须带我离开。”

“带你去哪儿？”女孩问。

“不去港湾之家。”

“好的，”女孩说，“我们不会去那里的。”

“那快点儿。我们去哪儿？”

“我不知道。”女孩说。

“你知道。”

“我不可以，”女孩说，“我不能那么做。你的午餐怎么办？他们正在为病人准备午餐。闻起来不错。”

“好吧，那就午饭以后吧。”

想到这个，梅很开心。“闻着像肉馅饼的味道，这是今天的午餐。这里的肉馅饼味道不错。”

“那就午饭以后吧。”

女孩走过去，从她手里把鞋子拿走。她苍老的手紧紧抓住鞋了，好像那就是一切。梅直直地瞪着女孩，女孩的脸扭曲变色了。

“哦，天哪。好吧，”女孩说，“我们试一下。我们可以试试。”

“午餐以后。我们就走。”

“但是去哪儿呢？”女孩又说，“你想让我带你去哪里？回家？”

“你从哪里来，就带我去哪里。”

“我？”女孩说，“你确定？”

“这辈子从没这么确定过。”

女孩看起来有些茫然。

然后她把自己的手机拿出来，并开始在上面摆弄起来。

“嘿，”她说，“是我。好吧。嗯。嗯，如果你也这么认为。嗯，是不是说你也要离开？现在吗？听着，那太好了，因为。你能帮我一个忙吗，能过来接我吗？嗯，哈哈。太好了！嗯，但听着，艾丹，今天不要骑自行车，能开车过来吗？就是因为。不。不行。不，亲爱的，听着。嗯。嗯，我会把链接发给你。好吧，随时，真的。啊，谢谢你，亲爱的。一个半小时以后。好的。我会等你，就在，不，公交车都是经过我进来的那个门的，出事故或者紧急事件都是从那个门，就从那儿拐进来吧。谢谢。嗯。不，我会的，我会在那儿等。爱你，等不及想见到你。”

“不应该在这里使用这些。”

“是的，请不要告发我，”女孩说，“你需要一件外套。你有外套吗？”

“只要不是粉色的，什么都可以。”

“我要告诉护士我们要离开吗？”女孩问。

“谁都不要告诉。”

(詹妮弗来到厨房。她那时九岁。梅正在案桌旁吸烟休息，因为埃莉诺已经出去了，她老是不停地说着吸烟如何伤害身体。

“妈妈。”她说。

“又怎么了？”梅问。

“不，听着。我必须问你这个问题。人类活着到底是为什么？”詹妮弗说。

“‘为什么’？”梅说，“你是什么意思，‘为什么’？”

詹妮弗使劲抓住门把手，砰地把门关上。

“人类活着的意义是什么？我的意思是我们活着是为了什么？”她说。

“呃，”梅说，“人类活着的意义。这个，是，是为了相互照应。我们活着是为了相互照应。”

她正要问詹妮弗为什么这么问，但詹妮弗已经走了，走出门去了，梅已经能听到她咔嗒咔嗒上楼的声音。

那天晚上，梅上楼去检查女孩们屋里的灯有没有关掉，她在五斗柜顶上看到一张纸。是詹妮弗的字迹。她写字很不整洁，所以学校老师经常因此找她麻烦。梅就着落地灯把纸拿起来，仔细看了一下。

人类活着是为了什么？

还好，她的字迹，不像老师们说的那么差。她每个课题报告都完成得很好，所以字迹清晰并不能说明全部。

然后是七年后，眼睛一眨就过了这么久。到这一天，詹妮弗已经离开整整一年了。梅站在厨房里，手里拿着一张纸，上面是小孩子的笔迹。

人类活着是为了什么？

为了开心　里克

为了让世界变得更好　诺

为了相互照应　妈妈

为了建造能够保存下来的东西　爸爸

可是因为她拿在手里的，詹妮弗亲手写的，到头来不过是一张纸，除了一张纸什么也不是，也因为詹妮弗的手现在肯定是冰凉的，而且将会永远如此，所以她打开碗橱门。打开碗橱门时，垃圾箱的盖子就会自动打开。为了达到这个目的，菲利普把垃圾箱和碗橱门连接在一起。他做家务很拿手。

她又把那张纸叠起来，然后把它放进垃圾箱。她关上碗橱门，这样的话，垃圾箱上面的盖子也自动合上了。

咚咚咚。

前门有人。

梅去开门。她必须去。屋里没有其他人。是一个男孩，他站在门阶上。他没有说话。她也没有。他们俩就这样站着。然后他拿了个东西出来交给她，她接过去的时候，他转身回到小路上。她退回去，站到盖在毛毯上防止毛毯受损的塑料长条地毯上。然后她关上了门。

她看看自己手里拿着的是什么。这个用透明膜包裹的蓝色长方形盒子，是一盒巧克力，四味巧克力。

她透过前门结着霜的窗户玻璃看着他模糊的身影渐渐远去，直到消失。）

“我抓着她的手。手冰凉。这是最糟糕的事情，糟糕得无以复加。”

“她在说什么？”开着车的秃头男人问。

“她在自言自语，”女孩说，“别管她。”

女孩被挤到后面。梅被绑到前面。在爱尔兰利物浦护士把她弄到轮椅上，女孩推着她沿着走廊离开时，她们回头开心地向护士挥挥手。然后女孩径直将梅推进电梯，按了向下键，电梯门打开后，她们经过人们品茶饮咖啡的商店走出去。然后女孩脱下身上宽大的外套，围在梅的肩膀上，接着从大门口跑出去。外面很冷。她身上几乎没什么衣服。她在通电话。她点了一支烟。她在外面走来走去，好像在跳舞。每次大门自动打开的时候，梅都能感受到外面的寒意。

“你会冻死的。”

“不冷，我没感觉。”在门再次关上之前，女孩说。

那个秃头男人没有穿西装。

他终于成功地把轮椅固定在后座。他对此显得大惊小怪。这孩子不怎么样。

“有那该死的轮椅在，我什么都看不到。”秃头男人开着车，一路上不停地斜视着后视镜。

“她在医院里，格雷西，那是在她逃往美国之前，她这儿长了一个肿瘤，你们知道，没人能说出它的具体位置，因为这个位置不值一提，而她必须做手术。她几乎为此丧命，有很大的概率。在那之后，她拍摄了新闻短片，能自己站立，拍摄到她的时候，她还眨了眨眼睛。哦，美极了。她对着镜头眨眼睛。她挺过来了，的确。她演一个叫萨尔的歌手时也这么做过一次。那首歌就是从这儿来的，那首关于萨利的歌。电影里，她要去一个时髦的派对为那些富人唱歌，你们知道，作为晚间的娱乐。而她称呼一位有钱的老夫人为‘纸巾女士’，哦，我觉得这点很好笑。然后她叫这位有钱的老夫人唱一首很平常的歌，还在她把歌词发错音的时候打断她，哦，太有趣了。我永远不会忘记。而且在电影里，我也不会忘记这个，只要活着我就一定记得，故事中有一个比萨尔稍微年轻一些的女孩，有些天真，而且很穷。她的父亲酗酒，一喝醉就打她，于是她开始变得邪恶起来。呃，萨尔，她让那女孩过来和她住一起。她真心善，那女孩没有别的地方去，她父亲把她赶出来了，如果不是萨尔，她就要睡大马路了。而有一天，女孩因为萨尔对她这么好而生她的气。她开始使坏，把屋里的盘子和小饰品都打碎了。看起来好像不多，但这是她所拥有的全部。而萨尔就站在屋里，看着女孩把周围所有珍贵的杯子什么的都打碎。她只是对她说：‘你继续，继续砸吧。这是我的手表还有其他东西，归你了，来，拿着。随你怎么处置。因为我相信你所经历的事情对你造成的影响很大，宣泄出来吧。’”

“让她别再唠唠叨叨地说下去了。”秃头男人说。

“别管她。”女孩说。

“我和弗兰克去影院看的那部电影。我哥哥，弗兰克。”

“哦，是的，她之前提到过他。”女孩说。

“他是不是一不小心就掉头发了？来。你。一不小心就掉头发了？”

“她在说你。”女孩笑着说。

“我？”秃头男人说。

“像个犯人。如果你问我是哪儿的，我会告诉你我是集中营的。”

“这现在很流行，杨太太。”女孩说。

车行驶在高速公路上，梅正在想是哪一个信徒，她想不起来了，那个一路上背着孩子过河爬山还确保他安全的信徒，她突然有所感觉，只是那些东西都悄悄溜了出来，她根本无法阻止。

“哦，天哪。哦，我的天哪。”

车里面突然散发出一股浓烈的臭味。

“天啊！这该死的是什么味道？该死！”秃头男人说。

他突然转向，把车开到路边。他打开车门，跳到车外，外面一片漆黑，还下着雨夹雪。外面的寒气渗进来，和车里的味道混在一起。

“啊，天啊！”他大喊道，“啊，我的马自达。看在上帝的分上，乔茜。”

秃头男人喊叫着。他在雨夹雪的天气里站了一会儿，他在喊叫。女孩移到前面关上车门，因为外面的寒气袭来，她盖在梅身上的外套上已经有雨雪了。

“谢谢你，亲爱的。”

他终于停下来了。他回到车里，关上车门打算继续回到高速公路上。

他们头顶的车盖向后滑去。

“关上它，”女孩说，“她会冻死的。她身体不好。”

“是的，好吧，我不知道，你觉得自己他妈的在做什么，你带着她到底他妈的想做什么。”秃头男人说。

“带她去在月牙形街拐弯处的圣约翰的救护车活动房屋那里，”女孩说，“他们会为她清洗的，他们知道怎么做。打开暖气，艾丹，现在就开。”

“那该死的谁来清洗我的车，圣约翰的该死的救护车活动房屋那儿的人吗？”秃头男人说，“是的，就是这样，打开暖气，让她的这个味道进到暖气系统里，然后我就得一辈子闻着它了。太他妈的完美了。谢谢你，乔茜。多谢。”

“据我所知，我已经死了，早就不在人世了。”

“我真心希望这是真的。我希望在你他妈的踏进我的车里之前就死掉了。”秃头男人说。

“艾丹，”女孩说，“她是老人。”

“我不老。”

“我的意思是，相比之下，年纪稍大，”女孩说，“艾丹，把窗户合上，合上。”

“我不干了，”秃头男人说，“我是说真的。我不干了。”

“不过是辆破车。”女孩说。

“而且她今晚去哪里？”秃头男人说，“你打算把她安置在哪儿？谁来照顾她？看她现在的状况！”

“你真是个自私的讨厌鬼，艾丹。”女孩说。

“我握着她的手时，觉得很冷。但她活着的时候是个大胆真诚的姑娘，她总是吹着口哨出门。她吹起口哨来就像一个骑兵一样。”

“你跟他讲，杨太太。”女孩说。

到城里的时候，秃头男人停好车走出来。他到车尾好一番倒腾。然后他来到副驾驶一侧，把什么东西扔到了人行道上，东西触地时发出响亮的撞击声。他把车门打开，往后站了站。轮椅在他的腿的一侧。

“我不会碰她的。”他说。

“我要回家洗澡。”他说。

“别再给我打电话，你。”他说。

“谢天谢地车座位是皮的。”他说。

秃头男人瞪着坐在他车里让他恶心的梅，这时女孩去了别处。

“打起精神来，你！”

“你给我闭嘴。”秃头男人说。

“结婚了，是吗？你妻子不知道，是不是？”

秃头男人转身背对她。

“真是孩子气。我知道你这样的人。”

他什么也没说。他站在那儿背对着她，一只脚敲打着人行道。女孩回来了，身边跟着两个她在酒吧找来的大个子男人，一边一个。他们俩都没有穿西装。

“噗，”其中一个说着后退了几步，“有人在这里种上玫瑰和水仙花啦。”

“我告诉过你。”女孩说。

“小心点儿，”另一个男人抱着梅出来时说，“不用，我已经抱着她了。我抱着你呢，亲爱的，别担心。”

“有一阵子没被一个大个子男人抱过了。”

抱着她的男人笑了。

“荣幸之至，亲爱的。”他说。

他把她放到轮椅上，然后两个男人返回酒吧。他们一摇一摆地穿过马路，嘲笑着秃头男人，还有他中了奖的车。秃头男人砰的一声关上车门，用钥匙锁上门，车发出毕毕的声音。他连句抱歉都没有说就走了。

“我活这么久，见过几个像他这样的人。”

“我敢肯定你见过，杨太太。”女孩说。

“你和他在一起要小心。”

“我自己能处理，”女孩说，“你不用担心。”

梅坐在轮椅上，周围是她身上的味道。她现在能感觉到自己的下半身很凉，让人非常不快，她的两条腿和腿的下方十分冰冷。女孩推着她沿着漆黑的人行道走着，转过一个街角，然后路上出现一群人。噪声很大，食物的味道也很浓烈，眼前的这个地方满是人，外面虽然这么冷，他们有的站着有的坐着。还有货摊，你可以去那里弄吃的。就像是一个马戏团，或者绞刑场。人们群集于此。有人单独排成一队，他们慢慢向前挤过去；女孩大笑着告诉梅，他们排队是为了上移动厕所。

“呃，我不需要，至少现在不用。”

“这个我们都知道。”女孩说。

“我们在哪？”

“格林尼治。”女孩在她身后说。

“噢。”

“是你说的。你说你想来。”女孩说。

“我说过吗？这是格林尼治博览会，是吗？”

“可以这么说。”女孩说。

女孩将轮椅推上一个坡道，走进一间大棚屋，里面有暖气机。“哦，这里真暖和！”一个女人推着她的轮椅穿过后面，那里有水槽、龙头等。还有热水，可供人们在棚屋中清洗。这些日子能在棚屋里享受这些真是太棒了。一位好心的女人用喷头为梅清洗，并用毛巾给她擦干，棚屋的一个橱柜里还放了婴儿爽身粉。女孩回来的时候带着一套蓝色的睡衣睡裤、一件套头衫、一件外套等东西。

“丫头，把这东西从我手上拆下来，可以吗？”

女孩找到了一把剪刀，把梅手上写着她出生日期的塑料做成的东西剪了下来。“感觉好多了，真的。”然后女孩推着她来到棚屋门外，有个小伙子坐在那里等着。这个小伙子年龄稍大，长相俊美。他没有穿西装。

“他是马克，杨太太，”她说，“就是他找到你的。他今晚会带你去他家，并照顾好你。”

“不去港湾之家。”

“她害怕坐船。”女孩说。

“我不害怕坐船。”

男人握了握她的手。

“碰我的时候要小心。玫瑰和水仙花随时会开。”

“我明白。”男人说。

“你现在很干净。”女孩说。

男人打算带她去暖和的地方。“乐意效劳。”他说。他说他会在主干道上接她，如果那女孩，他叫她乔，能够带她在马路边上等，他们就能快速开车走人。

女孩又把梅推回到人群中，从整个人群中穿过。这是一场盛大的庆祝会，就和战后一样。女孩把轮椅停下，转到前面，弯下腰把梅脖子上的围巾系好，检查帽子有没有戴正。

“这是为什么？”

“天啊，你现在好闻多了，”女孩说，“事实上，你真的很好闻。”

“如果它要出来，它就会出来。我阻止不了。”

女孩转身，手臂绕过梅指向人群上方，指着那排屋子的后面。

“看到那些窗户了吗？看到中间那个了吗？他就在里面。”她说。

“穿着西装的男人？”

“他没有穿西装，据我所知他没有。”女孩说。

“呃，那么说，我还没死。”

“你说对了。”女孩说。

1月29日送达

亲爱的杨太太，很抱歉我今年不能亲自来，我现在借调到加拿大，直到二月底才能回英国。

但我要寄这张卡片以表问候。

祝一切都好。

希望您身体健康。

麦尔斯

这个

**THE**

事实是，伦敦也许并不一直都存在！历史上有些时期，伦敦几乎销声匿迹了！布鲁克站在牧羊人恒流磁钟旁。她两手交叉，怀抱胸前。一个人想要喘过气来时就是这个样子。过了一会儿，她将手伸向了牛仔裤的其中一个口袋，查看她的“鼹鼠皮”笔记本①。很多著名作家像欧内斯特·海明威、布鲁斯·查特文②等都用这种笔记本。她能摸到安娜贴在布狄卡封面上的标签。“历史”这个词就在她的口袋里。这种感觉太棒了！比如说，古不列颠布狄卡女王领导爱西尼部落起义并摧毁罗马人建立的古伦敦城③的历史就在她的口袋里。如果你说话风趣，那么布鲁克刚刚爬上斜坡的行为便是：起义④。“不到一分钟的时间里，布鲁克，这个世界上

---

① “鼹鼠皮”笔记本（Moleskine book），二十世纪欧洲艺术家和知识分子中的传奇笔记本，诸多名人如凡·高、毕加索都曾使用过。

② 布鲁斯·查特文（Bruce Chatwin，1940—1989），英国现代旅行作家，代表作为《巴塔哥尼亚高原上》。

③ 布狄卡女王（Queen Boudica，？—公元 60 年或 61 年），罗马帝国时期不列颠一个古凯尔特人部落爱西尼部落的女王，领导了不列颠诸部落反抗罗马帝国占领军统治的起义。

④ 原文为“up-rising”，指布鲁克爬上斜坡，双关意指“起义”。

跑得最快的人就爬到了斜坡顶”。你可以把“这个”从“这个世界上跑得最快的人”和其他一些地方省略，因为这不过是个标题，即使没有，人们也会认为“这个”是存在的。“这个”是隐含的。如果在路上不是要避开很多人，她用的时间还可以比五十四秒更短。由于今天是复活节后的星期一，很多人决定来参观皇家天文台。牧羊人恒流磁钟是一个子钟。子钟是由一个主时钟控制的时钟，主时钟控制着子钟的频率。跟普通时钟不一样的是，牧羊人恒流磁钟的钟面上有二十三个小时刻度而不是十二个，就像一个双倍长的时钟，0 在原本应该是午夜和正午重合的顶端，由此构成了二十四个小时。这就意味着有个时刻实际上是零时刻。零时刻！这到底是什么时间？零点一刻。零点半。医生，医生，我认为我是一个时钟。好，不要上发条①。电池和数码手表出现之前的玩笑。布鲁克的表是一块新表，一块泰迪熊手表，表上有一幅图，上面有一只抱着花的小熊，因此每次看表的时候都好像有一只小熊正在向你献花。布鲁克的父母在她生日的时候将手表送给她，同时还给了她一个真正的玩具熊，而且这个玩具熊被故意弄得很旧，尽管它并不旧。它是一个新的玩具熊，脸上有一个用很大针脚缝制的伪装的补丁。这样做是因为旧的东西看上去总是更加可爱。这个玩具熊被叫作泰迪熊。五十四秒是布鲁克十岁后第一个爬斜坡的纪录（用她的手表计算的）。她满十岁已经两天了。4 月 11

---

① 这里是一个双关语笑话，原文“上发条”（wound up）也有紧张的意思。

日周六是她的生日。2010 年 4 月 11 日，她十岁了。这个纪录在明年 2011 年 4 月 11 日她十一岁的时候会变得更好。去年在学校，布鲁克告诉温蒂·斯莱特，2009 以后除了正常的数字之外，还有一系列其他的数字，它们是 2010、2011、2012。温蒂·斯莱特相信了她，家庭作业里便这么改了，老师在给布鲁克家长写的信上说的就是这个。“你就自作聪明吧。”现在华博登先生教布鲁克已有两个年头。“毫无疑问布鲁克很聪明。她语言机敏，想象力丰富，当然我们并不介意诸如此类的事情。但有时她那具有传染性的想象力却使她的同伴感到有些发蒙。”“觉得自己最聪明”会让你感到有点儿晕眩。

但事实是，现在的格林尼治，因为拥有吸引人们专程来参观的建筑——现代的堡垒和古典的建筑——而熙熙攘攘，在很久以前便已如此。可是随后莫名其妙地、毫无征兆地，它那熙熙攘攘的情景消失了，不仅在布狄卡女王火烧伦敦的时候，也包括罗马帝国灭亡的时候。从那以后，由于一些历史原因，伦敦不再是一个重要的港口（port）——哈！重要的港口不再重要（im*port*ant）。历史学家们现在知道了，格林尼治在当时十分重要，因为它有一个寺庙和一个神龛等。

事实是，他们发现了一枚钱币和一件人工制品，或者一些人工制品。

事实是，人工制成的艺术已成事实①。布鲁克弯下了

① 原文为 The arte-fact。

腰，整理了下她衣服上的蕾丝花边。人工制成的艺术事实[①]是，硬币上有一个男人头像，这也是历史学家们证明罗马化的不列颠寺庙存在的证据之一。头像是国王君士坦斯一世[②]，这枚硬币可以追溯到公元337年，而仅仅十三年后，君士坦斯一世就于公元350年被谋杀了。所以掌权者处事应当小心，因为头像在硬币上并不意味着像接受医生疫苗一样对历史有免疫力。如果一个人仅因为他是你的上司就在无人知晓的情况下强拽你的胳膊，使它钻心地疼痛，又或者在你的耳边大吼大叫，就像给了你一巴掌一样，很久以后你仍然能听到那几个词在你耳边回响，这并不意味着历史不会在他们自己身上重演。

事实是，当有人向你大呼小叫时，就好像一个装满空气的载客热气球，本来应该飞到空中，但却被挤在一个狭小的屋子里飞快地膨胀，以至于气球顶着屋子的墙壁和屋顶，如果墙壁和屋顶不能避开，气球就会在你的头顶爆炸。当然，这是个比喻。但这并不意味着它不真实。这只是为了表达难以名状的事物。

[布鲁克的父母叫她到厨房来。她爸爸在窗边站着，手里拿着两封信。她妈妈坐在餐桌边。她拍了拍旁边的凳子，示意布鲁克坐到她边上来。布鲁克没有过去，她站在门口。她低下头，同时斜着眼睛扫过信件，因为假装低着头也还是

① 原文为The arty-fact，与245页注①发音相同，只有一个字母之差。

② 君士坦斯一世（Flavius Constans，约323—350），是罗马帝国君士坦丁王朝皇帝（337年至350年在位），也是君士坦丁一世之子。

可以用眼睛搜寻东西的。她能看到其中一封信的上方带有学校信笺的题头。“布鲁克，”她的妈妈说，“如果你实话实说，我们就能解决一切问题，否则的话我们什么事也做不了。”“我们并不是生气，”父亲接着插话，“我们只想知道原因。”布鲁克耸了耸一侧的肩，又耸了耸另一个肩膀。然后，母亲抱起布鲁克，让她坐在膝上。“我知道有些事情不对头，”母亲说，“我了解我的女儿，我也知道我们都无法坐视女儿伤心不管，你爸爸非常担忧。”布鲁克一言不发。之后，她父亲带着她到河边散步。“想从隧道穿过去吗？”布鲁克摇了摇头。“我以为你喜欢隧道。”父亲说。布鲁克盯着那巨大的棕色河面，层层的水花你推我赶。“你必须开始表现得乖一点儿了，”父亲说，“你妈妈非常担心，所有的这些问题，都不会传出这个房间外，也不会出现在学校里，你去了哪儿？到底有什么问题？你可以告诉我。”说这一切的时候，她的父亲也望着河水。他接着又说道：“或者你可以跟你的老师谈谈，如果你不想告诉我的话。”（你就自作聪明吧，好，走着瞧，聪明小姐，别管你的什么蠢名字，因为在我的课上只要聪明就好。不过你会艰难地发现聪明在现实世界中不名一文。你这个什么也不是的家伙。你就是个屁。）她的父亲接着又说：“好吧，你可以想象一下并不是我在问你，而是你和你自己在一起，只是这个自己和我年龄相当，她长大了，很聪明，不再是九岁了，想象下你可以对她说你想说的任何事情，任何事，你可以想象一下，你最想跟她说的是什么？”长时间的沉默。布鲁克开口了：“爸爸？”“嗯？”她的爸爸应了一声，表情既充满期待又满是严肃。“我认为我更想去隧道走走。”布鲁克说。父亲点了点头。他拉着她的手一起走进了隧道拱顶。他们乘着电梯下去了。因为是中午，隧道里没有多少人。他和布鲁克吹起了口哨，一人在前，一人在后，仔细倾听口哨声被下面的瓷砖弹起来的方式，它反弹得很好，尤其在你不知道谁在吹口哨以及口哨声从哪儿来的时候。等到他们走到隧道的另一头，坐上电梯，站在河流的另一边，拍拍坐在岛中花园绿地上的独眼老狗，看看四周的建筑，她的父亲就忘记了在进入隧道前在河对岸所问的问题，所以这很好。]

所以，所以事实是，公元四世纪末，格林尼治出现了一种植物，遍布在无人顾及和无人使用的地方。也许当时有很多野生动物来过这里，就像电视上《探春》节目播出的诸如青蛙和刺猬的东西会选择栖息在一些野外的地方一样。在那个电视节目上，他们会告诉你如何在家里的花园中创造出野外环境，这样的话，很多活生生的动物就会来参观你的花园，甚至在你的花园里定居。有些甚至是稀有物种，像一种叫作流莺的小鸟，这种鸟儿在过去很常见，但现在我们却鲜少见到它们的身影了。但关键是，此时此刻的这个伦敦是来过的人们不想再来的地方，这样它就会真的消失了。既然是过去发生过的事，那么现在也能，随时都可能发生，因为历史上有先例，这跟美国总统奥巴马的名字不一样，虽然拼写不同，但这也是个历史先例①！当你想起这句话时，感觉真

① 这里作者将发音相像的“先例”（precedent）和“总统”（president）放在一起，以求谐音效果。

是棒极了。“你就自作聪明吧。”

事实上，聪明没什么不好。当个聪明人就不只是挺不错了。布鲁克·巴尤德：聪明人。聪明家。今天在这里的所有人，他们看着格林尼治，看着伦敦，都在想历史过去了、结束了，草地上的坟堆是埋葬撒克逊人和他们的武器的地方，这些人应该再仔细看看。再看看！毕竟这里被称作观看台！哈哈！家里有一本关于望远镜的书，书的前页有一个男人的图片。这个男人来自 1660 年，他的整个身体都被几只睁开的眼睛覆盖着。有一只眼睛在他脚上，一只在他膝盖上，其他几只在他腿和胳膊以上，一只在肩膀上，一只在手腕上，还有一只在他手里。长有一只眼睛的手指向天空，而另一只没有眼睛的手从一片充满光芒的云中伸出，上面的那只手吐出许多言辞。上风①！开个玩笑。这个男人的胃甚至都有睁开的眼睛。覆盖在他身上的眼睛就像你身上一下子落满了蝴蝶一样。想象一下，如果你的全身落满了蝴蝶，而这些蝴蝶其实是眼睛，翅膀像眼皮一样一张一合，可以同时从不同的角度和高度观察世界。我们能立刻从不同的角度看待每一件事吗？会在脑子里形成对我们所看到的东西的一种不同的图像吗？在那本关于望远镜的书里，还有一位格林尼治退休老水手的照片，他出租他的望远镜。图片的下方写着，人们之所以如此热衷于租用他的望远镜，是因为他将望远镜对准了行刑码头②。人们之所以付款给这个退休了的水手，是因为

---

① 这里布鲁克说“上面的手”时用了“upper hand”这个短语，其本意为上风、优势地位。

② 行刑码头：伦敦泰晤士河畔处决海盗等的码头。

他们可以通过望远镜看到某人被处死。行刑码头的人们当时可能正在被吊死，而不是被处斩，因为在英国，处斩并不流行，尽管在英国历史上有一种叫哈利法克斯绞刑的类似于斩首的处决方式。处斩的关键就在于死得干脆利落。这种刑罚在法国很流行。历史上，二十世纪三十年代到四十年代之间，有一万六千五百人在欧洲之星①可以到达的地方被处决，而在不远的1967年，最后一个接受斩首的人也在某地被处决了。布鲁克记不起是哪里。她不得不核对她的笔记本。问题就在于，上网或看书找寻的事实有些时候并不是真实的。

事实可能是，一个人被送进法国的监狱，原因是他给了另外一个刚刚被斩首的人一巴掌，而这个人这样做仅仅是因为他想知道头在被砍掉后，脸上的表情是否还是鲜活的！

事实也可能是，在哈利法克斯市，如果你偷了十三个半便士，你就可能会被处斩。而在离哈利法克斯市不远的约克市有一个房子，房子里的女主人是被石头压死的。布鲁克之所以知道这个，是因为她曾经参观过这位女主人的古屋，那里现在是一座博物馆。

但是事实是，你怎么知道一件事是否真实？呃，显然，有记录之类的东西，但是你怎么知道这些记录是真实的呢？即使互联网说它是真实的，事情不一定就是真实的。说真的，正确的表达是“事实看上去是如何”，而并非“事实是

---

① 欧洲之星，通过海峡隧道连接伦敦、巴黎、布鲁塞尔的铁路运输系统和火车名。

怎么样的”。

事实看上去是，某个人在 1894 年曾经试图炸毁这个天文台！显然他没有摧毁这个天文台，但是他却把自己的胃炸了出来，就在这个公园里！这里本来有个坑是属于他的胃的，他还把他的一只手炸飞了，就是那只拿着炸弹的手。这个故事的寓意非常明显，就是不要用手拿着炸弹，谁说不是呢。事实上，在这个人死后，人们在天文台的围墙附近发现了这只手的一块两寸的骨头，但是天文台本身却没有因为这件事或其他事遭受任何损害。布鲁克用手压着胃，感受这个自己看不到的器官。当人们发现这个拿着炸弹的人时，他显然还活着，并且显然也可以说话。“医生，医生，我觉得我身体里面少了点儿东西。医生，医生，我真的需要一只手。[①]”不，事情可能更加恐怖。那个男人实际上真的可以把手探进那个洞，然后从身体另一侧出来（显然是用那只没有被炸飞的手，而不是那只被炸飞的）。所以这就是历史。历史就是消失的或被处决的人、遭受灭顶之灾或者几乎遭受灭顶之灾的地方，以及承受苦难或焚烧的东西、地点或人。但是这不代表历史是看不见的东西。举个例子，你可以从这里看到格林尼治一些景色——但并不是全景。你看不到所有那些仍旧不知道在现实生活中发生了什么事情的人，他们仍旧在外面等着，看加斯先生到底出不出来。他们之所以看不见，仅仅是因为人们待的这个地方在树和建筑的背后，所以你不能从这里看到他们。这只是一个角度问题。你看不见那

---

① 双关。原文 need a hand，有需要帮忙之意。

个剧院，甚至看不见剧院的屋顶，在这个剧院里，有个叫雨果的男人正在表演独角戏，加斯先生将自己关进房里的那个晚上，他也在场。独角戏是只有一个人的戏剧。这部剧的名字叫作《还要赶多少英里路才能安睡》，因为加斯先生的名字叫作麦尔斯①，尽管外面的人都称他米罗。这出戏演的就是关于加斯先生和他在那个小屋里发生的事情。

[当观众进来坐好时，雨果正坐在舞台上。他有时向观众们挥手打招呼，有时又表现得仿佛台下空无一人。当戏剧开始的时候，你都不能说它已经开始了，但它突然就开始了。他对自己、对观众滔滔不绝地诉说自己如何将自己锁在一个小屋内，因为他想成为一名演员，想上电视，想上舞台，但在现实生活中却失败了。雨果在剧中经常坐着，又站起，然后又坐下。他坐在床上自言自语，然后又坐到椅子上滔滔不绝，甚至坐到地上嘟嘟囔囔。剧中有大段大段的独白。他戴着假发，还戴着假胡子，就像一个巫师。他一点儿都不像加斯先生。布鲁克和她的父母在周五晚上观看了这部戏剧。对布鲁克来说，这部剧实在太枯燥了，演到后半部分她就睡着了。后来布鲁克和父母走到了剧院门口，他们碰到了李太太，李太太每天晚上都会去看这出戏，也会去看日间场，因为她跟这部戏有一定的关系。她不停地告诉他们，这一切是多么真实。她还告诉人们，在观众被允许进来之前或之后的时间里，她是如何走上并站在舞台上，想象她在家中

① 双关。Miles：（人名）麦尔斯、英里。剧的名字来自美国诗人罗伯特·弗罗斯特的诗《雪夜林边驻足》最后一节最后两句。

的一个房间里。有时她真的相信她确实在家中，这种感觉太真实了。她再一次告诉他们，这些表演戏剧的人甚至去英国亚马逊书店买了相同封面的 DVD，让这部剧看上去更加真实、逼真。“但是他一点都不像加斯先生在房间里的样子。”布鲁克说。“这个，我们没有人能够确定这个事实，对吗，布鲁克?”李太太说，“每天晚上，这个表演，简直就是艺术品!”李太太摇着头，好像她在欣赏什么无法相信会存在的东西。“你把票给我们真是太好了，”布鲁克的妈妈说，“尤其是在票都卖光了的情况下。”接着李太太又说起了更多关于这部戏的剧本是如何快速地搬上真正的剧院上演的事情。布鲁克说：“这本来就是一个真正的剧院。”李太太对布鲁克说道：“你喜欢这出戏，对吗?”“不，我认为这部剧无聊、陈腐、单调、毫无价值。”李太太笑了起来。她越过布鲁克的头顶对她的父母说：“这出戏寓意太深，她有点儿理解不了。”布鲁克却说：“没那么让我难以理解。”“我们都很喜欢这出戏，谢谢你。”布鲁克的妈妈说。“是的，我们非常喜欢。”她的父亲接着说道。接着布鲁克·巴尤德一家与李太太道了别，走出了剧院。他们站在外面等候穿过马路。“艺术品啊。”布鲁克父亲说。“易输品吧。”布鲁克纠正他。她的父母大声笑了起来，他们笑得如此开心，甚至让布鲁克想再说一次，但是在第二次开同样的玩笑时，人们往往就不会大笑了。再说一次，她的玩笑就不是“艺术品”，而是“易输品”了!“为什么剧院总给人一种感伤的气氛，布鲁克斯?”牵着她的手过马路时，父亲问道。“这是个脑筋急转弯，还是真的问题?”布鲁克问。“脑筋急转弯。”父亲回答道。“我不知道，为什么呢?”父亲回答说：“因为在剧院中座位都是一排一排的。”这是一个很好的智力题，因为“排”（tiers）这个词还跟“哭”（tears）这个词有着相同的读音。]

事实是，李太太的丈夫现在不在家住。乔茜·李不得不去布鲁姆斯伯里看他，因为他现在住在那儿。戏中的演员雨果现在住在李太太家，因为她家离剧院很近，交通很便利。这也算一种历史吗?她准备把这个写进她的“鼹鼠皮”笔记本里。但是历史一般都只记录修道院院长、国王、公爵等争夺格林尼治公园的所有权，记录他们之中谁被送进监狱，因为有人觊觎他们所拥有的，因此千方百计要让他们在监狱里腐烂掉，好得到他们想得到的东西。但是，这也并不意味着我们不能记录所有的历史。

(“比如说，可以记录独树山。”安娜在送布鲁克“鼹鼠皮”笔记本作为生日礼物的时候说了这些话。看看那座山丘上到底有多少树，肯定要比一棵多得多。看看“伊丽莎白女王橡树”①。我们都知道那个故事，即使我们不知道，我们也可以很容易地知道这棵树在伊丽莎白女王在树下避雨时，就已经很古老并且长了洞了。我们知道这棵树在二十年前才被折断，当时那些决定保护这棵树的人除掉了他们所能发现的所有的常青藤。可他们做完这一切，却发现这些被除掉的常青藤其实是这棵大树的支撑物，接着他们又试图用金属将

---

① 伦敦格林尼治公园中有一棵树被命名为“伊丽莎白女王橡树”，据说伊丽莎白一世曾在树下乘凉。

这棵大树固定住，但却误将大树砍倒了。哈哈！布鲁克说道。帕默先生也笑了。他们笑了很久。这太有趣了。如果伊丽莎白女王当时在场而且目睹了所发生的一切，她会怎样呢？当然是将他们全部处死！“但是也想想公园的其他树”，安娜说，“它们也都有历史。”）

事实是，每一棵树，不管是过去的还是现存的，都有各自的历史，就像那棵橡树一样。了解事情的故事和历史是非常重要的，即使所有我们知道的事就是我们不知道的事。

事实是，历史其实就是没人知道的那些事。

［一天晚上吃晚餐时，布鲁克一直担心如果墙壁和屋顶坍塌了会发生什么事，如果天花板就在你的头顶上坍塌。她没有担忧，而是把约瑟夫·康拉德的《间谍》从书架上拿了下来。这本书就是关于格林尼治以及在公园将自己炸飞的那个男人的！接着布鲁克发现了这个：在这本书六十三页到二百四十五页，有些词被铅笔圈了起来。豪华的，超越的，因此，玷污，相面术，习性，冥想地，技巧。布鲁克去了厨房。她开口问她父亲：“为什么你把这些词圈了出来？为什么要选择这几个词圈出来？”她的父亲正在摆弄一个包裹。“哪些词？”布鲁克把书翻到第六十三页。她的父亲放下勺子和包裹，快速瞄了一眼。“真有趣。”他看了看书的前页，给布鲁克指出了那个用铅笔写的价格 2.5 英镑。他说：“这就对了，这是本二手书。”二手书！太有趣了。第一，在天文台和博物馆里的钟表和手表都有“第二手”（second hands），也就是秒针（second hands）；第二，那个男人以一种奇怪的方式用自己的手炸掉了自己的胳膊。第一只手、第

二只手。她的父亲说："肯定是在我们之前拥有这本书的人圈的，一定是他。"

布鲁克说："有可能，在我们之前拥有这本书的也可能是一位小姐或是一位夫人。"

"也对。"

布鲁克接着问："你觉得是他还是她？"

"这个不好说，"父亲回答道，"我们不可能知道这个问题的答案。"

"肯定能。"她靠在桌子旁，稍微跳了下。父亲将书还给了她。他开始阅读包裹上的文字，好像跟大米有关。"前所未有。有所暗示。"布鲁克从头开始找，她坐在一块小地毯上，在一张纸上列出了所有用铅笔圈出的词。"原始的。无耻的。"接着她又回到了厨房。她问："这本书是从哪家书店买的？"她的父亲正紧张地看着厨具，他总是在煮饭上出错。

"我不知道，布鲁克斯，"他说，"我不记得了。"

"这简直不可想象，不记得一本书是从哪买的！这是你拥有的任何一本书的全部历史和全部意义的一部分！当你之后在家里拿起一本书的时候，你知道，你看看就应该知道它来自哪里、是从哪里买的、什么时候买的，以及为什么决定买它。"布鲁克说，"但是爸爸，你认为它的第一位主人为什么要在这本书里圈出这些词啊？"

她的父亲把锅拿到了水龙头下，但是没有打开水龙头。他说："这很难说。"

"增大。"布鲁克读了出来。她又快速浏览了这本书，找到另一个被圈的词。“竞赛。”她说。

“这并不难啊，”父亲笑了起来，“不，我不是说词语不难，我的意思是很难说为什么他或她会做这种事情。”

“啊。”布鲁克说。

父亲接着说道：“也许这个人圈出的是一些他或她不理解的词。”

“嗯，也是，这也有可能。”布鲁克回答道。她回到了前室，爬到沙发上，双膝跪直，把那本大字典拿下来。合适的：方便的或有利的。闪光：闪闪发亮的，一道突然出现的光亮。加大：增长，变大。她已经知道“明晰的”这个词了。然后，她又重新看了看纸上这一系列的词语，说不定把它们圈出来的这个人在做一些暗号之类的，比如将它们的首字母连在一起试试，毕竟这本书就是关于间谍的啊，至少这是书的封底所介绍的内容。Tempppf。或者也许密码藏在最后的字母里。Lodyyyg。这个词有点儿像威尔士语中的一个词语。

但事实是，在现实生活中，这本书到底发生了什么、为什么发生，这些都是一个谜。这可能是布鲁克永远无法知道的一件事。这是她母亲告诉她的，由于她太想知道原因，在接下来的几个晚上，她躺在床上，烦躁地翻来覆去，把被子蒙在头上，根本睡不着。她需要解决这个事。这已经是她第三个晚上睡不着了。快凌晨两点钟了。“从五百开始倒数，”她的母亲说，“数羊。”但是这不是那种典型的无眠之夜。典型的无眠之夜，是羊排队站着，而这次是历史上逝去的人们。他们面带忧郁地看着前方，在一个门口，绵延数英里，排队等候，那个门太高了，他们根本跳不出去，人数多得根本数不清。这些人要是站在加斯先生窗前排队该有多好，他们应该去那里等候，而不是在布鲁克的床前！所有的这些人，包括在海地被屋顶砸死的人们、被海啸冲走的大人和小孩、飞机失事坠入海中丧生的那些人，还有那个因为饥饿偷了一块面包被判处死刑的十岁男孩、那个只因为是黑人而在学校外面被捅死的男孩、那个被男人杀死并抛尸后花园的女孩，以及所有在阿富汗、伊拉克、达尔富尔和苏丹战争中丧生的人，他们只是那些站在其他历史战争中不得已而逝去的人之前的人，甚至还有那些在维多利亚时期被迫在工厂做苦力或清理烟囱的孩子，以及那些因为偷了不到十四便士之类的小事而被处决死了的孩子。“你不需要说被处决死了，”她的母亲那时说，“因为他们的死已经暗指着被处决。”她的母亲越来越没耐心了。但是这名神秘特工关于词汇的意识是一种令人气恼的意识，在这名特工的意识中，他不需要向任何人道歉。但是他应该道歉，向布鲁克道歉，因为他让布鲁克一直处于疑惑中，不知道这些词是怎么被选中的！布鲁克必须做一个决定，就像她母亲正在唠叨的那样，她的唠叨又开始了，如果她想继续读书，不为这些未知的东西所烦扰，那么她要么劝说自己忍受这个未知的事实，要么积极点儿，把这些圆圈擦掉，好让这些因为无论什么原因被选中的词语看起来不那么突兀，这样她就可以毫无困扰地读书了。布鲁克将头埋在了枕头下，说道：“不管用。”她不知道母亲是否能够听到她在枕头下说的话。她的妈妈正在说话。布鲁克听得不真切。她将枕头移开了。

“我明天从办公室拿一块特殊的橡皮来，”妈妈说，“效果特别好的那个，你觉得怎么样？”

“谢谢。”布鲁克说。

“这样肯定行的。”妈妈吻了她的额头，道了声晚安，关了灯，走出了房间。但是当闭上眼睛时，布鲁克知道自己今晚又睡不着了，她真正的想法是：不会管用的。她睁开了眼睛，盯着头顶上的天花板。]

事实是，根据人数统计员杰克逊先生的统计，布鲁克是今天第六百七十五个进入天文台的人。有时，当杰克逊先生心情不好的时候，他就不告诉你你是第几个。今天他心情不错。“如果你没去‘伦敦眼’[①]，”他说，“那你去哪儿了？我已经好几个星期没有看见你了。”

布鲁克回答道：“今天人挺多。”

“是啊，公共休假日往往都是这样。从我上班开始，你是第六百七十五位。”

布鲁克说了声谢谢，然后道别。接着她穿梭于拍照的人群中，走过了弗兰斯提德井所在的地方。

事实是，那个叫弗兰斯提德的天文学家挖了一个深达四十米的井，并且在井中放了一张沙发来观察星星，因为他认为井越深，离星星越远，观察更有利。但是下面非常潮湿，所以这并不是一个理想的观察星星的方式。布鲁克经过赫歇尔[②]望远镜的最后残余，在这个望远镜里，赫歇尔一家甚至

---

① 伦敦眼，世界上首座观景摩天轮。

② 赫歇尔（Friedrich Wilhelm Herschel，1738—1822），英国天文学家，被誉为“恒星天文之父”，对天文望远镜的制造贡献巨大。

坐在里面度过了一个新年，因为这个望远镜大得足够他们坐在里面，因为这个天文学家认为，望远镜越大，他就看得越远。当赫歇尔先生一家坐在里面的时候，当时这个望远镜对任何人都没有用，而且已经被拆解，被禁止使用了，他们有足够的空间吃一顿新年晚餐，甚至还在望远镜里面唱了一首歌！这实在太酷了。从那么大的一个望远镜中看东西就像透过格林尼治隧道看天空一样。望远镜：这个眺望远处的仪器，你可真聪明，最初发明它的时候，人们都非常高兴，因为这是一项在战争中十分有用的发明，就像闭路电视监控系统一样。这，你可真聪明，就是布鲁克摩斯密码的名字：——・・・/・——・/—— —— ——/—— —— —— ——/——・——/・。在布鲁克名字的中间有很多线。维京人是怎么发送密电的？通过挪威密码。布鲁克穿过漂亮的灌木，登上台阶，进入一个卖旅行指南的地方。站在柜台后工作的那个叫苏菲的女孩向布鲁克挥手打招呼，大声喊着："你去哪儿了？这么久都没有见到你，我们都开始以为你搬走了！"

布鲁克挥手示意，大声回应："没有，我还住在这里。"

跟苏菲一起工作的那位女士没有微笑，因为她属于不与孩子交谈的那种人。这是一个不错的博物馆；离布鲁克以前住的小镇不远的一个约克博物馆楼下是古老的街区，博物馆里有一些小店，里面销售一些旧东西和被人骑过的木马。

有一个年轻女孩来自约克
她的宠物小猪变成了猪肉用来待客

尽管她大喊大叫哭哭闹闹
人们还是让她听话
拿着叉子把猪肉吃光

这是布鲁克与安娜和帕默先生在周五早上坐在墙上编出的五行打油诗中的一首。就在这一天，安娜在布鲁克生日前几天送给了她这本“鼹鼠皮”笔记本，并且用她很不错的书法在标签上写下了“历史”这个词。安娜说：“我认为这会使你很高兴，我现在给你正式分配了一份历史学家的工作。”那天写打油诗的历史是，把格林尼治放在韵律里非常困难，但正因为如此，打油诗才变得更加有趣。

有一个年轻女孩来自格林尼治
她父亲说回家最晚时间不得过十
当她错过最后一班公交巴士
父亲教训她的样子煞有介事
从此她再也不能外出做事

帕默先生非常擅长写打油诗。现在他和安娜都不在。“不用想念我们，”帕默先生说，“几天之后你就会回到学校了。”今天是复活节后的星期一，过完今天以后还有六天假。“觉得自己聪明吗，你这个小东……”这意味着布鲁克在未来的六天都会带着希望醒来。当她再回去时，事情就变了，她不再是最聪明的，她将会是聪明家布鲁克·巴尤德。①

事实是，现在是春天，比原来暖和得多，尽管对于四月来说依旧很冷。布鲁克很好奇，三月份去世的那位老妇人在地下是否会觉得冷，或者春天的到来意味着她在下面会觉得暖和一点儿。但是这种想法是荒诞的，因为逝去的人已经死去了，没法有感觉。人们把她埋葬在她住的城市的地下，这是一件挺有意思的事，尤其是想到她就在下面的某个地方。人们送她去医院的路上，她死在了救护车上。有一天她拉着布鲁克的手，说："钱不重要。"那时她仍然认得出布鲁克。这件事发生在她丧失辨认人的能力之前。她说："只要你每天带着希望醒来，所有我们原来认为重要的事情其实都不重要。"现在布鲁克拿着加斯先生从门缝底下递出来的字条，他要帕默先生去拜访那位老夫人的房子，并且询问她去了哪里，人们回答说她在医院里。布鲁克从乔茜·李那里得到了字条，帕默先生把字条给了她。布鲁克准备对乔茜做一场访问，询问她什么时候到的医院以及其他所有的事情，因为这是历史的一部分，布鲁克要把它记录下来。这是一份历史文件，可以追溯到 2009 年 12 月 29 日。它被贴在布鲁克的"鼹鼠皮"笔记本上，占据了两页的位置。布鲁克在它前后留出了空白页。下面是加斯先生的字条：

> 你好，我希望有人能够在 1 月 29 日这天以我的名义去贝尔维尔公园街 12 号拜访梅·杨太太，非常感谢

---

① 这里"最聪明的"（the cleverest）与"聪明家"（cleverist）是谐音。

你的帮助，谢谢。

布鲁克也有加斯先生第一次从门缝下面递出来的字条，这张字条没有标注日期。

有水就行，但很快会需要食物。我吃素，你们知道。感谢你们的耐心。

这张字条被放在了笔记本的第一页。她有所有的“事实是”的字条，也没有标注日期。她准备把它们粘在笔记本上。她准备一会儿坐下来，看看这本书，选择从哪一页开始粘起。

事实是，加斯先生姓的摩斯密码是—·—·/—··-·-·-····，以及“麦尔斯”名字的摩斯密码是—·· · -·· · ··· 。

事实是，有一座伦敦桥在 1176 年开始建造，花费了三十年的时间。这座桥一直被使用到 1831 年。桥长超过一千英尺。

事实是，一光年指的是光在一年中旅行的距离。

事实是，太阳最终会死亡，而且我们也无法做任何事情去阻止这一事实。但是距离这一事实的发生还有很长的时间，肯定不会在我们有生之年发生，所以不用为此而失眠。

事实是，月亮距离地球有 238840 英里。

事实是，用哈勃超深空望远镜可以看到天空中肉眼看不到的星星。

事实是，哈勃太空望远镜在 1990 年被正式推出，它由一个真空管制成，两端各有一面镜子。

事实是，在历史上曾经有一位女性望远镜制造商，她的名字叫珍妮特·泰勒。

事实是，《鲁滨逊漂流记》的作者有一个砖瓦厂，正是这个砖瓦厂的砖建造了格林尼治医院。

事实是，取代了格林尼治所有时钟的原子钟并没有显示准确的时间，因为每过 20000000 年原子钟就慢一秒。

事实是，用来建造圣彼得教堂和圣保罗大教堂的灰泥有一部分是用马鬃制成的。

事实是，在 1273 年和 1658 年，格林尼治海港上曾有一些鲸鱼搁浅。在 1658 年那一次，一名渔夫从船上抛出的铁锚正好刺入了一条搁浅鲸鱼头上的鼻孔。

事实是，蝙蝠在飞出洞穴时，都会朝它们的左边飞。

事实是，兔子喜欢吃甘草。

事实是，鹿了解婚礼，也知道你将会和谁结婚。

这些“事实是”的字条全部都是布鲁克自己写的，除了那个被叠成纸飞机形状的字条，这个字条写明了是给布鲁克的。安娜在离开之前看了看这张纸，她说这肯定是加斯先生的笔迹，尽管布鲁克从其他字条上也可以判断出来。这张字条尺寸特别，不适合将它贴在笔记本上，想要保存它，需要一本书或专为它准备的特殊地方。安娜今早离开了，帕默先生也是，但是他们说他们会再回来的，而且他们都非常想读到布鲁克的最后一章历史，他们给了她邮箱地址。你会如何称呼一位苏格兰衣帽寄放处管理员？安格斯·迈欧普

(Angus McCoatup)[①]。开个玩笑。安娜来自苏格兰。今天在天文台公园等待拍照片的人太多了，都排到了外面，因为人们都想在首子午线[②]上留影纪念。首子午线的“首”和首相的“首”是一样的吗？新政府的选举就要在下个月举行了，所有的新闻和报纸都在讨论哪个候选人在电视上看起来更好。所有的候选人都说他们将会赢得这次选举。尽管这样，还是没有人知道谁会赢。未来是不可知的，即使在天文台上也不可以。看看托利党人![③] 开玩笑。根据布鲁克母亲的说法，在二十世纪布鲁克出生以前，托利党就没有执政过了，这是一种历史的重演。布鲁克踮起双脚，站在子午线比较隐蔽的地方，就在那个银色建筑的后面。子午线东部的庭院空间比西部少。布鲁克对自己说：“我现在就在边界上。”她想象一个男人，就像鹿特丹机场的那个男人，当时布鲁克的母亲开完了会，一家人正想回家，这个男人把他们叫到一边，领他们进了一个办公室，并且离开了。母亲、父亲和她就在一个空空的房间里等着，房间里有一个桌子和两把椅子，天花板上还装了一些摄像头（尽管算上布鲁克一共有三个人，尽管她还小，可以不被算进去）。还有一个屏幕，看起来像一面镜子，但其实是一面秘密的墙，人们可以透过这面墙观察你。他们不得不等了两个小时零四十五分钟，然后他们被放行了，但却没有得到等待的原因。你瞧，她做了这

---

① “Coatup”有把外套挂起的意思。

② 本初子午线也作首子午线。

③ 这个玩笑是将“天文台”（observatory）拆分为读音相近的三个词“看看托利党人”（Observe a Tory）。

样一件事。她跨过了边界，而且不需要向任何人证明她是谁！她又做了一次，又跨越了一次，人们甚至都没注意到。她来来回回，一遍一遍做着。她是隐形的。她是一名自由特工。她从一边跳到另一边。队伍里的一位女士朝她笑着，用一个迷你照相机拍下她的照片。接着她对着布鲁克竖起了大拇指，好像照片不错的样子。布鲁克朝这位女士挥了挥手。她想象自己正站在边界的一端，向另一端的人们招手大笑。他们是那些不能、不被允许穿越边界的人。接着她一脚踩一边，跨越这个被分成东西的世界。看这边！看看这个不可思议的能在六十秒内飞速跑上格林尼治天文台的十岁女孩布鲁克·巴尤德，她将被分割的世界连在一起！这是一句充满隐含的“这个”的话。卷烟（roll up）：一种烟，乔茜·李有时会抽这种烟，但同时它也是一个短语，人们在旧时大声叫喊着这个词来吸引公众的注意，让他们注意一些有趣的事情，或者出个好价。看过来（roll up）！看看还没有死的人们被处决！接着布鲁克看到在有声望远镜旁有一个男人，这个男人正在口袋里摸索，想找出一枚硬币好放进投币口。看过来！看看这个飞速的十岁女孩布鲁克阻止这个男人在有声望远镜上浪费钱！刹那间，她已来到有声望远镜旁。她说：“打扰一下。”男人停住了。他转头看着她。布鲁克说：“我只是想让你知道这个有声望远镜比较野蛮，有时候它吞掉你的钱，但不说话。”这个男人朝她看着，但好像她不存在似的。他把钱塞进了投币口，就好像她没说过什么话似的。他按了一个键。有声望远镜说话了，用德语。布鲁克很有礼貌，她等着说话声音结束后才说：“我觉得你这次非常幸运。”这个男人从小踏板下去了，又朝着商店走去。有可能这个男人不懂英语，尽管这个可能性很小，因为德国人说英语比英国人说德语要好得多。也许他不懂“野蛮”这个词是什么意思，因此布鲁克后面的话他就听不懂了。野蛮：布鲁克也不记得它准确的意思是什么。她想象着在脑子里用铅笔把这个单词圈了出来，提醒自己回去查查。这个有声望远镜的德语版是个男声。但是它的法语版是个女声。英语版是男声。难道法国比德国和英国更女性化？还是当他们在录制声音的时候只有一位女播音员会说法语，没有男播音员会？如果这个机器能给你打印一张证明，显示你曾经站在本初子午线上，或者能够显示日期或时间，比如，当你站在本初子午线的时候是 14 时 29 分，它会显示 2010 年 4 月 13 日 14：29：1234 时，以至于你能确切知道几分之一秒，而且还能让你带走一些东西，甚至你还可以在这张证明上留出名字的地方写上自己的名字，就在显示著名的子午仪望远镜和零度经线的位置上面，那么这个仪器就值得投币。布鲁克认为那样的机器才是值得花钱的。然而即使有声望远镜能够用所有的那些语言说话，它也只会告诉你那些显而易见的根本不需要望远镜就能看到的东西。接着它甚至还会告诉你去听在沃尔夫将军①雕塑旁边的有声望远镜。这简直就是在浪费钱，因为它会让你去听另一个有声望远镜，而那个有声望远镜会建议你去听在天文台庭院中的这个有声望远镜。布鲁克把眼

---

① 沃尔夫将军（General James Wolfe，1727—1759），英国陆军军官，1759 年曾带领英国军队在魁北克战争中战胜法国。

睛放在了望远镜上的这个小小的黑暗的圆圈上，只有投币后才会亮起来，而且是有时会亮。我没看见船。这显然是海军上将纳尔逊将军[①]将望远镜放在他独眼上时说的话，因为他帮助英国赢得了战争。这句话是纳尔逊将军在甲板上去世前不久说的，他还交代替他向哈代问好，托马斯·哈代，一位著名的小说家。当他们把将军的遗体用装白兰地或者其他类似于白兰地的酒的桶运回时，有很长的一队人看他邋遢地躺在那里，人数跟站在李家外面看加斯先生的差不多。布鲁克的母亲称这些人为“米罗人”。米罗大众。报纸称之为“米罗狂”“米罗热”。布鲁克不认为她自己在报纸报道的任何照片里，尽管她认识几个在那些照片里出现的人，而在Youtube视频网站上关于“米罗人”的资料中，有很多人她也认识。《看过来！看过来！过来看看这间房子里的隐形人！》

事实是，哈哈，所有在外面的、看视频的、读报纸的以及上网的人，都不知道关于加斯先生的事实是什么。

（周五下午，当你可以闻到拥挤的人们的气味，可以听到他们发出的噪声时，她的母亲说：“他们又回来了。”她的母亲叹了口气。布鲁克问：“你为什么叹气？”“我同情他们。”布鲁克又问：“同情这个集体还是同情其中的每一个人？”她的母亲回答道：“都有吧，我想。”过了一会儿她又说：“你自己感觉好点儿了，是吗？”“我的感觉与此无关，”布鲁克说，“但如果你在同情那些人，那种感情肯定非常巨

---

① 纳尔逊将军（Admiral Nelson，1758—1805），英国海军上将。

大。”“这种感觉就像阿尔卑斯山一样巨大，”她的母亲说，“你的感觉从来都不是无关紧要的，对此我也有一种阿尔卑斯山那样巨大的感觉。”从米罗大众中传来一阵喊叫：“米罗，米罗，永不出现！米罗，米罗，永不出现！”以及“米罗，米罗，快点儿显现！这里需要你！”这两种喊叫声混合成一种噪声，就像一个小型足球比赛产生的噪声一样。她的父亲那天不高兴，因为当他上网看新闻时读到了一个词：娱乐，接着是一条人们正在森林中掘土，试图找到一名走失女孩的尸体的新闻。这件事让他非常沮丧。他不停地说着“娱乐”这个词，好像这个词让他觉得恶心一样。接着他又说，就像他一直说的那样，他觉得米罗大众会在这里是因为电视和网络都被耻辱充斥着。“天哪，”她的母亲说，“一个人高兴起来了，另一个颓丧了。”“我赢不了所有这些人，”她的父亲说，“这太糟糕了，他们在这里是因为他们感觉被夺权了。”“什么是被夺权了？”布鲁克问。母亲回答道：“被夺权意味着你没有选举权。”布鲁克接着说：“所有在外面的人和所有在加斯先生窗户外面的人感觉他们丧失了选举权？”父亲回答道：“这是一种比喻。”“比喻意义上的他们被剥夺了选举权？”“正是。”父亲说。“妈妈。”布鲁克喊道。“嗯？”“什么是比喻？”“像阿尔卑斯山一样巨大的情感，这就是一种比喻。当你描述一些无法描述的东西时，你将它转换成另外一种东西来表达，或者将它和其他的东西联合起来变成一件新的事物，所以像阿尔卑斯山一样的感情让你知道这种感情的巨大，就像一系列山脉一样。”“但这并不意味着它是一种真实的感觉？”“有时候，”她的母亲说，“这是描述事实的唯一方法，我的意思是，因为有时候想用言语表达事实是很难的。”布鲁克记住了这个词。比喻：另外一种描述事实的方法。)

事实是，今天在加斯先生房间外的人实在是太多了，以至于会把你带到你不想去的方向上。《看过来！过来看看那些看不见的东西!》，那些人回来了，他们有坐着的、站着的、弹吉他的，还有在那个大塑料垫上吃午饭以免弄脏草坪的。午餐排档又回来了。李太太组织的米罗货摊也回来了，里面卖着带有“米罗俱乐部”“向米罗微笑”字样的T恤、徽章和旗帜，还有为带孩子的人们准备的小马。前几个晚上，照相机一直不停地闪，但是到现在为止，人群还是挺有秩序的，因为一旦发现人群过于吵闹粗暴，警察就会过来。今天早上电视台也过来了，因为又有两个女士称自己是加斯先生的妻子，尽管总是有很多人自称是加斯先生的妻子，接着她们就会在镜头前大吵起来，争辩谁才是他真正的妻子。而吵过之后，这两个妻子又手牵着手在人群中走来走去。现在，几乎每天都有电视摄像机。有些摄像机来自美国，还有法国电视台的人来争论上次警察驱散人群之前就争论过的话题，这些法国人说，在法国，早在加斯先生之前，就有一个人将自己锁在屋子里了，所以加斯先生并不是真正的创始人。另外那个戴着帽子的向人们传达“米罗信息”的巫师也回来了。那些在加斯先生窗户下的花园底部点燃蜡烛，在栅栏上系丝带、泰迪熊和其他东西的人也回来了。那些带着“为巴勒斯坦的米罗”“为以色列濒危孩子的米罗”“为和平的米罗”“以米罗的名义说不”“为从阿富汗撤军的米罗”

之类标语的人回来了，也许那个打扮得像蝙蝠侠的男人也会回来，他曾试图爬上平屋顶，将他写有标语的旗帜插在加斯先生窗户下。那个女人肯定也会回来的，她曾经来回闲逛，问人们见到怎样的显灵才会信仰耶稣，她还到处发传单，传单上带着羊、彩虹和牵着手的孩子们的图片。她总是不厌其烦地告诉人们，除非人们按照耶稣和她说的话做，否则他们就会死，就会下地狱。她经常问布鲁克是否能够帮助她发传单。

（布鲁克的母亲说："要有礼貌，但是也要抗议。""妈妈，"布鲁克说，"如果你能抗议。""嗯？"她的母亲皱着眉。她正在办公室的电脑旁工作，做管理，也就是行政管理的简称，也是令人头痛的简称。她停下不再打字，抬头看了看，目光停留在那个弓形窗户旁，布鲁克正在那里像走钢丝一样沿着石板的边缘走着。"那你肯定也能'正对'①。"布鲁克说。"对此我表示正对。"母亲说道。布鲁克蜷缩在石板上，大声笑着"正对"这个词。她的母亲走过来，搔触她的胳肢窝，直到她们都躺在那破旧的石板上，不停地笑着。"你和我，"当她们止住笑时，母亲说，"我们刚刚创造了一个词。"布鲁克说："是的。"母亲坐了起来，点了点头，拨了拨布鲁克的头发，从石板上站了起来，又重新开始做她的管理工作了。）

事实是，今天早上布鲁克和一位女士谈话，这位女士付

---

① 正对（mur），demur 一词意为"反对"，de 做前缀时意为相反，将 de 去掉后，新词可意译为"正对"。

给那个巫师三十英镑以得到从加斯先生房间里传来的一条特殊的消息。布鲁克问这位女士这条特殊的消息是什么。这个女士笑着，好像她知道什么秘密似的。

她不能将消息告诉任何人，因为这条消息是只给她一个人的。接着布鲁克问她，她对消息来自加斯先生的房间是否有把握。这位女士回答说，没有什么事比这件事更有把握了。但是这位女士不知道。她一无所知，就像这个圈子里的其他所有人一样，因为，首先，只要知道一点儿事实的人都知道米罗并不是加斯先生的真名；其次，这件事的相关人士都知道有关加斯先生的真实事实。这个事实也是李太太昨天在台阶上大哭的原因，因为她投资了成千上万英镑的徽章、T恤、钥匙圈以及刻着印记的复活节彩蛋马上就一文不值了。

（当他们发现这一事实时，李太太说一定不能让别人知道。乔茜·李去给她拿安眠药了。你会拿什么给一头垮掉的大象？搔象鼻的羽毛管①。开个玩笑。这件事发生在昨天早上。布鲁克走了进去，李太太正在台阶上哭泣。布鲁克直接上了楼。房间的门开着。布鲁克搜集了那些“事实”字条，这些字条都被整整齐齐地放在餐柜上，在干净的刀叉下面，而在这些字条下面是一个纸飞机，纸飞机上有一则故事，故事的开头是“事实是”，就像那些“事实是”的字条一样！当布鲁克翻过纸飞机时，她看到纸飞机的翅膀上有她的名字。她没找到，房间里任何一处都没有，那个布鲁克写给加

① 原文为“Trunkquilisers”，为镇静剂“tranquiliser”的谐音变体。

斯先生的故事，她在周五午饭时从门下面递给他的，这个故事是有关穿越时空的旅程（在故事的最后，布鲁克提供了两个结尾，这样就有了选择的余地）。但是房间里看起来没有其他字条剩下了。布鲁克把发现的字条收了起来，这些字条是她的，因为这是她写的，而加斯先生做的纸飞机也被她带走了，因为纸飞机上明确写着是给她的，她把这些字条放进了套衫里，把套衫扎进了腰带里。接着她下了楼，站在李太太背后，李太太正在大哭，即使她现在随时都可以走进那间真正的屋子了。“没有人能看得见，对吗？”李太太说，“外面的人没法知道事实的真相，对吗？”李太太说着，擦了擦眼泪，倒了一杯水，飞快地喝了下去，差点呛到自己。）

事实是，安娜知道，乔茜知道，帕默先生知道，布鲁克也知道事实。李太太让他们发誓保守这个秘密，但是布鲁克觉得应该将这个秘密告诉她的父母，所以布鲁克的父母也知道。但是如果外面的人知道了，可能他们更认为自己没有选举权了，当然，这是比喻意义上的。另外，李太太不是唯一一个损失金钱的人，其他人也可能因为这个丢掉工作，比如那个昨天一整天和今天一上午都像往常一样兜售消息的巫师，他就像什么事情都没发生一样。所有的人都在他的帐篷外排着队，帐篷上还挂着这样一个标语：屋里的私人信息，30 英镑。

事实是，这间房子是空的，里面根本没有人！

事实是，加斯先生已经离开了。

《布鲁克从公园跑向大学时所想的历史记录》：布鲁克

正想着一个玩笑，麦当娜带着她从非洲收养的孩子们来到牛津街，这样就可以与被收养之前他们加工过的衣服重聚。你想象这些孩子与，比如说，一件根本没有袖子的羊毛衫握手或者一件衬衫，热情拥抱，因为它很久没有见到他们了，你会发现这个玩笑非常有趣，但是这也让布鲁克觉得有些怪怪的。这种感觉就像读一本有关在公园里带着炸弹的那个男人的书，或者想起一句话，很老旧的话：这个女孩跑过公园，除非你加一些修饰性的词，否则这个男人或者这个女孩肯定不是黑人，他们是白人，尽管没有人提到他们是白人，就像当你将“这个”从一个标语中拿走时，人们也会假定“这个”是存在的一样。这个黑人女孩跑过公园。这个就像在《哈利·波特》里，当作者描述到安吉丽娜是一个高个子的黑人女孩时，人们才知道这个事实一样。互联网上有一个网站说，在《哈利·波特》第一部中，曾有资料显示其中一个人物是黑人，但是在英国版的书中被删减了，而在美国销售的书中却保留着。这个说法不一定是真的，因为这只是网络上的一个事实。

事实是，我也是赫敏。布鲁克边想边跑过了草坪。

事实是，如果我愿意，我也可以成为赫敏。我甚至可以成为古时的人物，像《五条烟》[①] 里的乔治。我并不怎么想成为那个被称作安妮的人物。我也可以成为《铁路少年》[②] 里的博比，尽管他们是离开伦敦，而我是不得不来到伦敦，

---

①《五条烟》（*The Famous Five*），英国作家伊妮德·布莱顿创作的儿童文学系列作品。

②《铁路少年》（*The Railway Children*），英国儿童文学作品。

但是如果我愿意，我还是可以成为她的，而且会研究出阻止铁路事故发生的方法。我也可以成为灰姑娘。在独树山上不止一棵树！这个女孩跑过这个公园。《女孩跑过公园!》，这个女孩是布鲁克·巴尤德，一个聪明家。独一无二的布鲁克·巴尤德。如果我愿意，我还可以变成白雪公主，不过，显然，我不会愚蠢到去吃毒苹果，没有人会。我还可以成为《绿山墙的安妮》①。如果我愿意，我可以把头发染成她的那种颜色。

事实是，在历史上有这么一个人，他乘着自己发明的球形潜水装置潜入海中，去观察海底的颜色。在海底，只有一种颜色，就是蓝色。这个人把它写了下来，而且听上去他对海底只有蓝色感到非常失望。但是现在，他们有了可以带到海底下的灯，尽管之前已经有了蜡烛，但是显然，蜡烛是不能被带到海底的。想象一下吧，拿着蜡烛潜入海底！哈哈！但是有了可以被带到海底的灯，人们可以看到五颜六色的鱼儿正游来游去，有橘色的、黄色的，还有蓝绿色的。布鲁克跑过公园大门，来到街上。她在跑向过去。她正在跑向那个男人放置球形潜水装置的地方。她会大叫：“等一下！”她会说：“看，我给你带了这些，它们来自未来。把这些放置在你的潜水装置上，去看看你能看到什么！它会把光带到海底，那种当你穿过圣潘克拉斯火车站时会见到的光，圣潘克拉斯车站的屋顶全部都是由铁和玻璃制成的，无论你去哪

① 《绿山墙的安妮》（*Anne of Green Gables*），加拿大作家蒙哥玛利的长篇儿童文学作品。

里，即使没有方向，只是为了去商店买一块三明治，从外面进来的蓝色的光线都会让你在屋顶上的影子显得很高，这会使你重新审视屋顶下的一切。”

《教育历史记录，第一部分》：布鲁克跑过史蒂芬·劳伦斯楼。这座大楼是以一个被谋杀的男孩命名的。过去的事情还可能存在于现在吗？这是一个哲学问题。如果你穿越回过去是为了让未来变得更加美好，你真的有能力改变历史吗？她跑过墙壁上挂着很多匾额的图书馆。在图书馆里，很多人都在为退休老水手买“床位”，因为很多大学曾经是一些效忠国家的幸存的老水手居住的地方，他们退役时已经老了，而且无家可归。这些匾额不是真的床，它们一点儿都不像床，它们只是匾额而已，例如给死去的人的献词。他们会写类似的词语：汉密尔顿——加拿大——床位，劳埃德·班克（Bank）——床位（bed）。劳埃德银行破产（bankrupt）！哈哈！开个玩笑。其中一块匾额来自一个男人的母亲，用来纪念他。上面写着他于 1914 年作为导航人员死于皇家海军舰艇“探险者”号上，1914 年在历史上也是第一次世界大战的第一年。有一块匾额是这样写的：“他们活着的时候很可爱。”这意味着死去的人，死去的人在活着的时候很可爱。她跑过母亲办公室所在的大楼。她母亲的办公室也曾经是一个水手睡觉的地方！确切地说，不止一个水手。外面的拱形门上刻着这样的字迹：“大不列颠 46 人”“工会 46 人”，这意味着有房间可以容纳四十六个人。哲学系外面的走廊上有一张小桌子，有个人在桌子上放置了用来玩耍的好东西，比如一只站在一幅画着漩涡的画上面的塑料兔子，以及一个叫作失真的哲学家的游戏，在这个游戏里，你可以用一个磁性笔牵引着铁屑，在一张空白的脸上画上头发和胡子。她走过去画室的路。在这个画室的天花板上有一位女士的画像，这位女士代表非洲。她非常漂亮，头上戴着一顶形状类似大象头顶的帽子。这里有个玩笑：一个男人站在道路的中央挥洒着象粉。一个警察过来了，对他说：你觉得你在干什么？这个男人说：我在这条街上撒象粉。警察说：这里根本没有大象。这个男人说：看到了没？没什么比象粉强了。她跑过大学正门顶端那些巨大的地球仪。这些地球仪看起来就像被绳子捆住了一样，就像一些巨大的绳球。但事实上，这些绳子要么代表经度或纬度，要么代表贸易路线或贸易关系，布鲁克一定会问问。

“妈妈？”布鲁克说。“我现在非常忙，布鲁克斯，我真的需要集中精神。”她的母亲说，脸上带着最糟糕的神情。她正忙于申请资金。布鲁克问：“你在写什么申请啊？”“嗯，”母亲说，“是一项我们称为‘泰克梅沙’的项目。”布鲁克说：“侦探（Teck）搞砸下（messa）。”“嗯，”母亲说，“她是悲剧里的一个人物。”“悲剧的申请。”父亲说道。“与这部剧选择有关，”母亲说，“如果你选择自己享受，你会得到很好的招待，但是因为你的这个选择，某个地方的人就不得不经受痛苦；或者你选择与某个正在经历一段困难时期的人一起受苦，这样由于你的选择，苦难对另一个人来说就不那么难受了。”“好的，”布鲁克说，“在我做决定之前能有些思考的时间吗？”“当然，”母亲说，“花些时间想想更好。”“那我能想多长时间？”“哈哈！”从沙发那传来了父亲的笑声，“这确实是个问题!”“还有，妈妈。”布鲁克说。“嗯?”母亲回答道，嘴里含着一只眼镜腿。“你听说那个眼镜商的儿子了吗?”布鲁克说。“哪个眼镜商?”她妈妈说。布鲁克说：“他让自己出了洋相。”[①] 哈哈！父亲笑了。“看在上帝的分上,”母亲说，“特伦斯，我要工作，把这个孩子带出去。布鲁克，我要工作，把这个爸爸带出去。”“但是妈妈，我能问你最后一件事吗?”“什么?”“什么是子钟?”布鲁克的妈妈坐直了，接着又躺倒在她的椅子里。“子钟,”她说，“牧羊人恒流磁钟就是一个子钟，但我想知道的是，子钟到底是什么?”“哦,”母亲说，“子钟是，这个——”“而且我想知道的是，如果过去发生了一些事，现在还能以一些方式发生吗?”“过去的是否还可以在现在存在，是否可以在未来发生,”父亲说，“好问题，布鲁克。”“这些是哲学问题。”母亲说。“是吗?”布鲁克说。父亲插话道：“黑暗里玫瑰是红色的吗？熊在树林里排泄吗？教皇是国社党党员吗?”“哦，我的天。”母亲说。“现在，不要把上帝也牵扯进来,”她的父亲接着说，“因为那样，我们就会进行一场完全不同的世界杯比赛。”]

《宗教的历史记录》：布鲁克等着允许穿行的信号灯亮起来，接着，她穿过马路，向圣阿腓基教堂[②]走去，无论它的名字是怎么写的，它的发音听起来非常像圣阿尔菲。哲学其实非常简单。如果她不会成为 BBC 第一频道中那部音乐

---

① 原文为“He made a spectacle of himself”，spectacle 有眼镜和洋相的意思。

② 圣阿腓基教堂，格林尼治中心地带的英国国教教堂。

剧《星期六的彩虹》的演唱者之一，她可能会在大学里学习哲学。她跑到教堂的门口。门开着。教堂里没人。她走进教堂，抬头向上看看，就像往常一样，她看到了一个涂色的跷着前腿的独角兽。独角兽是虚构出来的。她看着窗户上乌尔夫将军的图片。他生活在战争时期。接着她走到桌旁，桌子上有海盗斧头的副本，这把海盗斧头是在泰晤士河发现的，可以追溯到十一世纪，现被大英博物馆收藏。这件事让大英博物馆蒙上了一种水的特质，博物馆里面很多东西都是在，比如说，真实的水里发现的。这把斧头应该是，实际上可能或肯定是那一把，被那个接受过圣阿腓基洗礼的好男人用来杀圣阿腓基用的，这件事发生在那个男人被海盗用公牛的头猛敲，几乎被杀死之后。所以这个好男人用他的斧子袭击了他。斧子照片的下面有一张小字条，上面写着：从虔诚到亵渎的行为。斧子的刀锋看起来锈迹斑斑，刀口很钝。事情是这样的：阿腓基决定不要任何世俗财产，所以他走进了一座十一世纪的修道院。但是修道院却充满了世俗的物品，所以他选择在浴中或巴斯[①]做一个隐士。然而，很多人前来问他问题。由于他强烈的宗教信仰，他终止了隐士生涯，自己成立了一个修道院。有一次，他在前往意大利的路上被一群强盗拦住了。当这些强盗在攻击他时，他们突然听说自己的村庄快要烧毁了，只有停止攻击阿腓基，火势才能停止。那时阿腓基是坎特伯雷大主教（就像在圣坛上被刺死的作家萨缪尔·贝克特一样），他使很多丹麦人皈依了他。没能皈

---

①“浴中”原文为bath，巴斯原文为Bath，二者发音相同。

依的丹麦人将他带到格林尼治囚禁了起来，给他的脚上戴上了镣铐，是铁的，不是绳子。他们把他锁在一个满是青蛙的小牢房里，显然正是现在教堂所在的这个地方。据说他与青蛙交谈，青蛙也奇迹般地和他对话，好像他们是老朋友一样。可即使他能奇迹般地与青蛙交谈，奇迹般地点火，奇迹般地治愈了丹麦人的许多恶性胃病，这些丹麦人也不放他走，除非有人付给他们一大笔钱。然而，没有人，那些在他还是个隐士的时候向他求助的人也不愿意付赎金。所以有一天晚上，这些丹麦人在享受盛宴，后来他们开始朝他扔吃剩的骨头，其中有一块就是公牛的头骨。但是在他死后，他还继续演绎着奇迹，就像一根僵硬的棍子一样被粘在地上，上面洒着他的血。当第二天早上再起来看时，你会发现这个棍子已经被树叶所覆盖。教堂里面有个本子供人们写写东西。今天，这个本子里写道：

> 请保佑父亲的朋友提姆在天堂安息，因为我的家人和我都很想念他，谢谢上帝，阿门。
>
> 上帝，请保佑我的母亲和好朋友们，希望他们健康快乐。
>
> 感谢我生命中一切美好的事物。
>
> 请保佑我身体健康，谢谢。
>
> 亲爱的上帝——请保佑马里奥·罗杰平静下来，耐心地在家等着踝骨骨折（已经被固定住了）痊愈，谢谢。

在这里，铅笔竖着躺在书页的中央。铅笔是红色的，上面刻有零度经线的字样。这是一种在天文台出售的铅笔。布鲁克知道这里会有一支铅笔。这就是她来这个教堂的缘故。教堂里没有其他人。她只是借用了这支铅笔。她将铅笔放进口袋时转过了身，把她的外套拉到口袋上盖住，当她做这一切时，她假装是在观察玻璃或有机玻璃后的电子琴，有玻璃隔着就没人可以弹它了。它叫作演奏台。当你想起一个电脑控制台的时候会很有趣，因为控制台还有给人安慰之意。她读了读演奏台旁贴着的布告上的介绍文字：

> 这个十八世纪的演奏台来自一架在1910年重造的电子风琴。专家认为键盘中央的八度音阶来自都铎王朝时期，因此托马斯·塔利斯、玛丽公主和伊丽莎白公主很可能在他们居住在格林尼治行宫期间曾使用过它。

布鲁克可以很轻松地想象他们。那是在公主成为女王并头顶红色的假发之前，那时候，她有着一口发黑的烂牙，戴着很多珠宝，都无法走路了，而她弹琴时的手小巧嫩滑。对布鲁克来说，这太容易想象了。相对来说，比较难以想象的是那些弹过键盘却没有被记录下来的手。布鲁克想象着一个无名氏的手在这个旧的黄色的键盘上飞舞。她想象着这双手的手腕，如果是位女士，那么连衣裙的衣袖是蓝色的；如果是位男士，那么夹克的衣袖应该是棕色的，并且很宽松。接着布鲁克想象着女王，虽是想象，却生动形象。她刚刚跑过公园，由于在下雨，她躲到一个树荫下避雨。树可以是任何一棵老树。但是由于她在树下避雨了，这棵树就有了一些历史意义，所有的狗仔队从李太太家来到这里，因为再待在那儿也毫无意义了。狗仔队们拍着这棵树的照片。沃尔特·雷利爵士①将他的外套铺在水坑上，好让女王踩着走过去。狗仔队们让女王踩着外套走了好几次，好让他们拍到最好的照片。现在女王坐在屏幕前，很多朝臣在问她问题，她置之不理，因为她正在玩《使命召唤》这款游戏。她用枪对着一面玻璃，用望远镜观察着。这个和阿米娜很像，这是一个在布鲁克的学校人人都知道的女孩子，她早布鲁克一年上学，来自一个多战区，是一个半路出家的基督徒。她说就在一枚射向她的子弹射歪了的那一刻起，她开始信仰上帝。当她说这一切的时候，她会在空中画一条线，非常接近她的脑袋，表示她当时能感觉到子弹经过她的身边。在子弹射偏的那一刻，她说，她开始相信上帝。呃，行吧。但是，布鲁克想要知道的是那些被子弹射中，被子弹杀死的人。难道这意味着上帝不喜欢他们？或者他们不信仰上帝？或者他们信错了上帝？又或者他们做过什么事让上帝决定惩罚他们？那些死去的人对信仰上帝又有什么样的看法呢？但是这些问题都是废话，因为死去的人不可能感觉或相信任何事情。他们死了，就像那位被埋在地下的老妇人，或者有些人已经化成了灰，如果他们被火葬了的话。布鲁克离开了教堂，走过了石板下边所有被埋葬的已经毫无意识的死去的人。她用过铅笔后会

---

① 沃尔特·雷利爵士（Walter Raleigh，约1552—1618），英国伊丽莎白时代著名的冒险家，同时也是作家、诗人、军人、政治家。

还回来的。她走过斯特莱特斯茅斯，停了下来。从哪里开始在笔记本上记录历史最好呢？这里还是继续走到离泰晤士河更近的地方？哪一个是更好的古迹？这支笔上写着“这支笔以回收国家海洋博物馆的CD纸箱为原料，于2007年在伦敦制造”。这支笔是在布鲁克七岁的时候制造的，那时她还在哈罗盖特的一所学校上学，不是在这儿。

《教育历史第二部分》：还有六天，在今天后，复活节假期还有六天。时间还是很长的。

（温蒂·斯莱特正在用她的凯蒂猫牌子的笔写着计划之类的东西。凯蒂猫笔是一支矮矮胖胖的银色笔，笔的上端有凯蒂猫的头，但是由于它造型有趣，又很难驾驭，所以不得不使人用整只手握住它，这使得温蒂·斯莱特写得有点儿缓慢。杰克·沙德沃斯说：“她在用一个振动器写字。”克洛伊和艾米丽笑得像疯了一样。布鲁克想起了一首很好的韵文：写字的温蒂，手上拿着振动器。但她没有说，因为这会使每个人都谈论它，最终每个人都会残忍地对待温蒂·斯莱特，由于韵文让人们难以忘记，人们的残忍会持续得更长久。乔希·班恩汉姆对温蒂说：“你不知道振动器是什么。”布鲁克说：“不，她知道。”温蒂说：“不，我不知道。”更多的男孩子围了过来，丹尼尔、托马斯、梅根和杰西卡也从书架那边走了过来。乔希对布鲁克说：“你也不知道。”“很显然，我知道什么是振动器。”布鲁克回答道。她转过身，避开那些笑声，重新看那本关于飞行，关于蒙哥尔费兄弟①的书的那一页，这两个人坚信他们发明了一种新的气体，可事实是，他们发现了加了热的空气。她不擅长笼络人心。她可以用剪子把东西剪得非常直，但却不会打响指。她没注册社交网站，还带着奇怪的口音，她说起话来或者声音听起来都不像其他的女孩，不像任何一个。每个人都知道她连手机都没有，更别提 iPhone 了。当沃博顿先生回到教室时，温蒂·斯莱特还在问振动器是什么。沃博顿先生听见了温蒂的问题，但他假装没听见。他对男孩子使了个眼色，接着又向女孩子们眨了眨眼，就像《英国达人秀》里的西蒙·考威尔先生一样，如果他喜欢舞台上的哪位选手，或者评委们准备让选手通过，他就会向他们眨眨眼。布鲁克看到他环顾了整个教室，认可了其他人对她的厌恶。她紧盯着第一个热气球的图片，第一个热气球是通过人群头顶上高空的风在法国的一条街上吹起来的。教室里的每个人都知道，尽管没有人敢说出来，沃博顿先生不喜欢布鲁克。布鲁克看着图片上正在四处飘的热气球。去年一架从巴西飞往法国的飞机在一次暴风雨中坠落，正好坠入这个海中，飞机上所有的人都淹死了。在一份报纸上，一个科学记者说现代飞机应该能承受任何暴风雨。

事实是，凌晨五点钟，布鲁克站在父母的卧室里，太阳从黑暗中升起。她睡不着。她从自己的卧室出来，走到这

---

① 蒙哥尔费兄弟（Montgolfier Brothers），于 1783 年在法国将第一个载客气球送上了天空。

里。他们卧室的门开了一点儿。所以门被打开的时候并没有发出声响。她的母亲躺在她经常睡的一边，背对着她的父亲。父亲仰躺着。母亲把胳膊搭在父亲的胃部，她的呼吸平稳。她听不到父亲的呼吸声，但是可以看到他的胸膛在被子下面起伏，所以他肯定没死。他们看起来睡得正香。布鲁克想想她会说什么。谁发明了壁炉？世界上最危险的蛋糕是什么？布鲁克的父亲似乎在那里，在厨房的窗户边，手里还有两封信。“出勤率不到80%，布鲁克有严重的旷课行为，毫无疑问她很聪明，但她的有些行为却令人无比失望。”校长在信上这样写道。她想起母亲拍着身旁的椅子，“告诉我们。最最最聪明的人。”“今天讲阿尔弗雷德大帝和匈奴人阿提拉。① 好，”沃博顿先生大叫道，“将这些课题书拿走。历史图表拿出来。丹尼尔。发一下这些影印本。”“振动器，”布鲁克悄声地只对自己说，“就是一个可以振动的东西。”）

这些“事实是”字条将会到这里来。布鲁克坐在沿着隧道方向的那条河边的一条板凳上。她在数着笔记本的空白页数。“事实是”这些字条要放到有关素食主义者的笔记的后面，因为在现实中素食主义者的字条是第一张，接着会是杨夫人的字条，然后才是“事实是”字条。是是！说两个“是”很有趣。有些时候你一个“是”都不需要，另一些时候你需要说很多次。这里一共有十六个“是是是是……！”如此多，所以当你连在一起说时，听起来就像一辆抛锚的

① 原文为“Alfred the Grate：Attilla the Bun”，其中“Grate”应为Great（大帝），“Bun”应为Hun（匈奴人）。

车——在“事实是”字条里一共有十六个“是”。这需要三十二页。接着她会写下她在周三拜访加斯先生的历史记录，这个也许要一页或两页，应该（她数了数页数）是在这一页。然后就是加斯先生离开房间，这个也要写在这里。最后就是历史的结尾了，至少是有加斯先生的历史。尽管在最后留下一些空白页是好主意，以免有其他的事情发生，以免历史还没有结束，但是页数肯定是足够的。页码很足。她用手指在笔记本上找到了正确的地方，掏出了铅笔。她从顶端开始写起，用最好的字迹。

2010年4月7日星期三，下午2：30，布鲁克·巴尤德敲门并问了加斯先生是否想来一杯茶后，走进了加斯先生的房间。茶叶来自玛莎百货公司的伯爵茶，装在一个黑色盒子里。牛奶是脱脂牛奶。布鲁克·巴尤德在李太太的厨房里泡了茶。在爬楼梯的时候，她没有把茶洒到台阶的地毯上。当她把茶递给他的时候，他表示不想要糖，正好，布鲁克也没有把糖拿上来。加斯先生身体很健康，布鲁克·巴尤德向他问了好，他也向她问了好。布鲁克·巴尤德问加斯先生是否还记得她，他说记得。他给她讲了很多笑话，包括爷爷奶奶的笑话，和那一个根据类似“敲敲门”之类的笑话改编的超长的笑话，和“你会记住吗”有关的（后见“历史”部分）。布鲁克·巴尤德问加斯先生是否想来一块饼干，因为她知道李太太在厨房贮存饼干的地点。加斯先生拒绝了。接着拜访结束了，布鲁克说了再见，加斯先生也说了，他们握了握手。布鲁克离开后关上了门，她将杯子拿下了楼，在水槽里洗了它，她没有把杯子放在洗碗机里，因为里面装满了干净的东西。在历史上的那一天，加斯先生用来喝茶的杯子上有一张老虎的图片。布鲁克擦干了杯子，将杯子放进了碗柜里。

她从头读了读她写的东西，检查了一下行与行之间是否水平齐整。空白页并无不妥，只是在最后的时候字迹有点儿倾斜，因为需要写小一点儿适应整个页面，这是很自然的。她又读了一遍。当她读到最后一行时，她将“历史上的”这个词画掉。这个不需要说明，因为已经隐含在里面了，因为笔记本的第一页就有“历史”这个词。接着她想，即使已经隐含在里面，她还是想说明。她非常高兴她是用铅笔写的，这样她就可以在后期修改了。

[差三天就满十岁的布鲁克·巴尤德，这个世界上爬楼梯最快的儿童，在清洁女工往自己的货车里装东西时来到了前门，她悄悄从女工身边溜过，进入了还开着的大门，迅速爬起了楼梯，就如同一个飞毛腿一样。她有最新的“事实是”的字条要送。自上次的字条到现在已经有几个星期了。布鲁克之前一直都不想给什么人送东西。但是这次，她从电视上的一档古董节目中看到这个事实，觉得很好，应该要分享一下。她站在门口，从夹克前面的口袋里掏出了字条，打开它，准备把这个字条折起来从门下递过去，她大声朝门说着：“听着，你想知道一个关于门的笑话吗?”接着屋子里面传来一个声音说：“为什么不呢?”“好，发明门环的人得了什么奖?”那个声音没再说话（那是加斯先生的声音）。布鲁克又问：“你要放弃吗?”“好，我放弃。”布鲁克回答

说："诺贝尔奖①。"接着那个声音说："咚咚咚。""是谁呀？"布鲁克问道。"托比。""哪个托比？""托比（Toby）或不是托比（Tobe），这是个问题。"布鲁克笑了起来，因为这跟《哈姆雷特》有关。接着当她开始说自己的一个"咚咚咚"的笑话时，那个声音传过来，说"请进"。所以布鲁克转动了把手，门开了。门没有锁！加斯先生正坐在运动自行车上，一只脚在踏板上，一只脚在车架上。"自从上个夏天开始，门就一直没有锁，"加斯先生说，"但是在你之前没有人敲过门。"布鲁克说："我给你带来了张字条。""很好，是'事实是'字条吗？我好奇它们去哪儿了。那么今天的事实是什么呢？"

> 事实是，一个神秘时钟是一种老式的时钟，它不需要上弦，也不需要任何人来照顾，自己就能走。

加斯先生大声读出了字条上的字。"嗯，很好，"他说，"谢谢你。谢谢你这几个星期一直给我送来这些事实，我一直很好奇谁会这么好，觉得我会想要知道事实。"

"我想你会需要，"布鲁克说，"当你在这里感到无聊的时候。"

"就像送报纸一样，但是好多了，"加斯先生说，"我很感激你花时间去找寻这些事实，并且把它们写下来给我。"

"这没关系，没花多少时间。"

---

① no bell（无铃，意指门环）和 Nobel（诺贝尔）音近形似。

“这就是我喜欢手写的原因，”加斯先生说，“它跟时间有关。”

“什么意思？”

“这么说吧，”加斯先生说，“把事情写下来需要时间，需要一个字接一个字地写。另外，你手写的信就像一件除了你以外，其他任何人都做不出来的人工制品一样，你把你的作品送给了我，所以谢谢你。”

布鲁克说：“这太棒了！”

“其中有一条事实我特别想问一下。”加斯先生从自行车上下来，走到衣柜的抽屉旁，翻看着那一沓“事实是”字条，然后举起其中一张。“这个，”他说，“事实是，鹿知道婚姻，也知道你将要和谁结婚。”

“我很肯定这是一个事实”，布鲁克说，“这个在一首歌里有过。”

“哪首歌？”

“一首有关你将会去哪的歌。”

“我想我不知道这首歌。”

布鲁克给他唱了这首歌：

我知道我要去哪

我知道谁要和我一起走

我知道我爱的是谁

鹿①知道我会和谁结婚

加斯先生开始大笑。“不不，我不是嘲笑你，”他笑着说，“你唱得很好，只是这个想法很奇怪，山坡上的那群鹿知道我们会和谁结婚。”他笑得更厉害了，还擦了擦流出的眼泪，“天哪，我的上帝。”

“你在这里有很长一段时间了，”布鲁克说，“这么长时间都待在这个狭小的地方，你不想从这里出去吗？”

“我可以吗？”

“我没看出有什么不可以的，”布鲁克说，“我的意思是你可以。我的意思是好像没有另外的人能够像你一样将自己困在这里了。”

“哦，我不知道，我挺忙的。”加斯先生说着，还向布鲁克展示了他的运动自行车上的里程表，上面显示着3015.78英里，也就是将近3016英里。

“但是在你来之前，这辆运动自行车就已经在这儿了，原来肯定也有一些里程。”

“我发誓告诉你实话，完全是实话，”加斯先生说，“我第一次坐上这个座位时，上面有六个半英里。我不会说谎的。”

“这很有趣，你骑了那么多英里（miles），而且你的名字也叫‘麦尔斯（Miles）’，Miles既是人的名字，又代表

---

① deer（鹿）与dear（亲爱的）同音，原句的意思应该是“我亲爱的她知道我会和谁结婚”。

自然事物。”

加斯先生回答：“确实。”他的袖口磨破了，T恤的下摆还有一个洞。

“我现在也是个素食主义者了。”布鲁克说，这样他就不用担心她因为他衣服上的小破洞而评判他了，因为她很肯定他注意到了她在盯着衣服上的破洞看。接着她问他是否想要一杯茶。

“我非常乐意，”他说，“我已经几个月没有喝茶了。”

“你想在我泡茶的时候也来厨房看看吗？”布鲁克说。

但是加斯先生拒绝了：“如果你不介意，我想待在这儿，谢谢你。”

“要我关上门吗？”她说，加斯先生同意了。但是当她拿着一杯茶走上楼梯时，加斯先生已经自己把门打开了，事实上，他正站在宽敞的门口，几乎站在大厅里了。他看上去有点儿疲惫。布鲁克可以从他身后听到外面人群所发出的所有的噪声。鉴于门是开着的，所以在扶梯上听这些噪声很有意思。他们回到了屋里，加斯先生站在那里，双手放在身体两侧。

布鲁克说：“要我再把门关上吗？”加斯先生点了点头。接着他重新坐到了自行车上，手拿着茶杯，胳膊搭在了车把上。

布鲁克坐在地板上，告诉他有关她和父母去希腊旅行时所发生的事。当时他们住在一个岛上的酒店公寓里，而拥有酒店公寓的家族里有一位老人，他整天坐在大路旁一把白色的塑料椅子上，而且当布鲁克一家人去市区以及从市区回来时，他都会跟他们打招呼。

“但是一天我们早上就出门了，”布鲁克说，“在路上有一只被车撞死的狗，而且是一只很大的狗。这个男人就坐在那里看着公路，但是这一次他好像是在看躺在他前方的那只死去的狗，所以他甚至可能看见那只狗被撞死了，但是现在他只是坐着、看着。我的意思是，他为什么不把狗从马路上拿开，放在一边，这样狗就不会一直被撞到。当我们从市区的超市回来时，那只狗在马路上几乎都被碾平了，比如它的腿和尾巴。人们这样做真是奇怪。”

“是的，这不可思议。”加斯先生慢慢地说道。

“我想说，我知道不管怎么说那条狗肯定已经死了，”布鲁克说，“但光想到有很多辆车就这样不停地从它身上轧过，我都觉得可怕。而且，如果他认识这条狗呢？我并不是指这是他的狗，我是说如果他曾抚摸过这只狗或知道它的名字呢？”

加斯先生点了点头，耸了耸肩。他喝了口茶，缩了一下。“哦！我忘了问你要不要糖。”布鲁克说着，跳起来就要去楼下拿糖。

“不，我不用，但真的十分感谢，”加斯先生说，“你真是太好了，不过我只是觉得茶很烫。”

布鲁克又坐回到地板上。“我话太多了吗？”她说，“因为我之前曾被人批评话太多。”

“不，”加斯先生说，“继续说吧。”

“好，”布鲁克说，“有时候我做过这种梦，你曾经有过这样的梦吗，就是你在做的时候不确定自己是醒着还是睡着了？”

“有的，”加斯先生说，“我经常会做这种梦，跟我说说你的梦。”

“你确定吗？”布鲁克说，“因为有时候听别人的梦会比较枯燥，至少这是早餐时我母亲跟我父亲说的话。”

“我没觉得枯燥，”加斯先生说，“如果我觉得枯燥，我会告诉你。”

“哦，好！是这样一个梦，我几个星期之前做的，好像发生在我还只有九岁的时候，”布鲁克说，“这是一个历史上的梦，梦里面有个男孩，这个梦发生在过去，只不过我也在那儿。那个男孩跟我一样大，他穿着破烂的衣服，比你的破多了，而且衣服还很脏，好像他是从过去来到梦里的一个穷苦人。一群人好像还站在他的后面，就像在你窗外的人群一样，只不过他们穿着以前的服装。这些人都在看着一个地方，他们身后的一个像舞台一样的东西，在这个台子上有一个高高的杆子，杆子的末端系着个绳子，绳子的末端还有一副绞索。这个男孩朝我跑来，他举着一块面包，他说：‘看。’他指向高过他肩膀的人群，说：‘看，他们因为我偷了这个要处决我。’他举起了面包。‘我太饿了，就拿了这个。现在他们这样对我太不公平了。’接着我醒了，然后我就睡不着了，你曾经做过这种梦吗？”

“不完全一样，但是我认为这是一个非常正常的梦。”加斯先生说。

“你这么认为吗？我的意思是，当我醒过来，我知道它曾经发生过。如果它是真的，它真的在历史上发生过，我任何事情也做不了。即使在现实中没发生过，它只在我的梦里发生过，我还是无法阻止它的发生。”

“我想，”加斯先生说，“你梦中的那个男孩只是想让你同意发生在他身上的事情是不公平的。”

“确实不公平。”

“是的，是不公平。”加斯先生说。接着他说：“这是你做的一个非常聪明的梦。”

“是的，但是不是太聪明了？”

加斯先生说：“不，一点儿也不，从来没有什么太聪明之说。”

布鲁克四处看了看这间屋子，她在想，当她不上学的时候，这里是不是一个可以拜访的好地方。接着她问加斯先生，他有没有觉得做最聪明的人是对的。

“聪明之山的顶端。”加斯先生说。布鲁克笑了。接着，加斯先生慢慢地说：“事实是，当你处在任何山的顶端时，由于山顶的空气，你都会觉得有点儿晕眩。聪明是好的。当你拥有它时，真的是一件非常好的事情。但是光拥有它是没任何意义的。你要知道怎么去使用它。然后当你知道怎么使用你的聪明时，你就不再是最聪明的了，或者你就不会试图比别人聪明，好像竞争那样。不，与做最聪明的人相反，你要去做一个聪明人。”接着加斯先生讲了一个“咚咚咚”的玩笑。

“在这个玩笑里，你要做的事情就是说‘咚咚咚’，另一个人就会说‘谁啊’，你会说‘祖母’，另外一个人又说，‘哪位祖母？’然后你接着又说‘咚咚咚’，那个人问‘谁啊'，你说'祖父'，他说，'哪位祖父？'接着你又说'咚咚咚'，他又问'谁啊'，你又回答'祖母'，你就一直不停地这样重复，再多说几次祖母祖父。然后你说'咚咚咚'，那个人问'谁啊'，你说姑姑，那个人接着问'哪位姑姑？'你说你很高兴摆脱了那些祖母祖父。"

布鲁克笑得快窒息了。接着她说："但是，我知道这个玩笑的意义是什么，我知道事实的意义，但是一本书的意义是什么呢？我指的是那些讲故事的书。如果一个故事并不是事实，它是根据事实改编的，就像那本根据那个想要炸毁天文台的真实男人改编的书。我的意思是，它的意义是什么？"

加斯先生把头靠在门把手上。"想想一本书在书架上有多安静，"他说，"它待在那儿，未启封的，然后想想你打开它时会发生什么。"

"对，但是到底会发生什么呢？"

"我有个主意，"他说，"我会告诉你一个没有开始写的故事的开头，然后你写一个故事给我，这样我们就可以知道在这个过程中会发生什么了。"

"好的，"布鲁克说，"这真是一个有趣的主意。"

"是吗？好，开始了，从前有个人住在一个小屋子里，他没有走出屋子，却骑自行车骑了三千英里。"

"我需要原封不动地记住每个词吗？"布鲁克说，"还是只要意思相近就行？"

"意思相近就行。"加斯先生说。

"但是，如果我要写一个故事，你也要写，我会告诉你开头。"

“好的，”加斯先生说，“很公平，一言为定，我的开头是什么？”

“我觉得这更像是一个想法，而不是一个开头。”

“好，”加斯先生说，“我洗耳恭听。”洗耳！这很有趣。

布鲁克告诉加斯先生那个在望远镜书上的到处长眼睛的男人。

“那是我的开头吗？”加斯先生说，“一个全身被像蝴蝶一样睁着的眼睛覆盖的男人？”

“不，要不这样，你可以想象如果你坐在这里，在现在这个位置，坐在自行车上，也是在这个房间里，只不过是另一个版本的你，比如你还有几天就满十岁，你和我有着相同的年纪，同时现在的你也在这个房间里，像你这么大。我的意思是，你不像那些老人，但是你年纪也算大了。”

“我明白了，”加斯先生说，“那时的我和现在的我。”

“是的，如果这一切在现实中是真实的，你会告诉自己一个什么样的故事？你自己又会告诉你什么样的故事？”

加斯先生闭了一会儿眼睛，然后又睁大眼睛。他说：“你生日快到了吧？”

“十一号星期六。”

“我会在你生日的时候写给你，但是你得给我带一些白纸来，可以吗？”

“好的，”布鲁克说，“你想来点儿小饼干吗？我知道李太太把它们放在哪里了。”

“不，我不需要。”

“但是我可以来一点儿。”

“是的，你可以。”

“谢谢。”布鲁克说着下了楼梯，来到李先生在搬去布鲁姆斯伯里之前所在的书房里。书房里还有家具之类的东西等着他来收拾。布鲁克在打印托盘里找到了一些 A4 纸。她拿了两张纸，因为她不知道故事会有多长。接着她走进厨房，打开微波炉上面碗柜的门，爬上靠近放置旧物的组合柜，打开一个塑料盒子，从里面拿出了一块绿茶蛋糕，将盖子放回去，又把盒子放到原来的位置，就好像没有人动过它一样。更何况有一个成年人说这样做没关系，所以她可以这么做。]

事实是，事实显然是，事实看起来是。故事是这样的。从前有个男人从楼上的窗户将一个钟表扔了出去。这个男人为什么要把钟表扔出去？因为这样他就可以看到飞驰而过的时间了。但是这个玩笑并不是一个很好的玩笑，因为最后的结局应该是：他可以看到时间坠落。布鲁克将“历史笔记本”翻到最后，她决定把纸拿到楼上给他后，就把加斯先生告诉她的真正的好笑话写下来。她在纸的顶端写道：

> 4 月 7 日下午 3:30 或 15:30，加斯先生告诉布鲁克·巴尤德的一个笑话。

她在这句话下面画了横线，写了以下的话。

> 麦尔斯·加斯先生：一个月后你还会记得我吗。
>
> 布鲁克·巴尤德：会的

加斯先生：六个月以后你还会记得我吗。

布鲁克：会的

加斯先生：一年以后你还会记得我吗。

布鲁克：会的

加斯先生：两年以后你还会记得我吗。

布鲁克：会的

加斯先生：三年以后你还会记得我吗。

布鲁克：会的

加斯先生：咚咚咚

布鲁克：谁呀

加斯先生：你现在已经忘了我了。

今天坐在这里，想想加斯先生会去哪儿是一件非常有趣的事情。他可能在任何地方！想想窗户外面观望的人群，想想李太太周日走到屋内，拉了一下百叶窗，但是这一个小小的动作引来了外面一片吵闹声，李太太就从窗户边跳开了。在那之后，李太太就不再哭了。从屋里走出来时她看起来相当高兴，她让每个人重新以生命起誓不会将加斯先生已经不在屋里的消息透漏给任何人。

但是，如果加斯先生在这个时候自己站在外面的人群里，看着他本应隐蔽在后面的那扇窗户，事情就非常奇特了。想象一下，本来应该他自己移动百叶窗，但是现在却是别人在动！

（“你在干什么，布鲁克斯?”周四晚上，她的父亲问她。

“我在忙。”她坐在地板上，背靠暖气片。

“忙什么？”父亲问。

“我在写一个故事。”

父亲又问母亲：“你又在做什么，伯妮？”

“别打扰我，我在看这些试卷。”

她父亲从她母亲手边的桌子上拿起其中一张。母亲试图夺回。他跳到屋子的另一边，说：“世界上的事情并无好坏，是思想让它们有此之分：讨论。”

“要是他们没有用那个哈姆雷特式的问题就好了，”她的母亲说，“这是一个很好的一年级哲学试题。”

父亲说：“总会有二年级的。”

“二年级，是的，”母亲说，“记得提醒我，布鲁克，下一年用这个句子。”

“哦。”父亲拿起母亲在查阅的《哈姆雷特》的副本，快速浏览了一下。

“作为世界上无关紧要的孩子们，”他说，“哈，说得好像这个世界上真的存在无关紧要的孩子一样。”

母亲问：“说那句话的是谁？”

布鲁克回答道：“罗森格兰兹。”

“嗯……是的，确实是，”父亲说，“她是对的，她怎么知道的？”

“她是个天才，像我。你在写什么，特伦斯·巴尤德的大作？”

布鲁克回答道：“这个故事是关于一个待在屋子里从未离开过的男人，但是在那间屋子里，他有一辆，嗯，自行车一样的东西，他用它骑了三千英里。”

父亲说：“一个世纪之交的令人印象深刻的故事啊！”

“像加斯先生一样？”母亲问道。

父亲说：“对我来说，这个故事是一个卡夫卡式的，而不是一个‘世纪末’的故事。‘单车末’①！”

“是有人强迫他这么做吗？”母亲问道，“就像他必须走来走去给一座大楼发电一样，就像笼子里踏在轮子上的仓鼠一样？”

“不，”布鲁克说，“他很喜欢这么做，没有人强迫他。尽管他没有离开过房间，他仍然从格林尼治还是一个森林的时候开始骑车出发，骑到一座山的顶峰，在那里他学会了怎么样呼吸，尽管这是很难的，然后他骑车穿过引发起义并将伦敦烧毁的那个女王的时刻，穿过重建的人们，穿过在一棵树下躲避大雨的女王，他下了车，脱下了他的雨衣给女王披上。”

“真是一位绅士！”父亲说。

“接着他骑车来到牢房的窗口，距离如此之近，以至于他能听见那些青蛙跟圣阿腓基说话。”

父亲又问道：“青蛙们说了些什么？”

“它们说着自己的语言，讲讲天气状况，产蛙是多么困难，凭空长出双腿是多么有趣的经历，房间对它们来说是多么舒适和潮湿，尽管它们为他被锁在连青蛙都讨厌的铁链里

---

① 原文中“世纪末”为“Finde siecle”，“单车末”为“Fin de Cycle”，二者为谐音词。

感到遗憾，它们仍很高兴能够待在这里。青蛙们哇哇叫地回答了他那个哲学问题，”布鲁克说，“但是圣阿腓基能够听懂它们的话。他将青蛙们说的话告诉了自行车上的这个男人。”

父亲说道：“最后怎么样了？”

“我不知道，”布鲁克说，“我想让这辆自行车能够穿越伦敦所有的屋顶，但是不知道在现实中如何实现。”

“故事里青蛙好像能够把驴说得做倒立，也许它们也能够把翅膀安在自行车上。”父亲说。

“是的，它们能，”布鲁克说，“这是一个好的主意！但是也不好，因为我想让这个故事既是编造的，又是真实的。”

“所以你既想有神奇的可以说话的青蛙，又想有事实，”父亲说，“一个可能有着很多结局的故事。”

“她的意思是她想写出一个同时有着绝对事实的想象作品，”母亲说道，眼睛仍然盯着她的工作，“看看我们的女儿多像我。”

“相反，”她的父亲说，“她像我，她在写一篇非常细腻的故事，非常不像昨晚你母亲拥护的那件事。”她的父亲开始取笑母亲，好像是故意想让她变得不安。

“不像什么？”布鲁克问道。

“特伦斯，我在工作。”母亲虽这样说着，但她在笑。

“你的母亲昨晚和我进行了一场关于世纪之交的男子气概的理智性的辩论。”

“你的父亲感到很恼怒，因为昨晚我在电视上看一个叫《浪人》的电影，而我想看完再睡觉。”

“你的母亲说一个动作英雄穿过墙壁，或者在这个电影里，一个持枪的男人在一个漆黑的停车场里追踪别人是一件非常刺激的事情，她想等电影结束再睡觉。而当我说我要告诉她的学生、同事和老板她更喜欢阿诺德·施瓦辛格和阿尔·帕西诺这样的男子气概的代表，而不是普鲁斯特笔下的斯万和乔伊斯笔下的布鲁姆时，她就变得对我非常暴力，甚至狠狠捶我的胸口。”

“要是你是一个真正的男人就好了，”她的母亲说，“施瓦辛格根本没有出演这部电影。”

“是的，但是他在《追忆似水年华》中是主角，人们应该感谢这些伟大的作家给了我们这么好的角色，西尔维斯特·斯万、李奥帕多·施瓦辛格、罗伯特·布鲁姆。”

她的父母都笑了。布鲁克双眼离开故事抬头望去，看着她的父母互相朝对方吐着那些花啊、鸟啊、好莱坞影星之类的词，好像这些词是被包裹起来作为礼物的小石子一样。她环顾了书架上所有的书。合上的书静静地坐在那里，一言不发。她的母亲叫嚷着韦斯利·斯奈普斯；而父亲笑着，举手投降。

布鲁克说：“你们俩想知道一个好笑话吗？”

“说吧。”父亲说着，充满爱意地看着母亲。

“说吧。”母亲也以相同的爱意看着她的父亲。

接着他俩同时转头，看着布鲁克。

“好，”布鲁克说，“从前有个男人。”

“哪个男人？”父亲问道。

“如果你再愚蠢地打断我，我就不讲了。”

“好吧好吧，继续。”

“从前有个男人，他从不停止唱歌。”

母亲又插话：“这个玩笑不是关于你父亲的吧？”

“不要打断我。”

“好吧，我很抱歉，继续。”

“好，”布鲁克说，“这个男人一直在唱歌。最后人们对他这种行为感到非常恼怒，他们警告他如果他再不停止，他就会被射击队处死。但是他还是继续唱着。所以士兵们端着枪来了，要把这个男人带出去处决。他被绑到一个树桩上，蒙上了眼罩。上尉对他说：‘你还可以有最后一个请求。’这个男人说：‘我想唱一首歌。’上尉同意了，这个男人开始唱歌了：‘九千九百九十九个绿瓶子，挂在墙上。’①”

布鲁克的父亲笑了，母亲也笑了。父亲说：“一个很好的笑话。”

“不错，”母亲说，“我听过更糟糕的。”）

事实是，想象。布鲁克合上了她的“历史笔记本”，站了起来。她看了看她的泰迪熊手表，现在是4:16，或者16:16。想象一下，如果过去的市民都没有想象过抬头看看太阳、月亮和星星，也不理解它们之间的联系，没有想象过他们眼前的事物可以和时间联系起来，和哪个时间联系，如何联系会怎么样。她把笔记本放到了后面的口袋里，那些“事实是”的字条也被折叠好放到了笔记本里。她把纸飞机

---

① 一首在英国流行的儿歌，歌词中每一句中的瓶子数量都比上一句少一个，直至数完所有的瓶子歌曲才结束。

从毛衣前面的口袋里拿出来。纸飞机被压得有点儿破，但是它还是能飞的。纸飞机已经被她重新叠了三次，但尚未特别破旧。不管怎么样，如果她再一次打开它，又忘了怎么叠回去，纸飞机上的故事也附上了正确的折叠方法。所以她可以轻松地打开它，读读上面的故事，然后再将它叠回去。在她给加斯先生的故事中，第一个结尾是这样的，自行车上的这个男人知道蝌蚪是如何变成青蛙的，他从青蛙那里知道了如何将他的自行车变成热气球，一种在现实中真实存在的气球。接着，他乘着热气球进入了多云的天空，穿过了伦敦的屋顶，甚至穿过了巨大的金色大本钟，如果坐船的话，大本钟就在河流下游的远处。人们还在电视上播放了自行车消失在河岸上时，安全摄像头拍下的他的影像。在第二个结尾里，健身车变成了一辆普通的自行车（这是这个结尾中唯一虚构的事情），这个男人提着这辆自行车穿过房门，下了楼梯，出了大门，来到人行道上。他跨上自行车，在路上骑着，消失在伦敦的人群中。在布鲁克手中的纸飞机上，加斯先生写道：

> 致：
> 独一无二的布鲁克·巴尤德
> 聪明人

她跑向太阳下的栏杆。她爬上去，倚在栏杆上，看着河水。今天，泰晤士河是棕绿色的。它每天都在变化。不，是每分钟，每秒。它每秒都是一条不同的河流。想象一下，通过隧道，人们在河的下面从这一边走到另一边，再从另一边走回来；河流的下面是另一个不同的世界。布鲁克看了看下面的河流，又抬头看看天空，天空湛蓝，带点儿云。布鲁克坐在栏杆下方的防水墙上。她打开了手中的纸，重新读了读上面的故事。